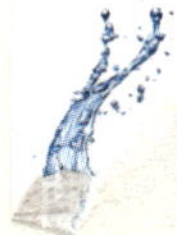

ROSENSCHMERZ

ROSEN-Trilogie

Band 1: Rosen für eine Leiche
Band 2: Rosenschmerz
Band 3: Rosenmörder

© Britta Schmitz

Hannsdieter Loy war Amateurboxer und Volleyballtrainer, Jetpilot, Kommandeur in einem Kampfgeschwader und Direktor in der Industrieversicherung, bevor er sich ganz dem Schreiben widmete. Nach Kurzgeschichten, Biografien, TV-Drehbüchern und phantastischer Literatur veröffentlichte er einen Hunderoman und einen München-Thriller. Er lebt in Oberbayern und in Spanien.

HANNSDIETER LOY

ROSEN SCHMERZ

OBERBAYERN KRIMI

Weltbild

Besuchen Sie uns im Internet:
www.weltbild.de

Genehmigte Lizenzausgabe für Verlagsgruppe Weltbild GmbH,
Steinerne Furt, 86167 Augsburg

Umschlaggestaltung: www.grafikkiosk.de, München
Umschlagmotiv: plainpicture, Hamburg (© Scheller)
mauritius images, Mittenwald (© ib / Lothar Schiffler)
Gesamtherstellung: CPI – Clausen & Bosse, Leck
Printed in the EU
ISBN 978-3-86365-301-9

2016 2015 2014 2013
Die letzte Jahreszahl gibt die aktuelle Lizenzausgabe an.

»Wir wollen nur eines: Spannend unterhalten.
Der Ottakring, der Herr Huber und ich.«
(Interview in Bayern 1 am 4. April 2008)

Prolog

Der Tag, an dem die Frau sterben sollte, hatte zeitig begonnen.

Magda war bei Dunst und Niesel um fünf Uhr in der Früh aufgestanden. Draußen verwandelte der dünne Regen die Schneedecke in glitschig-eisigen Matsch. Die Frau warf einen kurzen Blick ins Kinderzimmer, wo ihre vierzehnjährige Tochter noch fest schlief. Sie ging in die Küche und klickte auf Bayern 1. »I liab di, Aal-pähn-ro-osn«, sang Niki Kirchbichler, der bekannte Volksmusiksänger. Sie schob die Lippen vor, als ob sie schmollte, und summte die Melodie mit. Nur jetzt, in der Früh, mochte sie solche Schnulzen hören, später nicht mehr. Plötzliche Windböen ließen das Fenster erzittern. Sie warf die Kaffeemaschine an. Frühstücken würden sie erst nach der Stallarbeit. Draußen war es stockfinster. Als die Frau aus der Haustür trat, hörte sie ein verschlafen-sehnsüchtiges Blöken aus dem Stall. Ihr Gesicht blieb halb im Schatten. Der kalte, nasse Wind zerrte an ihren Kleidern. Sie zupfte an der Schürze herum und strich das Kopftuch glatt.

Der Bauernhof stammte aus einer anderen Zeit. Er war ein Haus wie eine Burg, erbaut aus dem Gestein der Gegend, verwittert über die Jahre durch Wind, Sonne, Regen und Schnee zu einer undefinierbaren Farbe zwischen Mausgrau und Maisgelb. Tief drunten lag er in einer Mulde, verschneite Wiesen zu seinen Füßen und den dunklen Bergwald im Rücken. Aus dem Kamin des Hauptgebäudes stieg Rauch in den Nachthimmel. Ein schnell fließender, eisiger Bach mäanderte ein paar Meter talabwärts vorbei.

Magda hörte sein Plätschern, als sie das Foto, das sie ständig mit sich herumtrug, aus der Schürzentasche zog. Ihre Tochter. Liebevoll strich sie über das Bild. Es zeigte ihr Madl, das da oben schlief, als Schulanfängerin mit einer riesigen Tüte im Arm und war schon recht vergilbt. Die Einschulung war nach der Geburt des Kinds der schönste Tag in ihrem Leben am Hof gewesen. Ihr Mann, der Bauer, hatte keine Zeit gehabt. Zwei dünne Tropfen machten sich auf den Weg vom Handgelenk zu den Fingerspitzen. Rasch steckte die Frau das Foto wieder ein.

Magda war einmal eine begehrte Dorfschönheit gewesen. Groß, hellbraunes Haar, die Figur proportioniert wie eine Sanduhr. In den Jahren ihrer Ehe hatte ihre Erscheinung an Strahlkraft verloren. Das Haar war von grauen Strähnen durchzogen, tiefe Falten pressten ihre Wangen nach unten, sie wog achtzig Kilo. In ein paar Jahren würde sie ihren fünfzigsten Geburtstag feiern.

Magda machte einen langen Schritt zum Stall hin. Aus dem Augenwinkel sah sie ein gleißendes Licht aufblitzen.

»Aaaaahhh!«, schrie sie auf.

Der Futtermischwagen raste aus dem Dunkel mit aufgeblendeten Scheinwerfern von rechts heran. Auf dem Fahrersitz hinter der spiegelnden Scheibe sah sie ihren Mann toben. »Pass doch auf, du blöde Kuh«, las sie von seinen Lippen. Das Lippenlesen hatte sie gelernt in der Zeit mit ihm. Manchmal sprach er den ganzen Tag kein Wort, und sie war froh über jede gehauchte Silbe.

Eilig verschwand sie im Stall, um mit zitternden Händen den Kühen die Melkschläuche anzulegen und den Kälbern über den Kopf zu streichen. Sie mochte den warmen Geruch ihrer Leiber.

Als ob nichts gewesen wäre, räumte ihr Mann den Mist weg und schob den Tieren das Futter hin. »Diese verdammte Berufsschule sollte man in die Luft sprengen«, rief er ihr zu. »Dauernd sind die Lehrlinge weg.«

Am Mittag bereitete sie das Essen für ihn, sich und das Madl zu. Es gab Fleischpflanzl mit Kartoffelgurkensalat, zum Nachtisch Obstsalat mit Sahne. Danach einen Kaffee für ihn. Es war Samstag, der 11. Dezember 1993.

Der Milliwagen kam und holte die Milch.

Die Frau hatte noch sieben Stunden zu leben.

Ihr Mann verbrachte den Nachmittag mit Holzmachen im Freien und Maschinenpflegen im Werkstattraum. Sie reinigte die Melkmaschine, bezog mit dem Madl die Betten in den Ferienwohnungen und wischte und säuberte. Danach wechselten sie in den Vasen den künstlichen Almrausch gegen Kunststoffedelweiß und Plastikenzian aus.

Von vier bis halb sechs wieder Stallarbeit. Die Frau ging ins Haus, stellte sich kurz unter die Dusche und begab sich in die Küche. Um halb sieben erwartete der Mann das Abendessen. Das Madl bezog solange die Betten in der Ostwohnung über dem Bulldogschuppen, stülpte die Bordüren über die Stofflampenschirme und zog die Fensterläden zu. Dann schloss sie den PC an. Die Gäste, die morgen kamen, hatten danach verlangt.

»Kannst mir vielleicht helfen?«, brüllte der Mann durch den Flur. »Ohne Lehrling bin ich aufgeschmissen.« Er hustete laut. Dann kam ein kaum hörbares »Bittschön!«

Die Frau drehte die Platte mit dem Nudelwasser auf null und rückte die Schinkenpfanne vom Herd. Sie wischte sich die Hände an der Schürze ab und warf einen Blick auf die Küchenuhr. Es war halb sieben.

»Pack mal mit an!«

Reifen sollte sie stapeln. Hinten an der Wand vom Bulldogschuppen. Die Wand war voll dunkler Dellen und Kratzer, zur Hälfte war der Putz abgesprungen.

»Dass der Bulldog net andauernd an die Wand hinrennt«, erklärte ihr der Mann. »So genau kann i des nie berechnen ohne Einweiser.«

Der Kofferradio auf dem Sitz neben ihm spielte ein Lied von Niki Kirchbichler. »Wie schö-hön die Liab is«, ölte der Sänger. Die Frau wusste, dass er auch die Gitarre dazu spielte. Sie blinzelte in das helle Kunstlicht unter der hohen Decke. Die Rückscheinwerfer des Traktors waren auf sie gerichtet.

»Also, du stellst di jetzt vor den Stapel«, schrie er nach hinten gebeugt vom Fahrerstand herab. »Und sagst mir genau, wenn i nah genug dran bin. Wenn i genau vor dem Reifenstapel steh. Und wo der Bulldog nimmer an die Wand hinrennt.«

Der Motorlärm schluckte seine Worte. Sie hatte Mühe, den Bauern zu verstehen.

Bei jedem Zentimeter, den der riesige grüne Bulldog rückwärts auf sie zurollte, verstärkte sich das vage Angstgefühl, die beklemmende Vorahnung in ihrem Kopf, verknotete sich ihr Magen. Sie versuchte, den Tumult in ihrem Inneren zu dämpfen. Doch sie konnte das Gehirn nicht ausschalten.

Will er mir was antun? In den vergangenen Tagen hatte sie in einer Atmosphäre ständiger Furcht, Bedrohung und Bestürzung gelebt. Sie schlang die Arme um den Leib, nicht nur, weil sie fror.

Ihr Mann stellte einen Fuß auf das Trittbrett des Bulldogs und beugte sich zu ihr. »Stell di vor den Stapel«, rief er. »I will sehen, ob's passt.« Dann stieg er wieder hinauf. Seine Gestalt erschien ihr riesig. Aber es war sicher nur sein Schatten an der Wand, der ihr Angst machte.

Sie griff hinter sich. Krallte die Nägel in den obersten Reifen. Wozu muss ich mich davorstellen, dachte sie noch.

Der Motorlärm schwoll bedrohlich an.

Magda spürte ein Zerren im Schlund und sah verschwommen den Traktor näherkommen. Auf sie zu. Sein Schatten an der Wand gegenüber bildete ein großes Kreuz. Sie wollte um Hilfe rufen. Sie hätte ja nur ein paar Schritte zur Seite machen müssen. Doch sie war wie gelähmt und blieb stehen und reckte die Arme dem grünen Ungeheuer entgegen. Als könnte sie es aufhalten. Es war, als ob unsichtbare Kräfte eine ganze Wand auf sie zuschoben. Eine Wand, deren brutaler Wucht sie nicht entkommen konnte.

Durch das hintere Kunststofffenster sah sie im Rückspiegel des Bulldogs das Gesicht ihres Mannes. Nein, es war nicht sein Gesicht. Es war eine teuflisch verzerrte Fratze.

Magdas Stimme verlor sich im Lärm des Motors. Hab ich's doch gewusst, dachte sie, er will mich umbringen. Noch hätte sie neben die Reifen springen können und flüchten. Doch ihre Beine schienen nicht mehr zu gehorchen. Ihr Verstand blieb stehen. Sie konnte nur mehr an ihre Tochter denken. Das Madl befand sich im Stockwerk über ihr und drapierte die Bordüren. Magdas verschwommener Blick glitt nach oben. Tränen rannen ihr über die Wangen. Ihre Hand fuhr zur Schürzentasche. Das Foto wollte sie herausziehen. Ein letztes Mal. Doch es war zu spät. Ihre Hand schaffte es nicht einmal mehr, das Foto zu berühren.

Der Stahl des Traktors quetschte ihren massigen Körper gegen die Wand und begann sie zu zermalmen. Ihr stimmloser Schrei erstarrte. Ihre Augen traten hervor und wurden größer und größer in dem Maß, wie der Druck das Leben aus ihrem Leib presste. Blut ergoss sich aus ihrem schweigenden Mund. Sie hörte die Glocken unten im Dorf das Sieben-Uhr-Läuten anstimmen. Sie läuteten und läuteten, und ihr schallendes Geläut drang in ihren Kopf, und sie sah das Madl am Fuß der Treppe stehen. Keine zehn Meter entfernt. Das Madl kauerte sich mit Augen, aus denen das Entsetzen rief, hinter ein Mäuerchen. Dann öffnete sich Magdas Mund noch einmal zu einem Schrei, doch der Mund gab keinen Laut von sich und hing offen, als ihr letzter Lebenshauch in kleinen Blasen aus dem kalten Traktorschuppen emporstieg und lautlos in die Unendlichkeit getragen wurde.

Das Mädchen starrte auf das Erbrochene vor sich und die Gallenflüssigkeit, die sich eine Handbreit von ihrem Gesicht entfernt auf dem Betonboden ausgebreitet hatte. Das erste Mal in ihrem Leben hatte sie sich übergeben müssen.

Während der Traktor ihre Mutter zermalmte, hatte sie sorgfältig darauf geachtet, unsichtbar zu bleiben. Nun aber hatte sie das Bedürfnis, hinauszurennen oder zu ihrem Vater hinzuspringen oder sich über ihre zerquetschte Mutter zu werfen. Sie tat nichts von dem.

Das Mädchen rannte auf sein Zimmer, griff in die Geheimschublade und riss den Brief auf, den sie seit zwei Wochen dort versteckt hielt. Keine Träne trat aus den Augen, doch alles Blut war aus dem Gesicht gewichen, als das Madl die Zeilen las, die ihr die Mutter hinterlassen hatte.

Sie hörte Geräusche von unten. Der Bulldog fuhr aus dem Schuppen. Sie ging hinunter und wischte das Erbrochene weg. Der Vater sollte es nicht finden. Er sollte nicht wissen, dass sie den Mord an ihrer Mutter beobachten musste.

Er hatte ihren Körper entsorgt, und auch sonst war nichts zu entdecken.

Erster Tag

Das Granteln, die Sturheit, die Bosheit. Ein Mordsgedächtnis, wenn es darum geht, jemandem etwas nachzutragen. Alles Eigenschaften, die dem Oberbayern gern unterstellt werden. Doch ein ausgeprägtes Merkmal des bayrischen Charakters wird oft unterschätzt: die Allwissenheit.

So wusste Kriminalrat a.D. Josef »Joe« Ottakring schon gleich in der Früh, dass dieser Tag kein guter werden würde. Er verspürte eine leichte Gereiztheit, wie bei jener Andeutung von stechendem Schmerz in seinem Rücken, wenn er einen komplizierten Fall zu lösen hatte. Ottakring stand am offenen Fenster und blickte nach Osten. Die aufgehende Sonne stand ihm viel zu tief und blendete. Kreischende Schulkinder mit grässlich bunten Rucksäcken wateten durch den kniehohen Schnee. Er hatte ja nichts gegen Kinder, aber grad diese … Rechts verdeckten Häuser und ein paar dunkle Wolken die Sicht auf den Wilden Kaiser, und selbst wenn diese Hindernisse nicht da gewesen wären, hätte bei Ottakrings derzeitiger Stimmung das Kaisermassiv die Weitsicht auf die österreichische Landschaft versperrt.

Vor Kurzem erst war er in die Stadt nach Rosenheim gezogen. Obwohl ihm die Wohnung in Neubeuern eigentlich sehr getaugt hatte. Aber nach ein paar Hochzeiten im Saal vom Vornberger, der Marktbeleuchtung mit einem Dauerredner vornedran, dem Tag der Blasmusik, dem Bierfest der Feuerwehr, der Motorradweihe und einem »Jedermann« am Bürgel mit dem Dorfpfarrer in der Hauptrolle hatte er sich ein bunteres Angebot an gesellschaftlichen Ereignissen gewünscht. Das konnte auch der wunderschöne Neubeurer Marktplatz nicht wettmachen.

Rosenheim, die Kreis- und Fachhochschulstadt dagegen, war die Booming Town zwischen München und Salzburg. Konzerte, Theater, Kunstausstellungen und ein modernes Kinozentrum waren an der Tagesordnung. Auf den üppigen Rosenheimer Fasching konnte er verzichten, den hatte er in München schon immer gemieden. Aber das Herbstfest, das Ende August begann, und, jetzt im Winter, ein Besuch am Christkindlmarkt, ein Glühwein in einem der Altstadtwirtshäuser, und das alles zu Fuß oder mit dem Radl – das konnte ihm nur die Stadt Rosenheim mit ihren sechzigtausend Einwohnern bieten.

Ottakring mochte auch die Wesensart ihrer Bewohner. »Wenn du dich zu jemandem an den Tisch setzt, tut er nicht erstaunt, und wenn du dich allein in die Ecke flackst, ist's auch recht«, hatte er zu Lola gesagt. »Wenn du nach München willst, setzt du dich in den Zug und fährst hin.« Lola kam neuerdings fast ausschließlich mit der Bahn aus München. »Wennst magst, heuerst du in einem Fitnesszentrum an und lässt die Muskeln spielen.« In Neubeuern hatte er solche Angebote vermisst, und so war Ottakring froh, dass er sich entschieden hatte, umzuziehen. Leicht war es ihm nicht gefallen.

Er hatte sich ein kleines Reihenhaus gewünscht. Doch seine Pension war spärlich, und er wollte kein finanzielles Risiko eingehen. Außerdem lag die Rosenheimer Wohnung relativ ruhig und besaß alle Vorteile einer zentralen Lage. Er hatte Mühe gehabt, alle Möbel in den drei Zimmern unterzubringen. Vor allem die Erbstücke seines Onkels, der Weihbischof war, hatten Planung und Augenmaß verlangt. Den geschnitzten Eichenschrank konnte er an der Längswand im Wohnzimmer gegenüber der Balkontür platzieren, die deckenhohe Standuhr prangte in der Diele.

Ottakring schloss das Fenster zur Papinstraße. Draußen war es viel zu kalt, selbst wenn man bedachte, dass bald Weihnachten war. Ach, Weihnachten. Er hatte noch immer kein Geschenk für Lola. Die Zeit vor Weihnachten sollte man abschaffen, dachte er wieder einmal, genau wie die Woche nach einem Urlaub.

Herr Huber strich mitfühlend um seine Beine. Ottakring kraulte ihn hinter den Schlappohren. Der achtjährige Mischlingshund sah aus wie ein Berner Senn mit kurzem Fell. Weiße Maske, weiße Schuhe, weiße Schwanzspitze, dunkelbraune Augen. Er hatte ihn aus dem Tierheim geholt, als er vier Jahre alt war.

Ottakrings Blick fiel auf die Zeitungsseite mit den Traueranzeigen, die vor ihm lag. Er spürte, wie sich sein Herzschlag beschleunigte.

Sympathischer Mann gewesen, der Scholl.

»Herrgott, ich rauch doch nicht mehr, Herr Huber«, rief Ottakring halb belustigt, halb mit Bedauern. Herr Huber war mit einer übrig gebliebenen Rothändle-

Erster Kriminalhauptkommissar

Sebastian Scholl

* 11. Mai 1961 † 4. Dezember 2007

Wir haben einen unserer fähigsten Beamten verloren.
Er hatte eine große Zukunft vor sich.
Wir werden ihm ein ehrendes Andenken bewahren.
Polizeidirektion Rosenheim

Schachtel im Maul vor ihm aufgetaucht. Ottakring nahm sie ihm weg. Väterlich klopfte er den knochigen Schädel.

Musste ausgerechnet der Scholl mit dem Motorrad verunglücken? Scholl war Leiter des Rosenheimer K1. gewesen. Er schätzte den Mann sehr. Vor drei, vier Jahren hatte er mit ihm den Fall der beiden Toten gelöst, die in einem Ausflugskahn am Chiemsee angelandet waren. Er war ein guter Kriminaler gewesen. Und ein guter Kriminaler hinterließ immer eine Lücke.

»Beisetzung Freitag, 7.12.2007, 14:30 Uhr«, las Ottakring in der privaten Todesanzeige der Familie. 14:30 Uhr in der St. Nikolauskirche. Heute. Er wusste, das war die neugotische Kirche am Ludwigsplatz. Vor nicht langer Zeit hatte er schon einmal in dieser Kirche einer Trauerfeier beigewohnt. Die Dame mit dem fetten weißen Labrador, der er manchmal beim Spazierengehen am Mangfalldamm begegnet war, war gestorben. Ottakring hatte gefunden, es gehöre sich, so jemanden zur letzten Ruhe zu geleiten.

Im Fall Scholl war es natürlich mehr. Den hatte er nicht nur gut gekannt. Der wird noch gefühlt haben, wie er mit seiner Maschine gegen den Lkw gekracht ist, der ihn in der Linkskurve erwischt hat, dachte er. Aber bevor ihm etwas wehgetan hat, wird er schon tot gewesen sein.

Ottakring zog sich gerade an, da fuhr ihm der Schmerz ins Kreuz. Er langte mit beiden Händen unter den Hemdkragen, um die Verspannung zu lösen. Erfolglos. »Hab ich's doch gesagt«, sagte er zu Herrn Huber. »Nix klappt an so einem Tag.« Dann schlüpfte er in den einzigen Mantel, den er besaß. Einen kamelfarbenen. »Komm mit, Herr Huber. Wir gehen zu einer Beerdigung.«

Im Winter sind die klaren Tage die kältesten. Als Ottakring nach draußen trat, Herrn Huber an der Leine, wurde er von gleißendem Sonnenlicht auf weißem Schnee geblendet. Über ihm war nichts als Himmel, nur von wenigen, hoch oben schwebenden Wolken durchzogen. Die Sonne hing über den entfernten Gipfeln im Süden, und die Stadt lag im hellen Licht. Doch ein gnadenloser Wind pfiff durch die Straße, und der arme Rhododendron links von der Haustür duckte sich mit eingerollten Blättern wie ein frierendes Kind. Den Hund ließ Ottakring im Auto. Die eine Stunde würde er's aushalten, auch wenn's draußen kalt war.

Die Kirche war brechend voll. Der Sarg stand vorn auf den Stufen zum Hochaltar. Ottakring blieb unmittelbar hinter der letzten Sitzreihe stehen. Er hatte sich vorgenommen, Scholls Witwe die Hand zu schütteln und ihr sein Beileid auszudrücken. Wie sie aussah, wusste er vom

Foto. Er sah sich um und suchte nach Bekannten. Dem Rosenheimer Polizeidirektor Schuster, dem Präsidenten aus München. Nach Chili hielt er Ausschau, seinem Patenkind. Sie arbeitete im Rosenheimer K1. Er fand niemanden. Nur unbekannte Gesichter.

Bis auf eines. Das der Frau vom Dorfkramer in Neubeuern. Sie war es, die die quietschende Kirchentür als Letzte aufgedrückt hatte. Nun stand sie mit hechelnder Zunge neben ihm.

»Hey«, flüsterte Ottakring. Er sah schon Schreckliches auf sich zukommen. »Was für eine Beerdigung ist das eigentlich?«

Im selben Augenblick hörte er den Pfarrer sagen: »Und wer hätte gedacht, dass unsere liebe Schwester im Herrn …«

»Na ja, die Noichl Luise halt«, sagte die Kramerin. »Ich bin nur zu spät gekommen, weil ich im Stau gestanden bin.«

Ottakrings Mundwinkel, die er zu einem falschen Lächeln hochgezogen hatte, fielen nach unten. Schweißperlen schossen ihm auf die Stirn.

»Ja, bin ich denn total bescheuert?« Er meinte zu flüstern. Doch die letzten vier Reihen wandten sich vorwurfsvoll nach ihm um. Die Dorfkramerin schüttelte nachsichtig ihr Haupt.

Ottakring spürte, wie er rot wurde. Mit abgewandtem Gesicht schleppte er sich zur Tür. Er war fast draußen, da drehte er sich noch einmal um.

»Hallo«, zischte er der Kramerin zu. »Scholl. Der Kriminaler. Wissen Sie zufällig, wo der …?«

»Der mit dem Motorrad? Der findet draußen am Friedhof statt. Ich glaub, auch um halb drei.«

So viel zur bayrischen Allwissenheit.

Rein in den alten Porsche. Herrn Huber beruhigen. Den Mantel auf den Rücksitz werfen. Gas geben. Verdammt, wo ist ein Parkplatz? Rückwärtsgang, Gas geben. Einhundert Meter, zweihundert Meter, endlich ein Parkplatz. Rückwärts einparken. Ungeduldiges, schrilles Gehupe – »ja wo sammer denn. Da könnt ja jeder …«, brüllte einer mit gezwirbeltem Schnurrbart aus seinem offenen Wagenfenster. Oberbayern brauchen nie lange zu suchen. Sie finden immer was zum Aufregen. Aufregen ist bei ihnen so beliebt wie Blasmusik und Politikerderblecken.

Ottakring war schon auf dem Weg, da fiel ihm ein, dass er sich von Herrn Huber nicht verabschiedet hatte. Er kehrte um und wandte die erprobte Formel an: »Huber, sorry! Ich geh nur schnell einkaufen, bin gleich wieder da.« Oh verdammt, der Hund musste mal raus, das sah man ihm an. Also: »Komm, Herr Huber, schön pieseln. Aber schnell!« Hund wieder im Auto verstauen. Im Laufschritt zum Friedhof. Kruzitürken, Mantel vergessen. Wieder zurück, Mantel einsammeln. Hund beruhigen.

Im Laufschritt brauchte er zum Friedhof keine fünf Minuten. Unterwegs zog er den Mantel wieder aus und warf ihn über den Arm. Die letzten Meter legte er gehend zurück. Dunkel gekleidete Frauen mit Hüten auf dem Kopf und dicken Schals um den Hals gingen gebückt auf den Wegen zwischen den Gräbern. Er überholte sogar den Unimog der Stadtgärtnerei, in dem zwei Männer saßen. Schwitzend und außer Atem kam er an der Aussegnungshalle an. Er erntete erstaunte Blicke. Leichter Schneefall setzte ein. Ottakring zog den Mantel wieder an und klappte den Kragen hoch.

»… verlieren wir einen tüchtigen …« Der Polizeipräsident aus München räusperte sich und setzte erneut an. Er war ein hochgewachsener, wuchtiger Mann mit breiter Brust. Selbstverständlich trug er Uniform. Er sprach frei und hatte einen dröhnenden Bass. »… eine *sehr* tüchtige und beliebte Führungskraft.« Dabei richtete er den Daumen auf den Sarg neben ihm.

Einfache Fichte, kam es Ottakring in den Sinn. Bretter, die die andere Welt bedeuten.

»Er hatte keine Chance. Er wurde mitten aus dem Leben gerissen. Und hatte alles noch vor sich. Das Leben mit seiner Familie, eine glänzende Karriere. Das weiß ich, denn auch ich, wie Sie vielleicht wissen, war vor Jahren Leiter des Kommissariats 1 in Rosenheim. Sozusagen der Urgroßvater des Verstorbenen.« Der Präsident ließ den Blick schweifen. »Sebastian Scholl hinterlässt seine Frau Birgit, Ferdinand, seinen achtjährigen Sohn, und sein Vater trauert um ihn.«

Die Hinterbliebenen standen auf der anderen Seite des Sargs. Ein distinguiert wirkender Herr um die siebzig mit vollem weißem Haar, die Witwe, gefasst, im schwarzen Hosenanzug, und Ferdinand, der sich an sie schmiegte.

»Unser tiefes Mitgefühl, verehrte Frau Scholl, gilt Ihnen und Ihrem Sohn. Ich hab mir sagen lassen, dass Sie und Ihr Mann den Tag genutzt haben. Im positiven Sinn. Sie haben Ihr gemeinsames Leben nicht aufgeschoben. ›Morgen ist auch noch ein Tag‹, ist eine schlechte Devise. Denn was, wenn morgen kein Tag mehr ist? So wie in diesem Fall? Dann bleibt das Leben ein Plan, ein Entwurf, eine nie ausgeführte Skizze …«

Ottakring musste daran denken, wie ihm während einer Ermittlung Scholls Schuhe aufgefallen waren. Viel zu große Schuhe und ausgelatscht wie bei einem alten Mann. Doch immer auf Hochglanz poliert. Er unterdrückte ein Lachen, das sich durch seinen Hals drängte. Als grunzender Laut kam es oben an.

Zwei, drei Köpfe vor Ottakring klingelte ein Handy. Die Besitzerin duckte sich. Als sie mit hochrotem Kopf wieder auftauchte, schmunzelte er. Es war sein Patenkind Chili Toledo. Sie arbeitete in Scholls Kommissariat. Im K1. Seit sein Freund Torsten, Chilis Vater, verstorben war, fühlte er sich wie eine Art Ersatzvater für sie.

Ottakring ließ den Blick weiterschweifen. Bestimmt hundertfünfzig Menschen ringsum. Wenn nur fünf echte Freunde unter den Trauergästen sind, dann kann der Tote mit seinem Leben zufrieden sein, dachte er. An einer Thujenhecke entlang hatte er sich ein paar Meter nach vorn gearbeitet. Eine junge Frau fiel ihm auf, die sich drüben an die Seitenwand der Halle drückte. Wie in Trance schaute sie in den grauen Himmel. Schneeflocken hatten sich auf ihrem Haar gesammelt. Sie trug einen schwanenweißen Anorak mit Goldstickereien, Jeans, braune Stiefel und keine Handschuhe. Ihre feingliedrigen Hände fielen ihm auf. Es waren Hände, wie sie Klavierspieler haben.

Zwei Ministranten warteten mit wichtiger Miene darauf, dass der Pfarrer sich endlich fortbewegte. Einer schwenkte das Weihrauchfass.

Eine Schneeflocke landete auf Ottakrings Nase.

»Sie kommen doch auch nachher mit zum Voglwirt?« Der Präsident hatte ihm auf dem Weg zum Grab den Arm um die Schulter gelegt. »Ich hätt Sie gern etwas gefragt.«

»Absolut«, sagte Ottakring und nickte versonnen. Aus seiner Münchener Zeit kannte er den Polizeipräsidenten von Oberbayern recht gut. Irgendwas war da im Busch, das spürte er.

Der Voglwirt. Ottakring war ein-, zweimal da gewesen. Wirklich wohl gefühlt hatte er sich nicht. Die Neigung, Teil der Kulisse für die Prominenten dieser Welt und ihr Gefolge sein zu wollen, fehlte ihm komplett. »Tor zu den Alpen« hatte ganz groß vorn auf dem Prospekt gestanden. Ein First-Class-Hotel, das lange in Rosenheim gefehlt hatte und erst im vergangenen Jahr am südlichen Stadtrand eröffnet worden war. Eine Art Laufsteg der Schönen und Reichen, ein Jahrmarkt der Eitelkeiten.

Schon von fern hörte er Herrn Huber im Porsche bellen. Gemächlich ging Ottakring auf den fünfundzwanzig Jahre alten orangefarbenen 911E zu. Der Wagen hatte an die zweihunderttausend Kilometer auf dem Tacho, und jeden Monat war irgendetwas defekt. Aber Ottakring hatte die Zeit, alles selbst zu reparieren.

Er warf sich hinters Steuer und fuhr los. Brrrrh, es

roch streng nach Hund. Er kurbelte das Fenster herunter. Herr Huber machte sich lang und streckte ihm den Kopf hin. Zerstreut kraulte Ottakring ihm die Ohren.

Was wollten die von ihm?

»Gut, dass Sie da sind.« Ohne Zögern kam der Präsident auf ihn zu. Den Arm ließ er diesmal unten. »Es ist wichtig. Kommen Sie.«

»Wo kann ich meinen Hund für eine halbe Stunde unterbringen?«, fragte Ottakring den jungen Mann an der Rezeption des Voglwirts, der wie ein Flugbegleiter gekleidet war.

»Da drüben ist die Hundebar«, säuselte der Angestellte. »Da ist auch ein Haken, da können Sie ihn anbinden. Wir passen schon auf. Ach, ich mach das schon für Sie. Komm her, was bist du für ein fesches Hündchen, richtig entzückend.«

Mit den Gesprächsfetzen in unterschiedlichen Sprachen und dem Duft von Gebratenem wehte auch ein Flair von großer, weiter Welt durch die Eingangshalle. Die Innenarchitekten hatten zwar einen dezent alpenländischen Stil mit viel edlem Holz gewählt, doch das Haus war weit davon entfernt, etwa zu jodeln. Alles war großzügig, hell und übersichtlich gestaltet. Üppig behängt war nur ein Weihnachtsbaum, der so hoch war, dass er sich in einer Fabrikhalle hätte ducken müssen. Ein riesiger Kronleuchter schwebte drohend genau über Ottakring. Dachbalken, für die etliche Almhütten abgerissen worden waren, wiesen zu weitläufigen Räumen mit verglasten Wänden und viel Grün. In der Ecke der Empfangshalle fiel Ottakring ein Brunnen auf, in dem zwei Bronzedelfine Wasser spien. In seiner Mitte thronte in Lebensgröße ein Neptun aus weißem Alabaster mit einem Dreizack im Patinalook. Das sanfte Plätschern des Wassers wurde vom Stimmengewirr unterdrückt.

Ottakring wusste, dass das Hotel seit der Eröffnung im vergangenen Sommer quasi ausgebucht war. Es schien, als hätte die Welt auf dieses neue Haus im Rosenheimer Land nur gewartet. Die Voraussetzungen waren gut: Golfspieler in der Hochsaison, Skifahrer im Winter, Urlauber und Kongressteilnehmer. Erlebnishungrige fanden in Fun- und Freizeitparks ihr Vergnügen. Naturfreunde freuten sich über spektakuläre Berge, Klammen und Höhlen. Kleine und große Schlösser, Kirchen und Klöster warteten auf die Besichtigung. Die Möglichkeiten zum Wandern und Radeln waren unbegrenzt, und zahlreiche Bäder versprachen Wellness pur. Auch die VIP-Liste mit Politikern, Sängern, Sportlern, Medien- und Filmstars war unübertroffen, wenn man von München einmal absah.

Ottakring strömte mit der Trauergemeinde auf das großzügige Areal, das an den Garten grenzte und den Blick auf die Gebirgszüge des Wendelstein und des Wilden Kaisers im Süden freigab. Die vergangenen Tage hatten ein gigantisches weißes Tuch aus Schnee über die Berglandschaft gebreitet. Alles verschwamm in blau schimmerndem Dunst.

»Robert Speckbacher, Assistent der Hotelleitung«, stellte sich ihm ein etwas dicklicher Mann mittlerer Größe von gut dreißig Jahren vor. Er trug einen Trachtenanzug. Sein schwammiges Gesicht war nicht das eines Menschen, dem man großen Scharfsinn zutraute. Er geleitete die drei Herren – den Münchener Polizeipräsidenten, den Rosenheimer Polizeidirektor und Ottakring – zu einer Lounge-Ecke. Dann verabschiedete er sich wieder dezent mit einer linkischen Verbeugung.

In der Weichzeichner-Atmosphäre von cremefarbenen Ledersesseln, flachem Intarsientisch aus nordamerikanischer Kirsche und indirektem Licht schlug der Münchener eine persönliche Note an. »Sie haben sich einen Schnurrbart wachsen lassen?«, begann er.

»Absolut.« Ottakring strich sich mit zwei Fingern über seinen Oberlippenbart.

Die zwei anderen warfen sich einen Blick zu.

Aha, jetzt kommt's, dachte Ottakring. Was auch immer.

»Also …«, begann der Präsident. Die graugrüne Uniform stand ihm gut. Er hatte ein eckiges Gesicht, einen Linksscheitel und trug eine metallumrandete Halbbrille.

Polizeidirektor Schuster putzte an seinen Schulterklappen herum. Seine dunklen Züge wirkten wie gemeißelt, und in seinem Ausdruck lag die Warnung, dass mit ihm nicht zu spaßen sei. Ottakring wusste: Obwohl er sich meist oberflächlich von seiner besten Seite zeigte, durfte man ihn nicht unterschätzen.

»… wir haben ein Problem.«

Die Polizei hat ein Problem? Gab's so etwas? Darauf wäre er nie gekommen.

»Scholls Tod kam plötzlich.« Pietätvoll schlug der Präsident die Augen nieder. In gepflegtem Münchnerisch fuhr er fort: »Lässt sich einfach auf seinem Motorrad umnieten. Na ja, angenehmer als ein Herzinfarkt im Dienst. Geplant war, ihn in etwa drei, vier Jahren nach München zu holen. Seinen Nachfolger hatten wir auch schon ausgeguckt. Aber der ist momentan unabkömmlich. Der wird noch für einige Zeit auf seiner jetzigen Dienststelle gebraucht.«

»Und Specht, Scholls Stellvertreter …«, fügte Schuster, der Rosenheimer, mit klangvoller Stimme ein.

»… ist noch nicht so weit«, ergänzte der Münchener. Seine Brillengläser funkelten zuerst zu Schuster hin, dann zu Ottakring. »Deswegen …«

Der Mann hätte gar nicht weiterzureden brauchen. Ottakring war sofort im Bild. Nein, auf keinen Fall würde er das machen. War er nicht aus gutem Grund wegen seiner Probleme mit dem Kreuz frühpensioniert worden? Waren diese Probleme etwa verschwunden? Ohne es zu merken, griff er sich an den Rücken. Und überhaupt. Sein Hund, seine Freiheit, Lola, seine neue Wohnung – das war seine neue Welt. Er erwischte sich dabei, dass er unruhig mit dem Fuß auf den Boden tappte. Er zwang sich, stillzusitzen.

»›Ihr Hund, Ihre Freiheit, Ihre Partnerin‹ werden Sie entgegnen wollen.«

Als könnte er Gedanken lesen. Glatte Eins in Treffsicherheit.

»Wir möchten Ihnen dennoch ein Angebot machen. Wir hätten gern, dass Sie kommissarisch die Leitung des Rosenheimer Kommissariats 1 übernehmen. Bis der geplante Nachfolger zur Verfügung steht. Sie leben jetzt ja quasi vor der Haustür.« Er musterte Ottakring über den Brillenrand hinweg. »Natürlich wäre das ein außerordentlicher Schritt. Doch …«, er nickte dem Rosenheimer zu, »… der Kollege Schuster ist einverstanden. Und auch die Politik macht mit. Ich habe mit dem Staatssekretär gesprochen. ›Ungewöhnliche Situationen erfordern ausgefallene Maßnahmen‹, hat er gesagt. In Anbetracht der Bedeutung dieser Position und angesichts Ihrer Fähigkeiten, Herr Ottakring …« Das Lächeln auf dem Gesicht des Präsidenten war verschwunden. In seiner Stimme lag plötzlich ein bedrohlicher Beiklang. Er sah Ottakring aus zusammengekniffenen Augen an.

Ottakring lehnte sich zurück. Die können gar nichts von mir wollen, war sein erster Gedanke. Ich bin pensioniert und damit basta. Doch seine Lässigkeit währte nicht lange. Es wäre eine Herausforderung wie für ihn gemacht. Am liebsten hätte er seine Haftschalen herausgenommen und geputzt. Er musste Zeit gewinnen. Denn natürlich sah er auch gewisse Probleme auf sich zukommen Er verbarg seine Nervosität und widerstand der Versuchung, aufzustehen und auf und ab zu gehen. Vor zehn Tagen hatten in seiner Jackentasche noch Zigaretten gesteckt. Aufpassen, dass ich nicht zittre, dachte er. Es kam ihm grad recht, dass sich plötzlich Stille herabsenkte, als ob der ganze Saal auf seine Antwort wartete.

Da sah er sie wieder, die junge Frau vom Friedhof im weißen Anorak. Drüben im Seitentrakt unter den korinthischen Säulen schritt sie auf hochhackigen Stiefeln von Tisch zu Tisch und bot mit einem bezaubernden Lächeln rote Rosen an. Ottakrings Blick blieb wieder an ihren feingliedrigen Händen hängen. Neben dem Gesicht, das war seine feste Ansicht, waren es vor allem die Hände, die einer menschlichen Gestalt ein Wesen verleihen. Er stutzte. Woher kannte er diese Frau? Vorhin schon auf dem Friedhof war ihm ihr Gesicht vertraut vorgekommen

Der Präsident war seinem Blick gefolgt, in der Rechten eine Espressotasse. »Ich wusste gar nicht, dass Sie auf schöne Frauen stehen«, sagte er und hob eine Augenbraue.

»Was dachten Sie denn? Vielleicht auf Männer?«, erwiderte Ottakring. Ihm war fast schlecht vor Gier nach etwas Rauchbarem. Wieder fasste er an die leere Tasche.

Zuerst erhob sich der Präsident, nach ihm der Polizeidirektor. »Was halten Sie davon, Herr Ottakring, wenn Sie sich die Sache bis morgen überlegen?«, sagte der Präsident. »Ich rufe Sie an. Hier ist meine Karte, falls Sie noch Fragen haben. Wir wollen weder betteln noch Sie zu überreden versuchen. Aber ich sage Ihnen frei heraus, dass ich mich über eine positive Entscheidung sehr freuen würde.«

Ottakring stellte die Frage, die ihm von Anfang an auf der Zunge gelegen hatte: »Ab wann müsste – würde ich denn anzufangen haben?«

Sein Gegenüber war einen halben Kopf größer als er. Er sah auf Ottakring herab und sagte nachsichtig: »Sofort!«

Auf der Suche nach einer Tageszeitung irrte Ottakring durch das Labyrinth des Hotels. Dass er vorhin auf der falschen Beerdigung gelandet war, war ihm vor sich selbst peinlich. Er wollte den Grund herausfinden. Schließlich fand er ein Oberbayrisches Volksblatt im Musiksalon, wo ein Mann am Flügel saß und den Raum mit wilder Musik erfüllte. Ottakring schlug die Traueranzeigen auf. Unwillkürlich verzog sich sein Mund zu einem schrägen Lachen. Natürlich, da stand's schwarz auf weiß. In seiner üblichen Hast hatte er die Anzeige in der Spalte neben der Scholl-Anzeige gelesen und so den Ort verwechselt.

»Was gibt's denn da zu lachen?« Der Mann hatte zu spielen aufgehört. Er saß hinter dem Flügel und hatte beide Hände auf dem geöffneten Deckel ausgebreitet. Ein breites Grinsen lag auf seinem Gesicht. »Na, kennst mich nicht mehr?«

In Ottakrings Kopf machte es Klick. Kirchbichler! Niki Kirchbichler aus seiner Münchener Schulzeit. Er hatte am Gymnasium sechs Jahre neben ihm gesessen. Und sechs Jahre lang hatten sie sich nicht gemocht und sich oft gegenseitig zur Weißglut getrieben.

Ottakring legte die Zeitung zur Seite und verzichtete auf eine freundliche Miene. »Ich glaub nicht, dass ich dich noch gekannt hätte«, sagte er bissig. »Aber dein Bild war ja oft genug in den Medien.« Er machte einen Schritt auf den Flügel zu. »Früher«, fügte er spöttisch hinzu.

Kirchbichler war ein mittelgroßer, gut aussehender Mann, der wie Ottakring die fünfzig schon gut überschritten hatte. Eine blassbraune, gelockte Mähne umspielte seine Schultern. Sportliche Figur in lässigem Outfit. Dunkel beschattete Wangen ließen auf einen starken Bartwuchs schließen.

Er lächelte Ottakring an – mit einem strahlenden Zehntausend-Volt-Lächeln, das zwei Reihen blendend weißer Zähne offenbarte. »Ja mei, wir werden alle nicht jünger. Schau dich doch an.« Auch er vermied es, dem anderen die Hand zu reichen. »Ich wohn hier im Hotel. Hab eine Suite auf der oberen Etage gemietet.« Er winkte ab und lächelte schräg. »Ganz bescheiden. Eine Junior-Suite.«

Donnerwetter, was der sich leisten kann, dachte Ottakring. »Junior-Suite, aha. Haben die hier keine Suiten für Senioren?«

Wir sind zwei sehr Erwachsene, die sich nach gut dreißig Jahren zum ersten Mal wieder sehen, dachte Ottakring. Zwei, die weise genug waren, nicht mehr auf sich selbst hereinzufallen.

»Hast du noch mal was von dem alten Jitschin gehört?«, fragte Kirchbichler.

Blöde Frage. Jitschin war ihr Klassenlehrer gewesen. Mathe und Physik. Was hätte er schon von ihm hören sollen. Man beendet die Schule, ist froh darüber und geht seiner Wege. »Er soll einmal auf einem Klassentreffen aufgetaucht sein«, gab Ottakring so höflich zurück, wie es ihm möglich war. »Jetzt am siebenundzwanzigsten Dezember ist wieder eines.«

Kirchbichler nickte und schlug ein paar Töne an, ohne auf die Tasten zu sehen. »Ja, ich weiß. Wie jedes Jahr. Am Anfang war ich zwei, drei Mal dabei. Danach nie mehr. Keine Zeit.«

»Klar. Die vielen Weiber«, frotzelte Ottakring und verzog den Mund.

Der andere lachte. »Na, so schlimm war's nicht damit. Die Arbeit, mein Lieber. Die Arbeit und das andauernde Unterwegssein. Nein, die Weiber …«

Wenn einer ihn schon völlig versnobt mit »mein Lieber« anredete! Ottakring war heilfroh, dass das seichte Geplapper abrupt ein Ende fand, als die Rosenverkäuferin in der offenen Tür stand.

»Hallo! Eine Rose für die Herren?«, fragte sie mit schmelzendem Mezzosopran und funkelndem Blick. Die samtene Weichheit ihres Teints, das dunkle Haar, die leicht gerunzelte Stirn – was ist das weibliche Gegenstück zu einem Womanizer, fragte sich Ottakring. Manizer vielleicht? Männerheldin statt Weiberheld?

»Soll ich dir eine Rose schenken?« Kirchbichler meinte tatsächlich Ottakring. Der jungen Frau warf er eine Kusshand zu.

Absolut. Jetzt reicht's aber! Ottakring hielt es nicht länger mit diesem Kotzbrocken aus. Abrupt wandte er sich um.

Ein unangenehmes Schweigen hatte in den letzten Sekunden zwischen ihnen geherrscht. Kirchbichler setzte sich wieder an das Instrument, und Ottakring verließ mit forschem Schritt den Raum. Nach diesem Auftritt musste er etwas trinken.

Auf dem Weg zur Bar traf Ottakring auf die trauernde Familie. Sie hatten es sich in einer der zahlreichen Lounge-Ecken gemütlich gemacht, umgeben von schmatzenden, lachenden Menschen. Frau Scholl erzählte gerade einen Witz, Klein-Ferdinand klimperte auf einer Gitarre. Nur der silberhaarige ältere Herr hatte sich in seinem Sessel zurückgelehnt, hielt die Hände gefaltet und wirkte angespannt.

Ein Maskenball, dachte Ottakring, kein Leichenschmaus. Die sind aufgeräumter als das ganze Hotel. Er nickte der Gruppe kurz zu und ging weiter.

Zurückgekehrte Skifahrer mit viel Durst, ein paar belesene Hotelbewohner und Trauergäste, die ein wenig Zerstreuung suchten, hielten die Bar besetzt. Mittendrin drehte die quirlige Rosenverkäuferin ihre Runde. Ziemlich gschaftlhuawerisch, wie Ottakring fand. Als er sein Pils halb geleert hatte, kam er darauf, was er vermisste: den Herr Huber.

Eine knappe Millisekunde später stand er an der Hundebar. Der Wassernapf war da, der Futternapf war da – nur der Huber nicht. Er spürte, wie ihm das Blut ins Gesicht stieg. Langsam drehte er sich um.

»Wo ist mein Hund?«, fragte er den Rezeptionisten mit einem gefährlichen Unterton in der Stimme.

Der tat harmlos. »Ihr Hund? Der Herr Huber?«

»Ja, verdammt! Mein Huber – wo ist er? Sie wollten doch auf ihn aufpassen!« Der Kerl hatte eine hübsche Gurgel. Ob sie beim Umdrehen wohl knackte?

»Oh! Der Herr Kirchbichler wollt mit ihm Gassi gehen. Er hat gsagt, Sie hätten ihm das ogschafft. Gibt's ein Problem?«

Vorhin noch nicht. Aber jetzt. Das konnte ja heiter werden. »Wo ist Herr Kirchbichler jetzt? Ist er im Haus?«

Fingerspitzen ratterten über das Schlüsselbrett. Bei 302 blieben sie hängen. »Sein Schlüssel ist nicht da. Aber das will nichts heißen. Er steckt ihn manchmal einfach ein.«

Ottakring hetzte nach oben. Suite 302 war verschlossen. Dann schoss er wieder nach unten. Er erkundigte sich. Kirchbichler fuhr einen dunkelgrünen Jaguar mit Kufsteiner Nummer. Nur – da war kein Jaguar auf dem Parkplatz weit und breit.

Draußen war's stockfinster, und es begann zu schneien. Ottakring sah das Bild seines Hundes vor sich, der blind hinter einem Fremden herlief. Was zum Teufel hatte Kirchbichler mit ihm vor? Da hörte er ein leises Jaulen, ein Wimmern, das innerhalb von Sekunden zu einem wütenden Kläffen anschwoll.

»Huberlein«, rief Ottakring halblaut und besorgt. Er sah sich um. Das Bellen hatte aufgehört. Herr Huber hatte die Stimme seines Herrn erkannt und lag auf der Lauer. Umso empörter legte er wieder los, als sich nicht augenblicklich etwas tat.

Der orangefarbene Müllcontainer war drei Meter breit, eineinhalb Meter hoch und seine metallene Außenhaut ringsum bedeckt mit Schrammen. Der Deckel lag fest auf dem Metallkörper. Als Ottakring ihn vorsichtig lupfte, wäre ihm sein Hund fast um den Hals gefallen. Herr Huber sah erlöst aus und stank unsäglich. Sein Herr dagegen trug Rache- und Mordgedanken im Herzen. Er barst vor Wut und Ohnmacht. Das sollte Kirchbichler büßen!

»Lola? Wie geht's dir? Ist das Brennen im Auge weg? Du wolltest mir doch Bescheid geben.« Ottakring achtete sorgsam darauf, dass kein Vorwurf in seinem Ton mitschwang. Er saß in seinem Porsche auf dem Parkplatz vor dem Voglwirt und ließ den Motor warmlaufen, während er seine Partnerin in München anrief.

Den Mantel hatte er angelassen. Er war das einzig Trockene an ihm. Alles andere im Wagen einschließlich Hund war triefnass. Er hatte das Tier in einer Hoteldusche gewaschen, shampooniert und abgerubbelt. Nun saß Herr Huber mit blutunterlaufenen Augen auf dem Beifahrersitz und ließ den Kopf hängen.

»Ich bin grad auf dem Weg zum Arzt, Joe.« Lola Herrenhaus klang müde. »Ich seh aus wie nach einem total versoffenen Abend. Gut, dass ich nicht mehr vor der Kamera stehe. Und das operierte Auge brennt, als hätte ich einen Liter Seife hineing…« Lola Herrenhaus stoppte mitten im Satz.

Ottakring meinte ein leises Schluchzen zu hören Ihm platzte der Kragen. »Verdammt noch mal, Lola!«, schrie er ins Telefon. Verbittert schlug er mit der Faust aufs Lenkrad. »Was soll das denn für eine Operation sein, wenn es hinterher solche Komplikationen gibt. Davon hat uns vorher niemand was erzählt. Seit zwei Wochen plagst du dich jetzt schon damit herum. Soll ich nach München kommen? Kann ich irgendetwas für dich tun?« Er hatte die Autotür aufgeworfen, war ausgestiegen und stapfte mit dem Handy am Ohr zwischen den anderen Autos hin und her.

Ein geradezu physisches Unbehagen kroch ihm durch die Glieder. Mitten im Schritt hielt er inne. Es tat ihm leid, dass er so ausgeflippt war.

»Entschuldige, Lola. Ich weiß auch nicht, was mit mir los ist. Mein Zorn war ja nicht gegen dich gerichtet …«

»Gegen wen sonst?«

»Na, gegen die, die dich operiert und nicht vor Komplikationen gewarnt haben.«

»Joe«, kam es leise. Lola schien sich wieder gefasst zu haben. »Mein lieber Ottakring. Ich bin operiert worden. Eine Operation ist der Versuch, eine Maschine zu reparieren, ohne den Motor anzuhalten. Da kann immer mal etwas passieren. Und meine Komplikation trat ja erst hinterher auf.«

Oh Lola. Wenn ich dich nicht hätte. Du bist so eine wunderbare Frau. Ruhig, intelligent und kopfgesteuert. »Wie schaffen Sie es, mit diesem eigenwilligen Typen zurechtzukommen?« Diese berechtigte Frage an Lola hatte er mit eigenen Ohren gehört. Und sich die gleiche Frage gestellt. Tausendmal schon. Wie kommt's, Lola, dass du nach so vielen Jahren immer noch bei mir bist? Ich gehe los wie ein angeschossener Bär, und du nimmst die Leute noch in Schutz. Und meistens hast du ja recht.

Obwohl Lola lange Jahre als Journalistin unter Männern gearbeitet hatte und sich auch als Moderatorin beim Fernsehen zwischen zotigen Kollegen und begehrlichen Blicken behaupten musste, hatte sie sich ihre weibliche Spontaneität und sogar eine gewisse Naivität bewahrt. Man durfte sie nur nicht unterschätzen.

»Lola?«

»Ja?«

»Möchtest du herkommen?«

»Joooọe!«

Wie er das mochte. Dieses langgezogene Joe mit einem vorwurfsvollen Ausrufungszeichen hinten dran.

»Wie soll das denn funktionieren?«, sagte sie. »Komm du doch her. Du bist Pensionist, und ich bin krankgeschrieben. Also, was ist?«

Ottakring war damals nach seiner krankheitsbedingten Frühpensionierung von München ins Rosenheimer Land gezogen. Weil er die Nähe der Berge mochte und die Großstadt mied. Lola konnte wegen ihres Jobs beim Bayrischen Fernsehen nicht mitkommen. Sie liebten sich und genossen das immer seltener werdende Beisammensein. Doch das ständige Hin und Her nervte inzwischen beide. Tiefe Wunden hatte er ihr schon zugefügt, wie nur ein Liebender sie dem anderen beibringen kann. Und stets empfand er einen Anflug von Trauer, wenn er ihre Stimme am Telefon hörte. Viel lieber hätte er sie einfach im Arm gehalten und fest an sich gedrückt.

»Lola«, sagte er ernst und blieb stehen.

Er hatte das tiefe Bedürfnis, ihr von dem Attentat auf Herrn Huber zu erzählen. Und sie um ihren Rat zu fragen. Sollte er die angebotene Aufgabe annehmen oder ablehnen? Aufs Neue in den Kriminaldienst einsteigen? Er war sich überhaupt nicht sicher. Es gab zu viele Fürs und Widers. Lola, ich hab ein Problem, ich fühl mich nicht gut. Aber hatte sie nicht ein viel größeres Problem? Ihre Gesundheit stand auf dem Spiel und nicht nur die. Er entschloss sich, ihr vorerst nichts zu sagen.

»Ich liebe dich«, schloss er und setzte sich wieder zu Herrn Huber ins Auto.

Ottakring stand mit einem Bier in der Hand am offenen Fenster seiner Wohnung und blickte hinaus in die Dunkelheit. Vielfältige Gedanken vagabundierten durch seinen Kopf, unscharf und widersprüchlich. Was nahm ihn mehr in Anspruch? Die Sorge um Lola oder der Anschlag auf Herrn Huber? Über den war er noch immer fassungslos. War der Kirchbichler denn verrückt geworden? Da stimmte doch was nicht im Kopf. Die Entscheidung über das erstaunliche Angebot des Präsidenten hatte er vorläufig vertagt. Sie hatte noch Zeit. Wenigstens bis morgen.

Draußen verwandelte sich der Schnee unter den Straßenleuchten in lauter glitzernde Kristalle. Das Rattern seiner Gedanken verlangsamte sich. Er stand da, schaute, ohne wirklich etwas wahrzunehmen. Die Zeiger der Standuhr hinter ihm zeigten auf halb neun. Er wartete auf Lolas Rückruf. Am frühen Abend war sie auf dem Weg zum Arzt gewesen. Sie hatte nicht viel Aufhebens gemacht. Doch sie hatte leise geweint. Er auf jeden Fall empfand ihren Zustand als kritisch. So kritisch, dass sein Magen sich zusammenzog. Ob das zusätzlich auch vom Nichtrauchen kam? Die Zeit tröpfelte dahin. Ihm war kalt, obwohl sich Schweiß auf seiner Stirn gebildet hatte. Ottakring schloss das Fenster, drehte sich um und ging ins Zimmer zurück. Es roch stark nach Hund. Das Bier war leer. Herr Huber gähnte laut im Hintergrund.

»Hallo, Joe.«

Endlich. Ihr Anruf. Doch war das Lola? Es war die krächzende Stimme eines fremden Wesens.

Sie braucht mich, sinnierte er.

»Hallo. Wie geht es dir?«, kam es leise aus dem Hörer.

»Wie – es – mir – geht, fragst du?« Seine Nerven! Er hätte fast hinausgebrüllt. »Liebes«, sagte er, so sanft er konnte, »ich wart jetzt seit Stunden auf deine Nachricht. Wie's *dir* geht. Nur das ist wichtig.« Ein Hustenanfall überwältigte ihn. Wortlos stieß er mit dem Fuß nach Herrn Huber, der sich um seine Beine wickeln wollte. »Also. Wie geht's *dir,* Liebes? Was sagen die Ärzte?«

Er fürchtete schon, sie habe aufgelegt, so lang war die Pause am anderen Ende. Dann, endlich: »Das rechte Auge ist okay, Joe. Aber das linke …«

Lola war vor zwei Wochen auf dem linken Auge operiert worden. Vom dritten Tag an hatte sie Schmerzen gehabt und den Operateur wieder aufgesucht. Sie hatte Antibiotika geschluckt. Doch ihr Zustand hatte sich zusehends verschlechtert. Zum ersten Mal in ihrem Leben wurde Lola Herrenhaus krankgeschrieben und fehlte im Dienst.

»… das linke ist total kaputt. Die Hornhaut ist mit Bakterien infiziert, die Klinik behauptet postoperativ. Ich seh kaum mehr etwas auf dem Auge, es ist geschwollen, und der Schmerz lässt einfach nicht nach.«

Was konnte er tun? Außer Trost spenden nichts. Doch die stolze Lola Herrenhaus würde ein solches Geschenk entschieden ablehnen, da war Ottakring sich sicher. »Lola …«, begann er.

»Nun nehme ich halt weiter Antibiotika und trage eine Piratenklappe überm Auge. Die Folge ist …«

Herr Huber richtete geräuschvoll bellend seine Grüße

aus. Ottakring hielt ihm mit der freien Hand das Maul zu. »Was ist die Folge?«, fragte er zurück.

»Halbblindheit zum Beispiel. Oder Funktionsverlust infolge Schädigung der Netzhaut, wie sie es nennen. Im Extremfall muss das Auge entfernt werden. Endophthalmitis heißt das Ding.«

»Mein Gott«, flüsterte Ottakring. Sein »Himmelherrgottsakra« schluckte er hinunter. Seine selbstsichere Lola. Lola Herrenhaus, die es von der beliebten Moderatorin der gleichnamigen Sendung zur Programmdirektorin beim Bayrischen Fernsehen gebracht hatte. Sein Blick fiel auf ein silbergerahmtes Foto aus einem Ibiza-Urlaub. Es stand auf dem DVD-Player neben dem Fernseher. Lola saß am Rand eines grün gestrichenen Holzboots am Pier, verwaschene Jeans und Bootssandalen an. Sie trug ein weites türkisfarbenes T-Shirt. Ihre rehbraune Pagenfrisur war vom Wind zerzaust. Lola blickte direkt in die Kamera, hoffnungslos verliebt in den Mann, der das Foto schoss. Und eines dieser ausdrucksstarken Augen sollte schlagartig defekt sein? Nicht auszudenken! Wie durch einen Geräuschfilter hörte er Lola sprechen.

»In zwölf, dreizehn Tagen wird sich entscheiden, ob ich ein Auge verliere oder nicht.«

Ottakring schnaufte durch. »Wirst du später zu Hause sein?«, fragte er überflüssigerweise. Sein Entschluss stand fest. Er hing nicht von Lolas Antwort ab.

»Nein, mein verständnisvoller Lover. Ich werd auf der Stelle in die Disko rennen und mein Wahnsinnsglück feiern.«

Eine knappe Stunde später parkte Ottakring den Porsche vor dem rosafarbenen Mehrfamilienhaus Isabellastraße 36 in München-Schwabing. Er merkte schnell, dass Lola von seinem Kommen nicht überrascht war. Doch sie tat, als ob, um ihn nicht zu enttäuschen. Er ließ sich sein Entsetzen nicht anmerken, als er seine Lola zum ersten Mal mit dieser Augenklappe sah.

Sie benahmen sich wie entfesselte Jugendliche. Erst lachten sie ausgelassen. Dann gingen sie miteinander ins Bett. Dann näherten sie sich ihren Problemen.

»Willst du mich heiraten?«, fragte Ottakring.

Lola sah ihn lange an. Sie legte die Arme um ihn. Er spürte, wie ihr Kopf an seiner Brust auf einmal bebte. »Weinst du?«, wollte er fragen. Dann merkte er, dass sie lachte. Sie lachte lautlos, bis sie Tränen in den Augen hatte.

»Ottakring, mein Liebster! Willst du mich aus Mitleid heiraten? Eine Kriegsversehrte nach Hause schippern? Ich bin krankgeschrieben und weiß nicht, wie's bei mir weitergeht.« Sie setzte sich im Bett auf und stieß ihn mit dem Ellenbogen in die Seite. »Es gibt zwei Möglichkeiten. Entweder ich verliere ein Auge. Dann bin ich wohl für längere Zeit gehandicapt. Oder ich verliere keines. In diesem Fall werd ich sofort wieder arbeiten. In beiden Fällen würde ich dir nicht nach Rosenheim folgen. Und du willst nicht nach München – also wo wäre der Sinn?«

Er wusste, dass sie sich von dieser Meinung nicht abbringen lassen würde. Die Enttäuschung war ihm anzumerken.

»Aber keine Angst«, setzte sie nach. »Ich bleib schon in der Spur.«

Die Nacht war unruhig. Ein Schneesturm tobte ums Haus. Herr Huber wanderte bibbernd vor Angst durch die Räume, und sie konnten kaum ein Auge zumachen. Schon um halb sieben watete Ottakring mit dem Hund durch den jungfräulichen Schnee zum Bäcker, um Brötchen und die Zeitung zu holen. Der Schnee knirschte. Die wenigen Autos fuhren vorsichtig. Ein paar lärmende Nachtschwärmer stritten sich vor einem Zeitungskiosk. Herr Huber blieb stehen und beäugte sie misstrauisch.

Zweiter Tag

»NIKI KIRCHBICHLER TOT! Herzversagen in der Sauna!« In fetten Lettern posaunte die Titelseite des Blatts den Tod des prominenten Sängers hinaus. Ottakring konnte nur den Kopf schütteln und wusste überhaupt nicht, was er von dieser Nachricht halten sollte.

Kirchbichler habe im Voglwirt am Vorabend die Sauna aufgesucht, las er. Zweieinhalb Stunden später war er leblos neben der Holzbank liegend gefunden worden.

Bei einem spärlichen Frühstück schilderte Ottakring Lola den Film von gestern Nachmittag, der sich verschwommen in seinem Kopf abspulte. Die Beerdigung. Der Voglwirt. Kirchbichler im Musiksalon am Flügel. Wie immer waren sich beide aus vollem Herzen unsympathisch gewesen. Herr Huber im Müllcontainer. Noch immer packte ihn der nackte Zorn. Doch welche Gedanken spazieren durch den Kopf, wenn dieser Mensch plötzlich tot ist? Trauert man da oder freut man sich? Sollte er plötzlich grau im Gesicht sein, weil sein Schulkamerad gestorben war, fragte sich Ottakring. Nur für einen kurzen Augenblick stellte er sich diese Frage. Denn die Antwort kannte er. Er konnte Niki Kirchbichler nicht mehr zur Rede stellen wegen des Attentats auf seinen Hund. Seine Wut fand kein Ventil. Aber das war's dann auch. Eines war jedenfalls gewiss: Kirchbichler hatte ganz und gar nicht den Eindruck gemacht, als wolle er sich aufs Sterben vorbereiten.

Ottakring war der Appetit vergangen. »Lola«, sagte er unvermittelt mit einer Miene, die nichts Gutes versprach. »Der Erste Kriminalhauptkommissar Scholl war Leiter des Kommissariats Tötungsdelikte. Er ist tödlich verunglückt und muss ersetzt werden. Wobei der Nachfolger, den sie ausgesucht haben, für die nächste Zeit unabkömmlich ist. Und ...«

Wieder lachte Lola glockenhell. Ihre Piratenklappe verrutschte. Sie rückte sie zurecht. »Und da haben sie ...?

»Genau. Und da wollte ich dich eben fragen ... Was meinst du?« Dass er sich in kniffligen privaten Situationen immer so herumdrücken musste.

»Für wie lange?«

Das wusste er selbst nicht. Für unbestimmte Zeit. »Ein Jahr. Vielleicht zwei.«

Lola musterte ihn nachdenklich mit dem gesunden rechten Auge. »Was wirst du hinterher denken, wenn du ablehnst? Wie fühlst du dich dann?«

Ottakring verstand. Seine Lola. Das einzige Geschenk, das sich selbst verpackte.

Der Verkehrsbericht klang durchwachsen. »Ich mach mich besser mal auf den Weg«, sagte er.

»Das geht in Ordnung«, sagte sie. »Hier kannst du eh nichts ausrichten. Pass nur auf, das du nicht unter die Räder kommst.«

Meinte sie die Autobahn im Speziellen oder das Schicksal im Allgemeinen? Er nahm sich vor, auf beide Risiken zu achten. Während der einstündigen Fahrt nach

Rosenheim keimte eine dunkle Ahnung in ihm auf, dass eine spannende Zeit vor ihm lag. Etwas wie Lampenfieber machte sich breit. Er glaubte sogar zu spüren, wie sich eine gewisse Vorfreude einstellte.

Im diesigen Licht der tief stehenden Morgensonne lenkte Ottakring den alten Porsche auf der A8 den Irschenberg hinunter. Jetzt, am frühen Morgen, waren die rechte und die mittlere Spur von Lkws aller Nationalitäten belegt. Das Tor zum Süden. Rechts der Autobahn abfallende, im Schnee versunkene Flächen mit einer malerischen Barockkirche mittendrin, deren Namen er sich nie merken konnte. Dahinter die Vorgebirge zu den Alpen, und noch weiter hinten der rosa gefärbte, schneebedeckte Wilde Kaiser. Ein Meer von Zacken und Gipfeln.

Herr Huber schnarchte neben ihm, das Radio blieb ausgeschaltet. Tausend Gedanken schwirrten Ottakring durch den Kopf.

Dreizehn Tage Zeit blieben Lola, um ihr Auge zu retten. Wenige Stunden blieben ihm selbst, um eine Entscheidung zu treffen, die sein Leben wieder einmal ändern würde. Einen wichtigen Grund gegen seine Reaktivierung im Polizeidienst hatte er schon gefunden: Herrn Huber! Was sollte er mit dem Hund machen, wenn er selbst in der Früh zum Dienst gehen würde? Weder konnte er ihn mitnehmen, noch wollte er ihn jemand anderem anvertrauen. »Ich hab einen Hund zu Hause.« Sollte er das vielleicht dem Präsidenten als Begründung für eine Ablehnung angeben?

Kirchbichler tot! Diese Nachricht walzte erneut jeden

weiteren Gedanken nieder. Während er schimpfend hinter einem Laster auf der linken Spur herschlich, nahm er sich vor, alles zusammenzukratzen, was er über Kirchbichler gehört und gelesen hatte. Gesehen hatte er ihn seit der Schulzeit nicht mehr, mit gutem Grund, und das war jetzt immerhin gut dreißig Jahre her.

Niki war bis zum Abitur sein Banknachbar gewesen. Beide waren sie zu stur gewesen, sich einen anderen Sitzplatz zu suchen. Er selbst, Josef Ottakring, hatte sich als Sohn von Beamteneltern recht durchschnittlich gefühlt. Vielleicht, so dachte er heute, war er immer ein wenig neidisch gewesen auf den erfolgreichen Mädchenschwarm Niki Kirchbichler. Bereits mit vierzehn spielte Niki Tennis in der Mannschaft von Iphitos München. Schon damals hatte er das Gesicht eines Wolfs und die Augen eines Retrievers. Ständig war er mit einem A-Promi aus der Sport-, Musik- oder Modewelt in den Gesellschaftskolumnen von Magazinen und im Fernsehen präsent. Dieses Netzwerk war es wohl gewesen, das ihm den Start einer traumhaften Karriere als Interpret der Volksmusik ermöglicht hatte. Auf deren Höhepunkt musste er um die vierzig gewesen sein. An eines der ersten Stücke konnte Ottakring sich erinnern. »I liab di, Alpenrosn« oder so ähnlich »Depperlesmusik«, entfuhr es ihm.

Der Laster vor ihm war wieder eingeschert.

Australian Open, Hamburg-Rothenbaum, Großer Formel-1-Preis von Monaco, Musikantenstadl, Sportpresseball, Schlagerparade der Volksmusik, Neujahrsempfänge – Niki Kirchbichler war allgegenwärtig gewesen. Auch in Filmen hatte er mitgespielt. Irgendwelche

Titel mit Glück, Herz oder Aufbruch. Fanclubs in allen deutschsprachigen Ländern, Holland, Skandinavien. Orden. Zahlreiche Frauengeschichten. Von Skandalen war nichts zu lesen gewesen.

Ottakring musste vorsichtig fahren. Es gab Schneeverwehungen. Als er kurz vor einer Behelfsausfahrt die 100-km/h-Geschwindigkeitsbegrenzung hinter sich gelassen hatte, schnaufte er durch. War er vielleicht Kirchbichlers Biograf? Er hatte sich nur kurz an ein paar Dinge erinnert, die in all den Jahren hängen geblieben waren. Nebensächlichkeiten. Vor allem jetzt, wo Niki tot war. Das beneidenswerte Leben dieses Herrn würde eh in allen Medien durchgekaut werden.

»*Du blede Sau …*«, schrie er. Vollbremsung. Einer, der die Ausfahrt Bad Aibling noch packen wollte, hatte ihn derb von links geschnitten. Ottakring riss das Steuer herum und drückte die Hupe, als wolle er ihn abschießen. Herr Huber, nicht angeschnallt, rumpelte gegen die Konsole und schleuderte ihm ins Lenkrad. Dabei rutschte das Handy runter. Ottakring hatte Mühe, die Spur zu halten. Hubers schuldbewusster Blick nahm bei Ottakring sofort den Dampf raus. Er lachte laut. Dass im selben Moment sein Telefon unterm Sitz rasselte, erstaunte ihn nicht. Das entsprach absolut Murphys Gesetz.

»Hallo, Onkel Josef!«

»Hi, Miss Patenkind!«

Wie er diese Anrede mit »Onkel« hasste. Musste sie ihn schon am frühen Morgen ärgern?

»Ich weiß, was du grade denkst. Also gut. Ich nehm's zurück, Joe. Sag mal … das ist ja sehr traurig mit unserem verunglückten Chef vom K1. Ich hab den Herrn Scholl sehr gemocht. Er war ein guter Chef gewesen. Und – ich hab mich gefreut, dich auf der Beerdigung zu sehen. Du … du … sollst sein Nachfolger werden?«

»Wie kommst du darauf?«, fragte er Chili in aller Scheinheiligkeit.

»Ach, hier sitzen überall Spatzen auf den Dächern und …«

Warum hol ich mir nicht ein Stimmungsbild bei ihr, dachte Ottakring, als er in den Raublinger Kreisel einbog. Sie arbeitet schließlich im K1.

»Und? Was wäre, wenn?«, fragte er lauernd. »Wenn ich sein Nachfolger würde?« Ihm kam eine noch bessere Idee. »Hey, wo bist du?«, fragte er Chili.

»Na, im Büro«, sagte sie. »Ich langweile mich zu Tod. Nix los, wir haben nicht einmal ein ermordetes Kaninchen.«

»Also. Uhrenvergleich. Bei mir ist's neun Uhr vierunddreißig.«

»Jep. Eine Minute hin oder her.«

»Wie wär's, wenn wir uns um zehn beim Dinzler treffen?«

»Dienstlich?«

»Dienstlich!«

Als er den Möbel-WEKO passierte, fiel ihm wieder ein, wie das Kircherl oben am Irschenberg hieß: Wilparting.

»Ja, sie haben mich gebeten, für eine Zeit die Leitung des K1 zu übernehmen. Bis der zukünftige Nachfolger gefunden wird.«

Das Café Dinzler in der Kunstmühle war *der* Treff in Rosenheim um diese Tageszeit. Für benachbarte Kanzleien war es ein Kaffeehaus, Geschäftsgespräche fanden statt, und Hausfrauen, deren Kinder in der Schule waren, trafen sich zum Ratsch. Der schneegeräumte Parkplatz war voll mit Autos aller Klassen.

»Und? Machst du mit?«, fragte Chili.

Chili hatte das erste Drittel ihres Lebens in Schleswig-Holstein verbracht. Inzwischen sprach sie ein charmantes Touristenbayrisch. Nur an ihrem s-pitzen S-tein blieb sie zwischendurch immer wieder hängen. Sie trug ihr terrakottabraunes Haar lang und offen, was die weiche Linie des Halses und die sanfte Wölbung ihres Busens unter dem schwarzen Top gut zur Geltung brachte.

»Was? Was soll ich mitmachen?«, hakte Ottakring auf Chilis Frage nach.

»Na ja, bei uns im K1 andocken.«

Ottakring zog die Stirn in Falten. »Beschreib doch mal, wie das so ist bei euch. Wie viele seid ihr? Besonderheiten?« Er wusste, dass Chili die wirklich internen Details nicht verraten durfte, auch ihm gegenüber nicht. Aber einen groben Überblick konnte sie ihm geben.

»Wir sind zehn. Ohne den Leiter. Vier Frauen und sechs Männer. Hauptkommissar Specht ist der bisherige Stellvertreter. Meiner Einschätzung nach macht er sich gewaltige Hoffnungen auf die Nachfolge. Eigentlich rechnen wir alle damit, dass er der neue Leiter wird. Als das Gerücht aufkam, dass man den Herrn Kriminalrat aus München wieder mobilisieren will, hat es nicht nur helle Freudenschreie gegeben. Specht lief den ganzen

Tag mit düsterem Gesicht umher. Bei dem wirst du mit Sicherheit anecken, wenn du den Job übernehmen solltest.« Chili stützte die Ellbogen auf die Tischplatte und legte das Kinn darauf. »Warum willst du dir das überhaupt antun? Deine Freiheit, dein Hund …«

»Und Lola, ja, ich weiß. Wer sagt denn eigentlich, dass ich's machen werde?«

»Weil ich dich kenne. Aber lassen wir das. Halt, von einer Person solltest du noch wissen. Von Eva Mathilde. Ein richtiger Sonnenschein im K1. Sie hat beim BKA im gehobenen Dienst angeheuert und macht momentan ihre Praktikantentour bei uns. Eine Rolliererin also. Ihre Berichte sind sorgfältig, übersichtlich und gut geschrieben. Rosenheimerin. Einserabitur, hoch motiviert und arbeitet selbstständig. Heuer war sie die Rosenheimer Miss Herbstfest, und im nächsten Jahr wird sie wahrscheinlich die Faschingsprinzessin sein. Eva die Erste. Oder zumindest als Gardemädchen mitmachen. Der Scholl hätte die Eva M. am liebsten adoptiert.«

Ottakring nickte. Abwesend grüßte er einen unrasierten Herrn mit massigem Körper und rundem Kopf zwei Tische weiter. Heinrich Hauser, der Stadtredakteur des *Oberbayrischen Volksblatts*. Hauser fuhr eine alte, röhrende Kawasaki, und er liebte Ottakrings Porsche. »Hey, wann kann ich mal wieder bei dir mitfahren?«, rief er herüber.

Ottakring lächelte vielsagend.

Drüben, in der Ecke neben der Theke, saß ein älterer Typ, den er vor ein paar Tagen im Regionalfernsehen gesehen hatte. Ein Krimiautor, der ein Interview über seinen neuen Roman gegeben hatte. Irgendwas mit Rosen im Titel. An den Namen des Autors konnte er sich nicht erinnern. Kein Wunder, Ottakring las selten Krimis.

Es war gleich elf. Wie er den Laden einschätzte, würde sein Handy bald klingeln. »Bis morgen«, hatte der Präsident gedroht.

Bei Chili wollte er vorher noch ein anderes Thema anschneiden. »Sag mal, Chili, du kennst doch Niki Kirchbichler?«

»Ich kannte«, verbesserte sie. »Ich kannte ihn als Sänger. Der ist in der Sauna vom Voglwirt verstorben. Ich weiß es aus der Zeitung. Warum fragst du?«

»Er hat auf dem Gymnasium einige Zeit neben mir gesessen.«

»Da schau her. Wen du alles kennst. Einen richtigen Promi.«

»Und ein ungewöhnlicher Tod. Ist die Staatsanwaltschaft eingeschaltet?«

Chili zog die Mundwinkel herunter und schüttelte den Kopf. »Wenn's so wäre, müsst ich's wissen.«

»Hast du eine Ahnung, wer der behandelnde Arzt war?«

»Nach meiner Kenntnis haben die im Hotel einen Vertragsarzt. Keine Ahnung, wen.« Chili sah sich um, als würde sie einer Verschwörung beitreten wollen. »Allerdings soll im Totenschein ›ungeklärt‹ stehen. Hab ich gehört. Weiß der Geier. Vielleicht hab ich nachher im Büro einen Ermittlungsauftrag auf dem Tisch liegen.«

Es kostete Ottakring einen Anruf. »Dr. Vach? Kriminalrat Ottakring. Kann ich Ihnen ein, zwei Fragen stellen?« Noch auf dem Parkplatz vor dem Café Dinzler rief er den Internisten an. Vach und er waren sich bei verschiedenen Gelegenheiten begegnet, wenn es um romanische Kirchenbauten ging. Mehrere Vorträge und eine Reise auf dem Jakobsweg.

»Wann?«

»Jetzt! Ich bin gleich da.«

Er hatte es geahnt. Kaum war er von der Kunstmühle Richtung Innenstadt losgefahren, wo der Arzt seine Praxis hatte, klingelte sein Handy.

»Ja bitte«, meldete er sich. Todsicher war's der Präsident.

»Hallo, Joe? Lola hier. Ich wollt nur hören, ob du gut angekommen bist. Hast du schon eine Entscheidung getroffen? Wirst du das Angebot annehmen?«

Wie gern er ihre Stimme hörte! Er wünschte, er hätte Lola bei sich und könnte sie in den Arm nehmen und sich von ihr inspirieren lassen. Aber da er nun einmal war, wie er war, antwortete er nur: »Nein!«

»Weißt du noch, was ich dich gefragt habe?«

Wie wirst du dich hinterher fühlen, wenn du ablehnst?, hatte sie wissen wollen. »Klar. Ich hab's begriffen. Bisher hat mich aber noch niemand angerufen deswegen. Allerdings wette ich, dass sich das bald ändern wird.«

Zwei Minuten später klingelte sein Handy noch einmal. Diesmal war es tatsächlich der Polizeipräsident von Oberbayern. Er verlangte Ottakrings Entscheidung.

»Kann ich meinen Hund mit ins Büro bringen?«, wäre die Möglichkeit einer Gegenfrage gewesen. Oder »Bedaure sehr, aber meine Partnerin leidet an den Nachwirkungen einer Augenoperation« eine andere. Oder hätte der Kriminalrat Ottakring sich vielleicht mit »Nein, ich will meine Freiheit genießen« herauswinden sollen?

Er fuhr rechts ran und bezog Stellung. Er tat es in resolutem Ton. »Ja!«, sagte er bestimmt. »Ich bin bereit. Wie geht's jetzt weiter?« Vergeblich kramte er im Handschuhfach nach Zigaretten.

»Morgen«, sagte der Präsident. »Morgen früh um acht wird Sie Polizeidirektor Schuster in der Direktion erwarten.«

»Was nehmen Sie?«, fragte Dr. Vach und bot ihm einen Espresso an. Seine Hand zitterte leicht.

»Das Gleiche wie Sie.«

Der Doktor hatte sich Zeit für ihn genommen, obwohl seine Praxis gerammelt voll war mit Patienten. Durch das Fenster des Arztzimmers hatte Ottakring einen eindrucksvollen Blick auf die schneebedeckten Buden des Christkindlmarkts.

»Ich hab eigentlich nur eine einzige Frage«, sagte Ottakring. Er wusste, wie heikel seine Frage war und dass der Doktor sie nicht beantworten musste. Deshalb hatte er sie nicht schon am Telefon gestellt.

»Bitte«, sagte Dr. Vach, sichtlich neugierig.

»Welcher Arzt betreut das Hotel Voglwirt?«

Ottakring konnte den Ausdruck im Gesicht seines Gegenübers nicht deuten. Er schwankte zwischen Stolz, Ablehnung und Verzweiflung. Jedenfalls sah der Arzt betroffen aus. Er wollte die Frage schon wiederholen, als Dr. Vach endlich antwortete.

»Ich«, sagte er leise.

Ottakring nahm einen hastigen Schluck Espresso.

»Warum fragen Sie?«, fragte Vach.

»Kirchbichler. Niki Kirchbichler. Er und ich, wir sind zusammen zur Schule gegangen. Sie, Doktor, wurden zu ihm gerufen. Sie haben den Totenschein ausgestellt. In welchem Zustand war die Leiche?«

Dr. Vach sah aus, als sei Weihnachten abgesagt worden. »In welchem Zustand die Leiche war? Was hat das damit zu tun, dass Sie sein Schulkamerad waren? Warum fragen Sie, Herr Ottakring? Es war der normale Zustand eines auf natürliche Art Verstorbenen. Nur der Ort war etwas ungewöhnlich.«

Ottakring war klar, dass er direkter werden musste. »Und warum steht dann ›Todesursache ungeklärt‹ im Totenschein?«, forderte er ihn heraus. Mit Chilis Andeutung im Hinterkopf versuchte er es bei Vach ins Blaue hinein.

Der Rest Espresso in Dr. Vachs Tasse verursachte einen hässlichen dunklen Fleck auf dem weißen Mantel. »Was, wieso, sind Sie denn befugt …?«

Josef »Joe« Ottakring bedankte und verabschiedete sich. Er hatte genau das zu hören bekommen, was er vorausgesehen hatte. Kirchbichler würde sein erster Fall im Rosenheimer K1 werden. Das war glasklar.

Dritter Tag

Seine Stimmung am nächsten Morgen passte zum Wetter. Es war ein abscheulicher, windiger Tagesbeginn in undurchdringlicher Finsternis. Die hereinbrechende Warmfront hatte es geschafft, die Schneedecke in ein paar Stunden in wässrigen Matsch zu verwandeln. Die halbe Nacht hatte sich Ottakring im Bett gewälzt, ohne richtig einschlafen zu können. Immer wieder stellte er seine Entscheidung infrage. Wie so oft im Leben waren es die Kleinigkeiten, die ihn nervös machten, nicht das bedeutsame Große.

Seine Wohnung in der Papinstraße lag einen guten Kilometer vom neuen Dienstort an der Loretowiese entfernt. Sollte er für die paar Meter den Porsche starten? Bei diesen Benzinpreisen? Oder sich mit dem Fahrrad durch den Matsch quälen? Sollte er zu Fuß gehen? Was würde er wirklich mit Herrn Huber machen? Er konnte das Tier unmöglich den ganzen Tag allein in der Wohnung lassen.

Körperauf, körperab spürte er ein Jucken und Kribbeln, als stecke er in einem Ameisenhaufen. »Eine Zigarette«, rief er laut durch die menschenleere Wohnung.

Und tatsächlich – Herr Huber kam brav mit der Rothändle-Schachtel im Maul angetrabt. Ottakring bedankte sich und steckte sich einen Stängel in den Mund.

Er griff sich eines dieser länglichen, blauen Einwegfeuerzeuge, drehte am Zündstein – ohne Erfolg.

»So ein Mist!« Er schleuderte es in eine Ecke.

Herr Huber zog den Schwanz ein und trollte sich.

Ottakring fand ein zweites Feuerzeug, diesmal in feurigem Rot. Er hielt es gegen das Licht. Es war leer. Er begann zu kochen. Die Zigarette zwischen seinen Lippen zitterte bedenklich.

Er fand ein drittes, hellgelbes.

Es funktionierte.

»Oh verdammter Schmarren!« Er riss das Fenster auf. Schmiss die Zigarette weg und das Feuerzeug in hohem Bogen über die Papinstraße. Dort fiel es scheppernd zu Boden.

Sein endgültiger Entschluss fiel, als das Trockenfutter in die Hundeschüssel rasselte. »Herr Huber, du kommst einfach mit«, sagte er eindringlich, ohne wirklich selbst an die Lösung zu glauben, die er vor Augen hatte.

Die Direktion war ein abweisender Monolith mit einer moosgrünen Steinfassade und vielen Fenstern, die wie kleine Höhlen zur Straße hin schauten.

»Können Sie mit Hunden umgehen?«, fragte er den Pförtner in der Direktion. »Würden Sie bitte kurz auf meinen aufpassen? Er heißt Herr Huber.«

»I heiß auch Huawa. Sehr gern. Aber meine Vorschrift sagt …«

Ottakring bog rechts ab und ging schnurstracks auf die Treppe zu, die nach oben führte. Das Haus besaß keinen Aufzug. Polizisten begrüßten ihn respektvoll.

»Aha!«, rief ein Mann von oben.

Ottakring sah sich Specht gegenüber, Scholls bisherigem Stellvertreter. Chili hatte ihn vor diesem Mann gewarnt. Er selbst hatte natürlich darüber hinaus auch recherchiert.

Kevin Specht war ein großer, sportlicher Typ mit ordentlich gebügelter Hose, weißem Hemd, braver Krawatte und auf Hochglanz polierten Schuhen. Sein schwarzer Schnurrbart wirkte bei diesem auf seriös getrimmten Auftreten fragwürdig. Specht war vor Jahren mit hochfliegenden Plänen aus Leipzig nach Rosenheim gekommen. In dieser Zeit hatte er nicht so viele Fälle gelöst wie der verunglückte Scholl, konnte aber spektakulärere Festnahmen vorweisen. Er wusste sich bei medienwirksamen Untersuchungen prächtig in Szene zu setzen. Sobald er aber feststellte, dass es mit einem Fall bergab ging, zog er sich rasant zurück. Der Mann hatte einen gnadenlosen Ruf als fleißiger, egozentrischer Schaumschläger, der über Leichen ging.

Ottakring streckte ihm die Hand hin.

Grinsend eilte Specht an ihm vorbei, zwei Stufen auf einmal nehmend. »So einen Austrag möchte ich auch einmal haben«, gab er in sächsischer Mundart zurück.

Eine Kampfansage an seinem ersten Dienstag! Im Austrag lebten am Land Altbauern als Rentner auf ihrem früheren Hof. Diesen Empfang hatte sich Ottakring anders vorgestellt.

»Vor Specht müssen Sie sich in Acht nehmen«, bestätigte auch PD Schuster. Er hatte Ottakring mit einem knappen, kollegialen Nicken begrüßt. Seine Stimme füllte das quadratische Büro mit den zwei Fenstern mühelos aus. »Er ist durchaus tüchtig. Doch er fühlt sich übergangen und ist ehrgeizig. Ich hab fast täglich die eine oder andere Auseinandersetzung mit ihm.«

Ottakring schlürfte nachdenklich an dem dünnen Kaffee und streichelte seinen Oberlippenbart.

»Bin gleich wieder da«, sagte Schuster und erhob sich. »Nachher führe ich Sie zu Ihrem Büro.«

Ottakring sah sich um. Silberpokale mit und ohne Deckel überall, wie woanders Bierkrüge. Sporturkunden an der Wand. Bayrischer Boxmeister bei den Junioren im Weltergewicht. Später Deutscher Vizemeister im Mittelgewicht. Europäischer Polizeimeister. Links vom Fenster ein Universitätsdiplom.

»Kommen Sie«, sagte Schuster in der Tür und rieb sich die Hände. Der fensterlose Flur in der dritten Etage war reichlich zehn Meter lang. In gleichem Abstand voneinander gingen rechts und links dunkel lackierte Türen ab. Dazu ein Verhörraum, eine Haftzelle. Die erste Tür links stand offen. Es war Scholls früheres Büro, das in diesen Minuten an Ottakring übergehen würde. Ein Raum, etwas kleiner als Schusters Chefzimmer. Alles muss seine Hackordnung haben, dachte Ottakring belustigt. Schreibtisch, Schrank, Sitzecke, Garderobenständer. Scholls persönliche Sachen waren entfernt worden. Ottakring hatte nicht vor, etwas zu verändern.

»Hallo!«

»Grüß Gott, Herr Ottakring!«

»Guten Tag, Herr Kriminalrat!«

Aha. Alle grüßten freundlich. Man war informiert, die Mitarbeiter hatten ihn erwartet.

Spechts Zimmer war das vierte links.

»Herr Specht ist zurzeit voll beschäftigt«, sagte Schuster. »Er kümmert sich um die Brandserie im Landkreis. Die Presse hat den Täter wieder einmal ›Feuerteufel‹ getauft.« Er wiegte den Kopf. »Schwierig, schwierig«, sagte er. »Wie ein Fass ohne Boden.«

Ottakring hatte von den Brandstiftungen gehört.

Der letzte Raum auf der rechten Seite war mit »Toledo« gekennzeichnet. Die Tür war geschlossen. »Frau Toledo hat einen Auswärtstermin«, beantwortete Schuster Ottakrings fragenden Blick.

Was Schuster betraf, hatte Ottakring das Gefühl, willkommen zu sein. Eine sehr persönliche Einweisung. Herzlicher Stil. Trotzdem lag stets etwas Drohendes in Schusters Mimik. Er hatte sich wieder hinter seinen Schreibtisch gesetzt. Auf seinem gebräuntem Gesicht stand ein Schweißfilm.

»Es könnte sein, dass Sie gleich mit einem aktuellen Fall konfrontiert werden.«

Ottakring klang zuversichtlicher, als er sich fühlte. »Niki Kirchbichler?«

Für einen Augenblick war Schuster die Verblüffung anzumerken. Rasch aber fing er sich. Ein Lächeln umspielte seinen Mund. »Aha«, sagte er. »Der Herr Kriminalrat hat schon recherchiert.«

Schuster bestätigte, was Dr. Vach nicht abgestritten hatte. Der von dem Arzt ausgestellte Totenschein enthielt die kritische Aussage »ungeklärt«.

»Ich habe Toledo gebeten, Vach zu interviewen«, erklärte er. Der ist so etwas wie der Betriebs- und Hausarzt beim Voglwirt. Daher kennt er auch Kirchbichlers Vorgeschichte. Im Sommer hat er wie jedes Jahr den Jahrescheck mit ihm gemacht. Ohne Befund. An seiner Leiche konnte er nichts Ungewöhnliches entdecken. Daher hat ihn die Tatsache, dass ein saunaerprobter Typ wie Kirchbichler einfach tot daliegt, nachdenklich gemacht.«

Über Schusters dunklen Augenbrauen hatten sich drei senkrechte Konzentrationsfalten gebildet.

»Das ist eigentlich alles. Und muss nichts heißen, das wissen Sie ja, Herr Ottakring. Aber da steht Ihnen Ihre erste Ermittlung ins Haus.« Schuster war aufgestanden. »Sollte es komplizierter werden, ziehen Sie die Toledo hinzu.«

»Dann basteln die also in diesen Tagen in der Frauenlobstraße an Kirchbichlers Leiche rum?«

Schuster nickte.

Das konnte dauern. Doch zum Leiter der Münchener Rechtsmedizin hatte Ottakring noch beste Beziehungen. Jedenfalls hoffte er das.

Er ging zur Tür.

»Herr Ottakring«, hörte er Schusters sonore Stimme hinter sich. »Noch etwas. Piloten und Herzchirurgen dürfen keine Fehler machen. Wir auch nicht. Im Übrigen: Danke, dass Sie sich für uns entschieden haben. Auch im Namen des Präsidenten.«

Ohne sich umzudrehen, hob Ottakring gelassen den rechten Arm. Was sollte er dazu sagen?

Sein Hund stand schwanzwedelnd und quietschend hinter dem Tresen der Pförtnerloge. Huawa, der Portier, telefonierte. Mit der freien Hand winkte er Ottakring zu.

»Ois klar«, sagte er, als er geendet hatte. »Sie san ja der neue K1ler. Ein berühmter Mann. Übrigens hab i nachgfragt wegen Eahna Hund. Mei Chef hat nix dagegen, wenn i eahm öfters in Verwahrung nehm. Des is ja a kreizbraver Hund, der Herr Huber. Gell, Herr Huber? Der wird meiner Frau scho daugn.«

Die beiden waren ein Herz und eine Seele. Ottakring fiel ein Stein vom Herzen. Als er das Haus verließ, war es einundzwanzig nach neun.

Sein Mobiltelefon vollführte den üblichen Tanz.

Lola?

»Hey Boss, ich brauch mehr Geld«, flötete eine unverschämt beschwingte Stimme.

Chili.

Ottakring war überhaupt nicht in der Stimmung, sich mit irgendeinem ausgelassenen, heiteren Wesen zu befassen. Auch nicht mit Chili. Er fühlte sich wie ein Bub, der sich gerade in der Einschulungsphase befand.

»Was hältst du von dem …?« Chili wurde ernst.

»Hey, spuck doch mal das Teil in deinem Mund aus«, unterbrach Ottakring. Er konnte sie nur schwer verstehen. Ständig musste sie auf einer Schote herumkauen.

T-pffff. »… von dem Kirchbichler-Tod? Von deinem Schulfreund? Was ist da passiert?«

»Du warst doch bei Dr. Vach. Was sagt er?«

»Na ja. Er kann sich überhaupt nicht erklären, dass der nach einem Saunabesuch einfach tot liegen bleibt. Deswegen auch der Eintrag im Totenschein.«

»Weswegen ihr einen Gerichtsbeschluss für eine Sektion erwirkt habt. Schon mal nachgefragt, liebe Chili, wie lang die in der Frauenlobstraße für ein Obduktionsergebnis brauchen?«

Er hörte ein Schmatzen. Dann ein Kichern. Wahrscheinlich war sie von ihren Hülsenfrüchten ebenso abhängig wie er früher von der Marke Rothändle. Vergeblich griff er in die Jackentasche.

»Wenn eine Anforderung aus der Weltstadt München Bundesliga ist, sind wir hier in der Provinz für die grad mal noch Bezirksliga«, sagte sie. »Für uns Bezirksligisten kann das zehn Tage dauern, wenn wir Glück haben, aber auch zweieinhalb Wochen. In keinem Fall weniger.«

»Hallo, hab ich jetzt die Rechtsmedizin? Ja? Bitte verbinden Sie mich mit dem Leiter.«

»Ja, da könnt ja jeder kommen. Der Herr Professor ...«

Genau diese Antwort hatte Ottakring erwartet. Es war zum Haareausraufen. »Sagen Sie ihm meinen Namen. O-tta-kring. Dann wird er ...«

»Ja, Herr Ottakring! Warum sagen S' des net glei? Wie geht's Ihnen denn ...?«

Wenig später rief der Leiter zurück. »Kirchbichler? Ja, der liegt hier. Ganz ruhig liegt er da. Keine äußerlich nachweisbare, anatomische Todesursache. Aufgemacht haben wir ihn noch nicht, da haben wir erst noch ein paar üppiger zugerichtete Gestalten rumflacken.«

»Ja, Himmelherrgott, hat denn keiner ...« Ottakring musste sich sehr zusammenreißen, um nicht gleich wieder aus der Haut zu fahren.

»Nein, keiner hat uns gesagt, dass es so pressiert.«

Es folgten die üblichen Beteuerungen. Jedenfalls bekam Ottakring den Professor letztendlich dazu, wenigstens eine toxikologische Untersuchung vorzuziehen.

»Okay, ein Tox-Gutachten. Mein letztes Wort. Aber nur weil Sie's sind.«

Ottakring sah den Pathologen bildhaft vor sich. Gepflegtes Silberhaar, randlose Brille. Grinsend stand er da in seinem weißen Mantel.

»Wenn ich mir das vorstelle. Der berühmte Mordler Joe Ottakring müht sich draußen in der Provinz ab … hahahaaa … aber wenigstens haben Sie jetzt schon mal einen Fall – schaumermal, ob Sie wirklich einen haben …«

Polizisten wollen wissen. Sie üben sich nicht so gern in reinem Glauben. Gleichzeitig sind sie darauf geeicht, dass sich sowohl in der Zukunft alles ereignen kann als auch in der Vergangenheit alles geschehen sein kann. Ottakrings feste Ansicht.

Er trauerte nicht um Niki Kirchbichler. Dafür hatten sie beide zu wenig gemeinsam gehabt. Dafür waren sie sich auch zu fremd gewesen. Dennoch war es ein Riesenunterschied, ob ein Mensch, den man kennt, Hals über Kopf seine Zelte abbricht und nach Südamerika zieht oder ob er plötzlich tot ist. Und genau das wollte Ottakring nicht in den Kopf. Dass sein gleichaltriger Schulfreund auf einmal tot war. Etwas musste geschehen sein. Mit Spannung erwartete er die Nachricht aus der Rechtsmedizin. Bis dahin wollte er sich auf die Suche nach einem Weihnachtsgeschenk für Lola machen.

Dichter Verkehr schob sich durch die Münchener- und die Bahnhofstraße. Menschen drängten und stießen sich auf der Jagd nach Beute. Weihnachtsdekorationen leuchteten in allen Schaufenstern. Ein Windstoß fegte Ottakring entgegen. Er brachte einen Duft nach gebrannten Mandeln mit – oder waren es Maroni? Verschwommen hörte Ottakring Lautsprecherdurchsagen vom nahen Christkindlmarkt am Max-Josefs-Platz. Vor dem Haupteingang vom Karstadt spielte ein Indio-Trio. Ottakring blieb stehen und stellte sich vor die Combo, ohne ihr wirklich zuzuhören. Herr Huber an der Leine neben ihm setzte sich in den festgetretenen Schnee und blickte zu ihm auf. Der Gedanke an Lola und ein Weihnachtsgeschenk für sie nahm Ottakring völlig in Anspruch. Die Suche nach einem Geschenk war der Horror in seinem Leben, genau wie Fingernägelschneiden und der monatliche Friseurbesuch. Etwas für andere zu kaufen, was man sich selbst nicht leisten kann oder will. Ein Idiot, der das erfunden hat.

»Hallo, Herr Ottakring!«

Eine Frau Anfang zwanzig, heiteres Gesicht mit blassem Teint und bläulichen Lippen, breiter, blonder Chinesenzopf, enge schwarze Jeans, erdbeerfarbener Schal über hellem Stoffblouson. Sie beugte sich zu Herrn Huber, der sie umgehend umwedelte.

»Eva Mathilde, die Rolliererin vom BKA«, stellte sie sich vor. »Im Dienst nennen sie mich kurz Eva M.«

Ottakring schüttelte ihr die Hand. »Grüß Gott, Eva M. Jetzt erkenne ich Sie. Ich hab Sie im Sommer auf der Wiesn getroffen. Als Miss Herbstfest, korrekt?« Abrupt gefror seine Miene. »Warum sind Sie nicht auf der Dienststelle?«

»Ich muss Kaffee besorgen«, sagte sie entschuldigend. Sie klang erkältet. »Ich bin zum Kaffeekochen eingeteilt. Eine meiner wesentlichen Aufgaben.« Sie rollte mit den Augen. »Aber jemand muss es wahrscheinlich machen.« Sie musste husten und hielt die Hand vor den Mund.

Menschen eilten an ihnen vorbei. Einer trat Herrn Huber auf die Vorderpfote. Der Hund heulte auf wie ein tödlich verletztes Tier.

»Was haben Sie gegen Kaffeekochen?«, blaffte Ottakring. »Fühlen Sie sich unterbeschäftigt?« Nervös blickte er auf seine Uhr. Kurz nach elf. Seine Stimme wurde rau. »Ach was, wir sollten das nicht hier besprechen. Melden Sie sich heute Nachmittag bei mir. Dann berichten Sie mir, welche Aufgaben Sie haben und was nach Ihrer Ansicht sonst noch alles falsch läuft im K1. Außer Kaffeekochen. Oder – wenn ich nicht da sein sollte, will ich Sie morgen früh sehen.«

Eva M. sah ihn aus großen Augen an. Dann nickte sie wortlos und eilte auf den Kaufhauseingang zu.

»Eva Mathilde!«

Sie fuhr herum.

»Was würden Sie einer über Vierzigjährigen, die Ihnen nahesteht, zu Weihnachten schenken? Haben Sie eine Idee?«

Eva M. legte die Hände flach an die Seite und machte einen Knicks. »Sie fragen mich, weil ich eine Frau bin? Um wen geht's denn?«, krächzte sie heiser. »Vielleicht um Frau Herrenhaus? Hören Sie. Meine Mutter ist achtundvierzig. Ihr Hobby ist Eisspeedway fahren. Sie mag am liebsten was für ihre Maschine. Einen Satz neuer Spikereifen zum Beispiel. Einen geilen Helm. Einen Nierenschützer. Handschuhe. Oder so.« Ihr Lachen endete in einem weiteren Hustenanfall. »Ich hab ihr auch schon einmal eine Fahrradklingel geschenkt. Als Gag.«

Woher weiß das Madl, wer meine Partnerin ist?

»Was für Frau Herrenhaus das richtige Geschenk ist – wer sollte das besser wissen als Sie?« Eva M. strich Herrn Huber über den Kopf. »Bis später, Herr Ottakring.«

Zu den Klängen von »El condor pasa« der Indios, begleitet vom Klingelton ihres Handys, marschierte sie ins Innere des Kaufhauses.

Ottakring war perplex. Ziemlich nassforsch, die Kleine, dachte er. Verdammt, eigentlich hat sie ja absolut recht. Doch woher, zum Teufel, weiß sie das mit Lola?

Als Ottakring in der Direktion ankam, herrschte im Haus eine gespannte Atmosphäre. Schuster, der Polizeichef, brüllte ins Telefon. Irgendwo knallte eine Tür.

Ottakring hatte das Gefühl, als gingen ihm die Leute aus dem Weg. Doch nach außen hin wirkten alle Mitarbeiter ruhig, fast apathisch. Sie arbeiteten mit voller Konzentration. Niemand legte eine Pause ein oder verließ den Raum, um sich am Kopiergerät die Füße zu vertreten. Doch Ottakring konnte die Nervosität, die aus ihren geöffneten Zimmern kroch, förmlich riechen. Specht, der nicht merkte, dass Ottakring den Kopf auch bei ihm durch die Tür streckte, saß in aufrechter Haltung und mit blassem Gesicht hinter seinem Schreibtisch. Die Kiefer mahlten, seine Hand hielt einen Stift umklammert wie einen Dolch. Hatte es wieder einen Zusammenstoß mit ihm gegeben? Ottakring hätte gern Chili gefragt. Doch Chilis Zimmer war leer.

Als Ottakring in sein Büro ging, ließ auch er die Tür geöffnet. Zum x-ten Mal prüfte er das Display seines Handys. Wann rief die Rechtsmedizin endlich an? Wahrscheinlich erwartete er zu viel vom Professor. Er wusste schließlich, dass die Münchener Pathologie chronisch unterbesetzt war und mit Anfragen und Aufträgen ständig zugeschüttet wurde.

Seine Fenster führten zum Hof. Gegenüber wurde fieberhaft am Vergrößerungsbau gewerkelt. Rosenheim würde nach der Polizeireform Sitz des Polizeipräsidiums Oberbayern Süd werden.

»Hallo?«, ertönte eine zarte Stimme hinter ihm

Er wandte sich zur Tür.

»Ich hab am Türrahmen geklopft«, sagte Eva M. und hob entschuldigend die Hand.

Was ist denn in die gefahren, dachte Ottakring. Vorhin noch kühn wie ein Apachenkrieger und nun eine unterwürfige Squaw.

»Was gibt's?«, fragte er abwesend. Er hatte anderes im Kopf als der Laune einer Praktikantin zu folgen. »Muss das jetzt sein? Ich hab zu tun.«

»Sie wollten mich heute Nachmittag sehen. Schon vergessen, Herr Kriminalrat?« Sie zog einen Schmollmund. Die Augen blitzten in ihrem fein geschnittenen Gesicht. »Es ist wegen Frau Herrenhaus. Wegen dem Geschenk für sie …«

Das Telefon läutete unbarmherzig. Er war genervt, versuchte es zu ignorieren. Zu guter Letzt ging er doch ran. Er riss den Hörer mit einem Ruck an sich.

»Habedere, Herr Kriminalrat. Der Huawa hier. Der Herr Huber …«

Der Pförtner. Ottakring stellte fest, dass seine Nerven flatterten. Er räusperte sich großspurig.

»I glaub, der soi amoi raus«, sagte Huawa. »Soll i raus mit eahm?«

Wenn der Hund rausmusste, dann musste er raus. Ottakring hatte Mühe, nicht laut zu werden. Doch was wäre, wenn der Mann mit dem Hund unterwegs war, und eine Horde serbisch-mazedonischer Krimineller stürmte das unbewachte Gebäude? Dann hätte er, Ottakring, dafür die Lücke geschaffen.

»Ich kenne Ihre Vorschriften nicht«, sagte er ausweichend. »Handeln Sie nach Vorschrift. Oder soll ich etwa den Polizeipräsidenten deswegen anrufen?«

Als er aufgelegt hatte, fühlte er sich mies. Was konnte der gute Huawa dafür, dass er, Ottakring, nervlich angeschlagen war?

Wie aus dem Nichts stand Eva M. wieder in der Tür und himmelte Ottakring an. »Ich bin's nur wieder. Wegen dem Geschenk für Frau Herrenhaus. Ich hätte da eine Idee. Wissen Sie, ich hab mir gedacht …«

Eine Hand, groß wie ein Schaufelbagger, schob Eva M. zur Seite.

Eva M. wurde kreidebleich. »Oh Mann«, sagte sie. Es war mehr ein Seufzer.

Kevin Specht. Sein Gesicht war gerötet und sein Atem

ging schwer. Er trat unaufgefordert ins Zimmer und zog die Tür hinter sich zu.

»Ich hab einen Anruf aus München gehabt«, sagte er bedrohlich leise. »Der kam aus Versehen bei mir an. Eine Frau. Redakteurin oder so was. Die wollte Sie sprechen. Ich wollt sie vom Huber verbinden lassen. Aber der war nicht an seinem Platz, weiß der Geier warum. Und Sie waren auch belegt. Dann hab ich eben das Gespräch angenommen«

Lola. Das konnte nur Lola gewesen sein. »Und?«, fragte Ottakring. »Was hat sie gesagt?«

»Das mit dem Kirchbichler, das sei Mord gewesen, hat sie gesagt. ›Ganz klar Mord‹, hat sie wörtlich gesagt. Und sie will es morgen in ihrer Zeitung bringen.«

Also nicht Lola.

»Und?« Ottakring wippte auf den Zehen vor und zurück, Hände in den Hosentaschen. Er setzte ein selbstbewusstes Grinsen auf. »Wer war die Frau nun? Und von welchem Blatt? Und warum sagen Sie mir das? Sie hätten das doch glatt selbst verwertet, wenn nicht etwas anderes dahinterstecken würde.«

Spechts Elan verpuffte. »Sie hat aufgelegt«, sagte er eingeschüchtert. »Oder – das Gespräch wurde unterbrochen.«

Dann schien er sich wieder auf seine Mission in eigener Sache zu besinnen. Der feindselige Zug um seinen Mund kehrte zurück. Er wurde laut. »Und von wem sollen diese Zeitungsfritzen die Nachricht denn haben, hä? Wenn nicht von Ihnen? Sie haben ja auch vor vier Jahren in dem Chiemsee-Toten-Fall eindeutig mit den Münchnern zusammengearbeitet. Gegen unseren leider verstorbenen Chef.«

Einen halben Meter vor dem Kriminalrat hatte er sich aufgepflanzt. Wenn Ottakring etwas nicht leiden konnte, dann war es unerwünschte körperliche Nähe. Er musste sich zurückhalten, um ihn nicht zu attackieren, obwohl der andere kräftiger, jünger und einen halben Kopf größer war als er. Stattdessen versetzte er sich in einen Zustand unbeirrbarer Entschlossenheit.

»Raus!«, sagte er. Er flüsterte fast. »Raus, Sie Ekel. Sie haben schon genug angerichtet heute.« Es war ein Schuss ins Blaue. Doch an Spechts Augen erkannte er den Volltreffer. Den Grund würde er sicher noch erfahren. Angst konnte Ottakring in Spechts Augen nicht erkennen. Aber Hass. Blindwütigen Hass.

Nach langen Sekunden machte der Stellvertreter auf dem Absatz kehrt und ging aus dem Zimmer. Dass die Tür nicht ins Schloss krachte – auch daran hatte Eva M. wieder ihren Anteil. Sie hatte die Auseinandersetzung natürlich mitgekriegt. Sie neigte den Kopf und umgarnte ihren Vorgesetzten mit einem Lächeln, das einen Mörder zum Geständnis gebracht hätte.

Erst jetzt, bei ihrem dritten Auftauchen, registrierte Ottakring, dass sie zur schwarzen Jeans ein sehr figurbetontes T-Shirt trug. Erdbeerfarben, so wie der Schal heute früh bei Karstadt. »Was gibt's denn, Mädchen?«, fragte er milde.

»Oh Mann«, sagte sie in leicht genervtem Ton und verdrehte die Augen. »Sie haben mich gefragt, ob ich …«

»Ach ja, wegen dem Geschenk für Lola«, entfuhr es Ottakring.

»Genau. Frau Herrenhaus. Sie mag Opern. Sie ist sogar hingerissen davon. Und da hab ich mir gedacht ...«

Sein Mund war ein gerader Strich. »Sagen Sie, Eva M., wieso kennen Sie solche Details? Stöbern Sie in meinem Privatleben herum?«

Eva M. schien aus allen Wolken zu fallen. »Aber Herr Ottakring ...« Ein Blick voll triefenden Mitleids senkte sich auf ihn hernieder. »Internet. Lola Herrenhaus ist schließlich eine Person des öffentlichen Lebens. Opern, Mittelmeer, Literatur, romanische Kirchen – und Sie. Das sind ihre Neigungen. Steht alles auf ihrer Website. Und da hätte ich eben den Vorschlag ...«

Ottakring fand Gefallen an dem Gespräch. Er zog sich in seinen Schreibtischstuhl zurück und faltete die Hände über dem Bauch. »Ich höre. Diesmal werde ich Sie ausreden lassen.«

»Salzburger Festspiele!«, warf sie ihm an den Kopf. »Schon mal gehört?«

Als er entgeistert nickte, schoss Eva M. eine ganze Salve auf ihn ab.

»Anna Netrebko. Rolando Villazón. Beide in ›Romeo und Julia‹ von Charles Gounod. Mozarteum Orchester Salzburg. Premiere am 2. August nächstes Jahr. Das ist Ihr Weihnachtsgeschenk für Ihre Lola.« Sie drehte sich ein paarmal pirouettenartig um ihre Achse und lehnte sich, die Beine verschränkt, zum Finale sehr cool gegen eine imaginäre Glasscheibe mitten im Raum.

Salzburg. Super Idee. Darauf wäre er nie gekommen

Doch er hatte eine vage Vorstellung von den Kosten und davon, wie begehrt so eine Aufführung war.

»Und hier?«, fragte er und machte mit den Fingern die Bewegung des Geldzählens.

»Darüber schweigt des Sängers Höflichkeit.«

»Und wie soll ich an Premierenkarten kommen?«

Eva M. posierte in einer klassischen Arabesque. Körper auf einem Bein, das andere gestreckt hinter dem Rumpf mit ausgebreiteten Armen. »Lassen Sie mich nur machen. Eine Miss Herbstfest und zukünftige Prinzessin im Rosenheimer Fasching hat ihre Verbindungen. ›Networking‹ nennt man das auf gut Boarisch.«

Ottakring erhob sich mit einem Ruck. Das wollte er auf gar keinen Fall. Niemals danke sagen müssen. Sich von niemandem abhängig machen. Doch er durfte den Widerspruch nicht übertreiben. »Zuerst einmal vielen Dank für die Vorstellung. Sie waren klasse.« Er klatschte zurückhaltend in die Hände. »Vielleicht nicht ganz der rechte Ort für Ballettfiguren. Und das mit den Karten? Ich werd mir's überlegen. Jedenfalls haben Sie mir einen gewaltigen Schwung verpasst.«

Weil sie nichts weiter sagte, sah er sie frontal an. Sie senkte den Kopf. Ihm war in der Tat ein gewaltiger Stein vom Herzen gefallen.

Hatte Specht geblufft? Hatte diese angebliche Redakteurin tatsächlich bei ihm angerufen? Die Frau hatte nach Ottakring verlangt. Wer war sie? Und wenn Specht die Wahrheit gesagt hatte? »Das mit dem Kirchbichler, das ist Mord gewesen«, sollte sie gesagt haben. Nur eine weitere Stelle hatte Kenntnis von dem Verdacht: die Rechtsmedizin in der Frauenlobstraße in München. Kaum vorstellbar, dass es dort eine undichte Stelle gab. Und überhaupt war die Unterstellung »Mord an Kirchbichler« eine sehr verwegene. Solange kein Gutachten vorlag.

Die Sache kam ihm verworren vor. Bevor er sich in etwas verrannte, wollte er Schuster kontakten. Der stand in diesem Haus mit beiden Beinen auf der Erde.

Er stieg hinauf in Schusters Pokalmuseum.

Der Chef musterte ihn aus grauen harten Augen. »Haben Sie das vorhin mitgekriegt?«, fragte er, noch bevor Ottakring seine Fragen an ihn richten konnte. Halbseitig lächelte er.

Wenn Ottakring seinen Gesichtsausdruck richtig interpretierte, war der Mann bis in die Haarspitzen genervt. »Was meinen Sie?«, gab er zurück. »Was soll ich mitgekriegt haben?«

»Na, das mit Specht und Eva M. Der hat sie quer über den Flur gejagt. Hat sich benommen wie ein Irrer. Weil seine Kaffeetasse einen Dreckrand hatte. Sagt er.«

In welche Bürointrigen war er da hineingeraten? Bemerkenswert positiv fand er allerdings, dass Eva M. den Zwischenfall mit keiner Silbe erwähnt hatte. Er trug Schuster sein Anliegen vor. Mord an Kirchbichler. Von einer unbekannten Frau am Telefon verbreitet.

»Specht ist ein harter Bursche«, erklärte Schuster lautstark, »aber er hat eine rege Fantasie. Er nimmt gern Abkürzungen bei seinen Ermittlungen. Einfach, um sich in Szene zu setzen. Ich werde sofort mit ihm reden.

Sonst kursieren in zehn Minuten auf der ganzen Etage die Gerüchte.« Beinahe nachsichtig setzte er hinzu: »Seit Scholl den Abgang gemacht hat, hat Specht sich als seinen natürlichen Nachfolger gesehen.« Er rieb an seinem Schnurrbart. »Und nun sind Sie seine Zielscheibe. Ich kann ihn schließlich nicht einfach feuern. Der Mann ist Beamter. Unkündbar. Wie wir alle.«

»Kaliummangelsyndrom, extrem niedriger Magnesiumspiegel im Blut, verbunden mit einem drastisch erhöhten Wert eines Antidepressivums. Wahrscheinlich Fluopram. Letztlich ist der Mann an Herz-Kreislauf-Versagen gestorben. Aber das hatte Gründe. Nicht genug getrunken, sein inneres Energiepotenzial nicht gut drauf, zu viel Wasserverlust in der Sauna, Erhitzung. Das Fachwort heißt ›Torsade de pointes‹-Tachykardie. Ich faxe Ihnen das Gutachten zu.«

Endlich hatte sein Handy geklingelt. Ottakring verstand sofort. Er hatte in seiner Karriere genug mit Leichenbeschauern zu tun gehabt, um ihrem Fachchinesisch folgen zu können. Und auch zu interpretieren, was sie damit sagen wollten. Dieser wollte ausdrücken: Hey, Mann, wie kam die Wahnsinnsmenge Fluopram in Kirchbichlers Körper? Ein natürlicher Tod war das mit Sicherheit nicht! Ottakring stieß ein kurzes Lachen aus, das wie ein Husten klang. Er hatte es gewusst.

Kirchbichler war sein erster Fall in Rosenheim.

Schuster kam ihm auf der Treppe entgegen. Mit einem DIN-A4-Blatt zog er Kreise in der Luft. Er nahm Ottakring am Arm, führte ihn in sein Büro und schloss die Tür. Wortlos reichte er Ottakring das Fax.

Der warf einen kurzen Blick darauf und nickte. »Ich wollte Sie gerade informieren. Ich habe mit der Rechtsmedizin telefoniert. Sieht nicht ganz nach einem natürlichen Todesfall aus.«

»Ich werde die Mitarbeiter informieren«, sagte Schuster mit entschlossener Miene. »Übernehmen Sie den Fall? Ziehen Sie Chili Toledo hinzu, wenn Sie wollen.«

Am Abend wählte Ottakring eine Nummer, die er schon lange nicht mehr angerufen hatte. Chili Toledos Privatnummer.

Er hatte die Frau vor Augen, während er die Zahlen tippte. Chili, die eigentlich Sabrina hieß, war zweiunddreißig und hatte einen Hang zu Ehrgeiz und Perfektion. Sie war fröhlich, sportlich und sinnlich. Er hatte sich einmal sehr zu ihr hingezogen gefühlt.

Chili freute sich wahrnehmbar, seine Stimme zu hören.

»Hör zu, Chili, wir treffen uns morgen um sieben Uhr fünfundvierzig in der Praxis Dr. Vach am Max-Josefs-Platz.« Ottakring wollte sie von Beginn an dabeihaben. Er erklärte ihr kurz, worum es ging, und wünschte ihr eine gute Nacht. Die Zeiten, in denen er bei solchen Gelegenheiten seinen Abendflirt mit ihr veranstaltet hatte, waren endgültig vorbei.

Dann meldete er sich bei Lola. Ihr Zustand war unverändert, und sie war unverändert tapfer. »Mach dir keine Sorgen«, sagte sie leichthin. »In zehn Tagen wissen wir mehr.«

Herr Huber verzog sich nach seinem ersten Tag im Rosenheimer Kriminaldienst in sein Bett, hechelte tief und träumte – seinen Bewegungen und Geräuschen nach zu urteilen – von Jagd, Flucht und Fressen.

Die Nacht war kalt. Ottakring zog sich aus und duschte heiß, bis die Haut brannte. Um dem drohenden Ersticken zu begegnen, öffnete er das Fenster und blickte hinunter auf die Papinstraße. Alles war ruhig. Im letzten Moment sah er auf dem gegenüberliegenden Gehsteig im Schein der Straßenleuchten etwas blinken Es war das Feuerzeug, das er hinausgeschleudert hatte. Er nahm sich vor, es morgen zu entsorgen. Dann fing er an zu frieren und legte sich ins Bett.

Im Fall Kirchbichler sah es verdammt nach dem Versuch eines perfekten Verbrechens aus. Chili und er standen vermutlich am Beginn eines langen Wegs.

Vierter Tag

Ein paar Minuten nach halb acht fuhr Ottakring mit dem Rad in der Papinstraße los. Obwohl wetteronline.de üppige Schneefälle für Rosenheim vorhergesagt hatte, ließ er sich diese Freude nicht nehmen. Er stülpte sich eine Baseballmütze über den Kopf und setzte eine Schweißbrille gegen die Zugluft auf. Zu dieser Stunde war es noch still in der Stadt. Nur an der Einmündung der Münchener in die Bahnhofstraße, beim Zitzlsberger, parkten Autos auf beiden Seiten in der zweiten Reihe. Ein Linienbus kam nicht durch, und der Fahrer hupte ununterbrochen. Ottakring gondelte gemächlich vorbei und konnte sehen, wie der Fahrer Gift und Galle spuckte. Er musste kurz vor einem Infarkt stehen. Sterben wir Bayern früher?, fragte er sich. So wie wir uns immer wegen Kleinigkeiten aufregen. Er konnte sich selbst nicht davon ausnehmen. Aber Rosenheim war nun mal die nördlichste Stadt Italiens. Und wer hatte je behauptet, Italiener seien ruhig und gelassen?

Inzwischen fielen Schneeflocken so dick wie Wattebäusche vom Himmel. Über den Straßen und an vielen Häusern erstrahlte weihnachtliches Licht. Die Praxis Dr. Vach befand sich im dritten Stock des Hauses der Marienapotheke am Max-Josefs-Platz. Die Fenster waren hell erleuchtet. Ottakring zog einige Schleifen durch die dunklen Buden des Christkindlmarkts und stieß vor der Metzgerei Angerer direkt auf die wartende Chili.

Fröhlich kaute sie auf der unvermeidlichen Schote herum, die ihr den Namen eingebracht hatte. Chili hatte verschiedenfarbige Augen und einen dunklen Teint. Sie behauptete steif und fest, auf wundersame Weise von Mexikanern abzustammen. Chili sah alles und prägte sich alles ein. Ottakring baute auf ihre ausgeprägte Wachsamkeit. Eine Eigenschaft, die sie zum Bluthund machen konnte.

Es war sieben Uhr zweiundvierzig, als sie die Praxis betraten. In den leeren Räumen fielen sofort die vielen Bilder an den Wänden auf. Dahinter steckten offenbar nicht nur, wie so oft, steuerliche Gründe. Aus den abstrakten und gegenständlichen, leicht impressionistisch angehauchten Gemälden und Lithos sprach Kunstverstand. Dr. Vach hatte Ottakring und Chili vor dem Beginn der allgemeinen Sprechstunde einbestellt. Nun saß er ihnen gegenüber.

»Kirchbichler lag da wie eine normale Leiche«, sagte er. »Etwas gekrümmt vielleicht, weil er von der Bank gerutscht war …« Dem Internisten schien ein Gedanke zu kommen. Er sprang auf und war in zwei, drei mächtigen Schritten draußen.

Mit einem durchdringenden Lachen kam er zurück. Triumphierend hielt er eine Kamera vor den Bauch. »Na, wie bin ich?«, sagte er, wieder begleitet von dröhnendem Lachen. »Da ist er drauf, der liebe Niki. Ich hab doch immer und überall meine Digi dabei.« Er wurde ernst. »Als der so einfach tot dalag, hab ich sie sofort aus dem Auto geholt Dass der Kirchbichler so plötzlich stirbt, das hätte nicht passieren dürfen. Da, schauen Sie. Er war gar nicht der Typ dafür.«

Sie sahen Kirchbichler nackt und leicht gekrümmt auf den Bohlen der Sauna liegen, einen Arm weit von sich gestreckt.

»Natürlich, man kann sich richtig vorstellen, wie er von der Bank gerutscht ist«, sagte Chili.

»Und es nicht mehr zur Tür geschafft hat«, ergänzte Ottakring. Er war sich sicher, dass Chili in diesem Augenblick das Foto in einem Winkel ihres Gehirns abspeicherte.

Es gab mehrere Fotos mit demselben Motiv.

»Sie waren doch auch Herrn Kirchbichlers Hausarzt«, mischte Chili sich ein. »Hatte er gesundheitliche Probleme? Im Fernsehen wirkte er doch immer happy und gesund. Der wandelnde Glücksbringer.«

Vach nickte nachdenklich »Jaja, im Fernsehen. Hinter den Kulissen sieht's dann im richtigen Leben oft ganz anders aus.«

»Das Tox-Gutachten der Rechtsmedizin spricht von einem drastisch erhöhten Wert eines Antidepressivums. Also hatte er Depressionen.« Ottakring nahm Vach direkt ins Visier. »Selbstmord?«

Vach schüttelte den Kopf. »Nein«, sagte er nachdrücklich. »Definitiv nicht. Dafür lege ich meine Hand ins Feuer. Hören Sie ...«, er warf einen schnellen Blick auf die Uhr, »... Kirchbichler litt an einer reaktiven Erschöpfungsdepression. Das ist ...«

»Jaja, schon klar. Zurückzuführen auf seinen nachlassenden Erfolg im Alter ...« Chili war in ihrem Element.

»Genau. Ich hab ihm Fluopram verschrieben. Wenn er es regelmäßig einnahm, konnte er sich damit stützen. Es ging ihm dann gut. Den Rest überspielte er. Er war ja schließlich in der Showbranche tätig. Nennen Sie mir einen dieser Showbiz-Menschen, der damit noch nicht zu tun hatte.«

»Aber Kirchbichler muss ja eine gewaltige Überdosis genommen haben.«

Dr. Vach breitete die Arme mit nach oben gewandten Handflächen aus und zuckte die Schultern.

Fast gleichzeitig standen alle drei auf.

»Ja freilich dürfen Sie die Kamera mitnehmen«, sagte Vach ungefragt. Der weiße Mantel spannte über der Bauchgegend. »Sie ist ja bei der Polizei in besten Händen.« Ein heftiger Lachanfall ließ die große Gestalt erzittern.

Sie waren fast schon an der Tür, da holte sie die Stimme des Arztes noch einmal zurück. »Ach ja, eines wollte ich Ihnen noch mitgeben. Niki Kirchbichler wäre viel zu feige gewesen, sich selbst etwas anzutun. Er war ein Hypochonder. Schon allein eine Treppe abwärtszugehen hielt er für lebensgefährlich. Er nahm immer den Aufzug. Und – er liebte das Leben.«

Ottakring nahm sich vor, bei diesem Arzt vorbeizuschauen, sollte ihm einmal etwas fehlen.

Trotz des immer dichter werdenden Schneetreibens war Ottakring auf seinem Fahrrad in nur drei Minuten an der Direktion. Zu seinem Erstaunen stellte er fest, dass es vor dem Gebäude keinen Fahrradständer gab. Kam hier jeder mit Rolls Royce und Chauffeur? Er lehnte sein Radl an die grüne Fassadenwand, ohne es abzuschließen. Rosenheim war eine sichere Stadt, und die Polizei hatte eine herausragende Aufklärungsquote. Am anderen Tag sollte er freilich feststellen, dass es im Innenhof doch einen Fahrradständer gab.

Drinnen war ein Kommen und Gehen. In einer Dienststelle wie dieser mit ihren rund neunhundert Beamten und Zivilangestellten kehrte niemals Ruhe ein. An der Infotafel im Erdgeschoss stieß er auf Direktor Schuster.

»Herr Ottakring, ich hab Sie wie eine Stecknadel gesucht. Haben Sie schon gelesen?« Er hielt ihm die Titelseite der *Bild*-Zeitung hin.

»Starb Musikstar Kirchbichler eines natürlichen Todes?« las Ottakring. Er erkannte die Sorge in Schusters Miene. »Kommen Sie, gehen wir in mein Büro«, schlug Ottakring vor. »Ich hab Ihnen etwas zu berichten.«

Eine Minute später saß er in seinem Stuhl und nagelte Schuster mit seinem Blick fest. Der Polizeidirektor war mit weiteren sechzehn Dienststellen für die Sicherheit von vierhunderttausend Menschen im Rosenheimer Land verantwortlich. Er wirkte sichtlich älter als Ottakring, obwohl sie nur zwei Lebensjahre trennten. Klug, erfahren, selbst mit allen Feinheiten kriminalistischer Ermittlung vertraut. Mit der Aufklärung von Verbrechen hatte er als Polizeichef direkt nichts mehr zu tun.

Das war Ottakrings Aufgabe, der in diesem Moment das Porträtfoto des toten Niki Kirchbichler mit zwei Fingern über den Tisch schob. »Aufgenommen von Dr. Vach, der den Totenschein ausgestellt hat. Er war Kirchbichlers

Hausarzt. Einen Selbstmord hält er für ausgeschlossen. Aber wieso, zum Teufel, hatte der eine so immens hohe Dosis Fluopram im Körper?« Er schlug mit der flachen Hand auf das Fax, das auf dem Schreibtisch lag.

»Fluopram?«

»Ein Antidepressivum.«

»Kann es versehentlich passiert sein? Soweit ich weiß, sind das Tabletten. Kann er sich vertan haben oder etwas verwechselt und anstatt, sagen wir, drei Tabletten zehn geschluckt haben? Ich hab eine Bemerkung von Frau Toledo aufgeschnappt, wonach Sie mit ihm befreundet waren?«, sagte Schuster.

Ottakring machte ein Gesicht, als hätte er eine Überdosis Senf geschluckt. »Wir haben uns über dreißig Jahre nicht mehr gesehen. Und davor sechs Jahre lang nie gemocht. Wenn Sie also annehmen, ich wüsste mehr über ihn als Sie, irren Sie.« Er empfand einen grenzenlosen Heißhunger auf eine Zigarette, stand auf und ging mit kleinen Schritten auf und ab. »Ich sehe drei Möglichkeiten. Er nimmt absichtlich eine zu hohe Menge ein. Vach verwirft diese Option. Zweitens ein Versehen. Aber wie hätte das gehen sollen, zehn Tabletten aus Versehen zu schlucken? Also bleibt nur Version drei. Jemand anders bringt ihn auf raffinierte Weise dazu, das Zeug zu schlucken.«

Mehr aus dem Unterbewusstsein heraus betete er gedämpft die alte Binsenweisheit her: »Drei gute Gründe gibt es für einen Mord. Liebe, Hass und Geld.«

»Oder«, warf Schuster mit gerunzelter Stirn ein, »man will jemanden aus dem Weg räumen.« Schuster griff zu der Lupe auf Ottakrings Schreibtisch und betrachtete das Foto. »Sieht so aus, als habe er noch eine Hand nach der Tür ausgestreckt. Aber das bringt uns auch nicht weiter.« Er klatschte in die Hände. »Also, auf geht's, Ottakring! Fühlen Sie sich wie zu Hause. Ich besorg schon mal den Durchsuchungsbefehl.«

»Du nimmst dir den Voglwirt vor«, wies Ottakring Chili an. Sie hatten beide noch nicht gefrühstückt und waren unter den ersten Gästen im Café Aran unter den Arkaden am Max-Josefs-Platz, wo man mit »Brotgenuss und Kaffeekult« warb. »Finde einfach heraus, wie Kirchbichler gelebt hat. Wie, wann, wo, mit wem. Okay? Und – nimm dir jemand mit, wenn du seine …«, er spitzte die Lippen, »… Junior-Suite durchsuchst. Ich kümmere mich um den anderen Kram.«

Chili biss entzückt in ihr Krabben-Schnittlauch-Brot.

»Wenn ich fertig bin, komme ich zum Voglwirt nach. Um zu kontrollieren«, sagte er drohend.

Ihn störte etwas. Die ganze Zeit über hatte er schon darauf herumgekaut. Und jetzt funkte es. Diese Rosenverkäuferin. Was hatte sie auf Scholls Beerdigung zu suchen gehabt?

* * *

»Hey, Eva M., Sie kennen sich in Rosenheim aus. Geben Sie mal ein Urteil ab über den Voglwirt. So?« Chili reckte den rechten Daumen nach oben. »Oder so?« Daumen nach unten.

»Absolut mega«, sagte Eva M. und stieß mit ihrem Daumen fast an die Decke. »Ich war als Miss Herbstfest auf einer Promotion hier. Das war einsame Spitze gewesen. Weltklasse.«

»Gibt es außer dem Hoteldirektor jemanden in dem Haus, der über alles Bescheid weiß?«, fragte Chili. »Sozusagen privat?«

Eva M. überlegte kurz. »Frau Riemerschmid vielleicht«, sagte sie. »Aber wollen Sie mir nicht sagen, worum's geht? Geht's vielleicht um Kirchbichler?«

Donnerwetter, die Kleine war fix. »Wenn Sie mich fragen würden, ob meine Frage einen dienstlichen Hintergrund hat, würde ich es glatt bejahen.« Sie setzte ihr unschuldigstes Lächeln auf. »Sagen Sie, Eva M., wer ist Frau Riemerschmid?«

Frau Riemerschmid war dreiundachtzig Jahre alt und hatte ein lebenslanges Wohnrecht im Voglwirt. Ihr hatte das Grundstück gehört, auf dem das Hotel errichtet worden war. Fakten wie diese hatte Chili schon recherchiert, bevor sie ihren Fuß in das Haus setzte. Einen Abzug von Dr. Vachs Saunafoto und den Durchsuchungsbefehl hatte sie in der Tasche. Ein Erkennungsdienstler vom K3 begleitete sie.

Chili hatte etwas gegen jede Demonstration von Macht. Oft genug hatte sie sich vor Augen geführt, wie sie sich fühlen würde, wenn jemand in ihre Wohnung platzte, ihr eine Metallmarke und ein Stück Papier unter die Nase hielte und anfangen würde, alles auf den Kopf zu stellen. Entsprechend zurückhaltend ging sie vor. Zunächst wollte sie sich beim Hausherrn vorstellen. An der Rezeption, die in symmetrisch gemasertem Holz gearbeitet und von versenkten Leuchten erhellt wurde, warf sie zunächst einen tiefen Blick in einen geparkten Kinderwagen. Ein schlafendes Baby mit nach oben weggestreckten Ärmchen lag darin. Chili widerstand der Versuchung, hineinzugreifen und das Kind zu streicheln oder auf den Arm zu nehmen. Andere Leute halten sich Haustiere, dachte sie einmal mehr. Ich möchte ein Baby. Ein Anflug von Zärtlichkeit huschte über ihr Gesicht. Sie seufzte leise. Nie war es ihr vergönnt gewesen, eine dauerhafte Beziehung einzugehen. Der Dienst mit all seinen Unregelmäßigkeiten und Unberechenbarkeiten machte alles zunichte.

»Robert Speckbacher. Assistent der Hotelleitung. Der Herr Direktor ist leider in Berlin bei einem Tourismus-Meeting. Womit kann ich Ihnen helfen?« Dicklicher Typ, Trachtenanzug, langweilig gestreifte Krawatte.

Chili war das kurze Erschrecken in den Augen des Mannes nicht entgangen, als sie ihm dezent ihre Marke zeigte und den Kollegen vom K3, Erkennungsdienst, vorstellte. Der EDler hieß Bruni und war ein Langhaariger mit schmalem, knochigem Gesicht und Hornbrille. Chili kam gleich zur Sache. »Wir sind hier, um die Ursache für Herrn Kirchbichlers Tod aufzuklären. Wir wollen uns ein bisschen umsehen – zum Beispiel in seiner Suite.«

»Und in der Sauna«, fügte der EDler hinzu. »Wo er gefunden wurde.«

Wieder dieses kurze Zögern. Vollkommen normal, sagte sich Chili, wenn wie aus heiterem Himmel die Kripo in einem Sternehotel auftritt.

Schon im Foyer streiften beide Ermittler dünne Gummihandschuhe über. Zweifel an einem natürlichen Tod zogen Vorsichtsmaßnahmen nach sich. Chili brach das Siegel, mit dem Kirchbichlers Zimmertür gesichert worden war. Die Suite war picobello aufgeräumt. Der EDler schnalzte mit der Zunge. Wohnzimmer, Schlafraum, Badezimmer, Gäste-WC. Hochwertiges Holz, das war auf den ersten Blick zu sehen. Viel Licht und weiße Leinenkissen. In der Ecke zwei E-Gitarren, an der Stirnseite ein offener Kamin. Unter der Decke halbrunde Holzbögen, nach Süden ein weites Sprossenfenster, das sich zur Terrasse öffnete und einen grandiosen Blick auf die schneebedeckten Alpen freigab. Daneben ein Stehpult, darauf ein Notebook, zugeklappt. »594 Euro pro Nacht incl. Halbpension« stand im Prospekt. Wehmütig verglich Chili diesen Wert mit ihrem Monatsgehalt. Sie sah dem Kollegen Bruni an, dass bei ihm ein ähnlicher Denkprozess ablief.

Sie machten sich an die Arbeit. Keine halbe Stunde benötigten sie, um neben unzähligen Anzügen, Hemden, Krawatten und Schuhen anderes Kirchbichler-Material aufzuspüren, das so gar nicht zu dem Bild des gefeierten Stars passte. Sie packten alles auf einen großen Haufen.

Chili zückte ihr Mobiltelefon. »Herr Ottakring! Könnten Sie bitte herkommen? Sie müssen sich das selber anschauen.« Sie vermied es, den Kriminalrat in Gegenwart des EDlers zu duzen.

Wenig später stand Ottakring in der Tür.

Auf dem edel furnierten Tisch mit Schiefereinlage stapelten sich Kontoauszüge, Abrechnungen von Devisengeschäften, Mahnungen, Schuldscheine. Daneben ein kleiner Berg weißer Tütchen.

»Koks«, bemerkte Ottakring wenig überrascht. Er nahm das einzige aufgebrochene Tütchen, das Chili ihm reichte, roch und schmeckte. Er nickte. »Kokainhydrochlorid, und zwar sehr rein.« Ein Stoff, der in Rosenheims Szene leicht aufzutreiben war. Rosenheim, nahe der österreichischen Grenze, war ein bedeutendes Zentrum des Rauschgifthandels zwischen Holland, München und dem Balkan.

»Eindeutig Sache der Giftler«, sagte er. Eine Prise von dem Zeug ließ er auf den Lippen zergehen. Dann wechselte er die Handschuhe und durchstreifte die Suite. Mit zwei Tablettenröhrchen kam er aus dem Badezimmer zurück. Gelbe Hülle mit rotem Kreis. Eines war angebrochen. »Habt ihr das etwa übersehen?«, fragte er kritisch. »Sein Fluopram«, sagte er. »Daran ist er gestorben.«

Er reichte Chili seinen Fund. »Hier. Lass das untersuchen.«

»Ich möchte wissen, wovon der Kirchbichler gelebt hat«, sagte Chili, peinlich berührt, in die entstandene Stille hinein. »Der scheint nur Schulden gehabt zu haben. Wovon hat der denn seine Hotelrechnung bezahlt?«

»Herr Kirchbichler hat seine Miete immer im Nachhinein überwiesen«, sagte der Assistent der Hotelleitung. Er rückte seine gelb-beige gestreifte Krawatte zurecht und verzog den Mund, was darauf schließen ließ, dass er diesen Vorgang keineswegs billigte. »Obwohl er so gut verdient hat. Er war wohl recht sparsam.«

Chili rammte Ottakring den Ellenbogen in die Seite und machte »Tztztz«. »Wir möchten gern den Schauplatz des Todes sehen«, erklärte sie Speckbacher. »Die Sauna. Würden Sie …?«

»Selbstverständlich. Ich rufe sofort den Herrn, der den Saunabereich betreut.«

Der Herr entpuppte sich als großer, breitschultriger Bergbauerntyp mit einem mächtigen, buschigen Bart, der von silbrigen Fäden durchflochten war. Er hieß Franz.

Sie befanden sich im Saunatrakt im Untergeschoss und liefen barfuß, umwimmelt von Nackten mit und ohne Handtuch um die Hüften. Es gab drei Ruhezonen und zwei große Kaltwasserteiche.

»Um fünf Uhr hab ich jeden zweiten Tag dem Herrn Kirchbichler die Sauna ankcheizt«, sagte Franz mit kehligem Tiroler Akzent. »Der hat ja diese eine Sauna für sich allein kchabt jeden zweiten Tag. Weil der ist immer um sechs Uhr kchommen, hat drei Durchgänge gemacht, dann ist er speisen gegangen.«

»Und an dem Tag? Ist Ihnen da etwas Besonderes aufgefallen?« Chili hielt dem Tiroler das Foto hin.

»Darüber hab i au scho nachdenkcht. Nein. Nix Bsonders. I hob einfach die Sauna okcheizt.«

Bruni begann mit der Spurenauswertung.

Oben landeten Chili und Ottakring in einer der wenigen freien Lounge-Ecken. Sie beeindruckten mit geschnitztem Holz, geblümten Polstern und Kunststoffblumen.

»Eigens so gefertigt für Besucher aus den Niederlanden

und aus Norddeutschland«, bemerkte Chili. »Ich hab das früher auch für original bayrisch gehalten«. Eine Kellnerin im Stil der Sitzecke erschien unaufgefordert. Sie stellte einen Teller mit geschnittener Salami, Gürkchen und Brotwürfeln als Zeichen original oberbayrischer Gastfreundschaft vor sie hin.

Alle ringsum rauchten. Vorbeugend zu der Regelung, die ab dem neuen Jahr die Nichtraucher in den bayrischen Himmel heben würde.

»Entschuldige«, sagte Chili und steckte sich mit ausgestreckten Fingern eine Zigarette an.

»Wenn ich dich so sehe, möchte ich mich am liebsten auf dich stürzen und dir den Rauch aus den Lungen saugen«, sagte Ottakring hechelnd.

Bruni stand urplötzlich da. Er warf neidische Blicke auf den halb geleerten Wurstteller.

»Und?«, fragte Chili.

»Jede Menge Fingerabdrücke am Guckfenster«, sagte Bruni.

Ottakring schob ihm den Teller hin.

»Danke«, sagte Chili. »Geben Sie das Ergebnis an Eva M. weiter. Sie soll den Suchlauf im AFIS starten.«

Eva M. kam vom Bundeskriminalamt. Sie würde beste Beziehungen zum BKA und dessen Fingerabdruck-Identifizierungssystem unterhalten.

Bruni hatte verstanden, nickte und trollte sich.

Chili ging in die entgegengesetzte Richtung.

»Frau Riemerschmid?« Der junge Mann an der Rezeption, der aussah wie ein Flugbegleiter, tat überrascht. Wer interessiert sich schon für eine alte Dame? »Hat sich für einige Tage verabschiedet«, sagte er. Er blätterte in einem Kalender. »Nein, warten Sie.« Er blickte verschwörerisch um sich und verfiel in geheimnisvolles Flüstern. »Sie ist in Italien. Morgen sollte sie wieder da sein.«

Sie tauschten Geschäftskarten.

Der Kinderwagen neben dem Empfang mit dem süßen Baby fehlte. Hoffentlich wurde es nicht entführt, ging es Chili vage durch den Kopf.

»Komm mal mit.« Ottakring nahm Chili am Arm. Auf dunklem Wenge-Schiffsbodenparkett, entlang einer interessanten Mischung aus Ruhm, Geld, Macht und gönnerhaften Stimmen, vorbei an hochnäsigen Kellnern, Wichtigtuern, frostigem Nicken und dem Riesenchristbaum strebte er mit ihr dem Musiksalon zu.

»Hier«, sagte er und schloss die Tür.« »Hier hab ich Niki Kirchbichler zum letzten Mal gesehen. Da hat er gesessen und Klavier gespielt. Irgendein wirres Zeug.«

»Wann war das?«

Ottakring dachte nach.

»Lass mich überlegen«, preschte Chili vor. »Um halb drei war die Scholl-Beerdigung. Plus eine Stunde plus Fahrweg. Dann dein Gespräch mit den zwei Polizeioberen. Sagen wir halb fünf?«

»Eher gegen fünf.«

»Also exakt zu der Zeit, als der Franz die Sauna angeschmissen hat. Wir ...«

»Genau«, unterbrach Ottakring. »Todeszeitpunkt war zwischen sieben und acht Uhr. Wir müssen, nein, du musst die letzten zwei Stunden in Kirchbichlers Leben rekonstruieren. Wie lange hat Kirchbichler am Flügel gesessen? Wer hat ihn zuletzt gesehen? Mit wem hat er gesprochen und so weiter. Wir brauchen eine Aufstellung der Trauergäste. Wer von denen hatte ein Motiv? Hat es einen bestimmten Grund, dass er ausgerechnet am Tag von Scholls Beerdigung gestorben ist? Gibt es irgendeine Symbolik? Alles ist möglich. Nimm dir – mit aller Zurückhaltung – die Witwe Scholl vor. Den Klein-Ferdinand. Den alten Herrn von denen. Nimm den Sauna-Franz noch mal in die Mangel. Vielleicht fällt ihm doch noch mehr ein. Bleib an Eva M. dran mit dem AFIS-Ergebnis. Beschleunige es. Ich kümmere mich um die Themen Schuldscheine und Kokain. Und werde über die Frage nachdenken, was Kirchbichler veranlasst haben könnte, meinen Hund in die Mülltonne zu schmeißen. Wir werden auch Dr. Vach noch einmal befragen. Wie genau wirkt Fluopram, welchen Vorlauf benötigt es und so weiter.«

Nach Chilis Kenntnis gab es in Ottakrings Leben nur ein einziges Thema, worüber er je so viele Worte verloren hatte: Lola. Sie wollte schon etwas erwidern, überlegte es sich aber anders und schwieg.

»Die Rosenverkäuferin!« Chili hörte Ungeduld aus Ottakrings Stimme. Eine Ungeduld, die ihm schon die ganze Zeit anzumerken war. Eine Ungeduld, die wie Wasserblasen angestiegen war und jetzt zerplatzte. »Verdammt. Wo ist sie geblieben?«

Ottakring sah müde aus.

Chili nahm sich vor, auch dieser Frage nachzugehen. Hundert kleine Merkzettel begannen sich in ihrem Hirn zu ordnen – sie beneidete Menschen mit Gedächtnisschwund. Gedächtnisschwund musste sensationell sein.

Ein Name stand weit vorn: Frau Riemerschmid. Morgen sollte sie zurückkommen.

»Frau Toledo?« Eine gepresste Stimme an ihrem Ohr.

Chili erkannte sie sofort. Der junge Mann von der Rezeption war ihr hinterhergeeilt.

»Frau Riemerschmid ist soeben eingetroffen.«

»Heute?«

»Ja. Ich hatte Ihnen gesagt, dass sie morgen zurückkommt. Aber sie ist soeben eingetroffen.«

»Weiß sie von Kirchbichlers Tod?«, fragte Chili mit Nachdruck. Die alte Dame musste den Sänger sehr gut kennen, wenn sie mit ihm als Dauergast im selben Hotel gewohnt hatte.

»Weiß ich nicht. Keine Ahnung.«

Sie musste vorsichtig sein. Bei Dreiundachtzigjährigen konnte man nie wissen. Gott und die Welt können den geregelten Ablauf durchkreuzen.

Dreizehn Minuten später saß Martha Riemerschmid mit einem Longdrinkglas auf einem Hocker an der Bar des Voglwirts. Den Fünfuhrtee ersetzte sie durch ein beeindruckendes Glas Gin Tonic. Sie war eine zierliche alte Dame mit dünnem, blau schimmerndem Haar und spitzenbesetztem grauem Kleid. Ihre Augen tränten.

Es war kurz vor halb sechs, als sich Chili einen Platz neben ihr an der langen, zinkfarbenen Bar erkämpfte. Sämtliche Plätze waren besetzt. Der Todesfall im Hotel schien sich noch nicht herumgesprochen zu haben.

Fröhliche, braun gebrannte Gesichter wurden von Kerzenlicht angestrahlt, Gelächter und Gesprächsfetzen schwirrten durch die Luft und verloren sich wieder. Die Barkeeper behandelten Frau Riemerschmid voller Respekt. Aus der Nähe fiel Chili auf, dass das Gesicht der Frau aufgedunsen war, vielleicht von reichlich Gin Tonic, vielleicht von der Einnahme starker Tabletten, vielleicht von Verzweiflung. Sie stellte sich vor und kam behutsam zur Sache.

»Ich hab's vorhergesehen, dass es einmal so ausgehen würde«, sagte Frau Riemerschmid mit zittriger Stimme. Von Trauer oder gar Entsetzen keine Spur. »Bei dem war der Lack ab. Der war ein Irrlicht. Dem hab ich zuletzt nicht mehr über den Weg getraut. Großspurig war der, hat viel zu üppige Trinkgelder gegeben, und ich glaub nicht, dass der sich das alles hat leisten können.« Sie senkte ihre Stimme und bildete mit der Hand einen Schalldämpfer. »Was meinen Sie, warum der mich heimlich dreimal um Geld angehauen hat?«

Chili ließ die Frau eine Weile reden. Sie sei viel auf Reisen, so lang es noch ginge, sagte sie. Bei aller Geschwätzigkeit besaß die alte Dame eine natürliche, zurückhaltende Würde.

»Wissen Sie, wenn man in so einem Hotel wohnt wie ich, lebt man davon, Leute zu beobachten. Sie sind eine Art Ersatzfamilie für mich. Es ist die Fantasie der Eingeschlossenen. Zum Beispiel dürfte ich die einzige Person sein, die weiß, dass der Kirchbichler immer wieder in Schwermut verfallen ist. Nach außen hat er's recht geschickt überspielt.« Sie überlegte kurz. »Und dauernd ist er hinter der Catrin hergestiegen. Wie der Hahn auf dem Mist.«

»Catrin?« Durch Chili ging ein Ruck.

»Na ja, unsere Rosenverkäuferin. Eine hochgebildete Frau, die Catrin. Akademikerin. Hat Literatur und Philosophie studiert, glaube ich. Die Rosen hat sie nur verkauft, weil sie an einem Buch arbeitet und Milieustudien machen will. Deshalb hat sie auch hereindürfen ins Hotel. Sonst hätte er das niemals zugelassen, der Herr Direktor.«

»War Kirchbichler denn verliebt in Catrin?«

»Der liebe Niki Kirchbichler hatte jede Menge Weibergeschichten. Mich hat er kaum beachtet. Doch Catrin war, glaube ich, für ihn zur Obsession geworden. Ob mit oder ohne Erfolg, kann ich nicht beurteilen.«

»Hat die Catrin auch einen Nachnamen?«, fragte Chili.

Frau Riemerschmid lachte scheppernd. »Rosenverkäufer haben keinen Nachnamen, verehrte Frau, merken Sie sich das. Catrin. Das ist alles. Wer sie im richtigen Leben ist, das ist eine andere Sache.«

»Wissen Sie zufällig, wo sie wohnt, die Catrin?«

»Nein. Ich weiß nur – einmal, da hat sie im Hotel übernachtet.« Die Augen der alten Dame waren klein vor Müdigkeit. Nun aber blitzten sie kurz auf. »Ich will ja nichts gesagt haben, aber ich glaub, an einem Morgen hab ich sie sehr früh aus der Suite von dem Kirchbichler kommen sehen. 302.« Dann stand sie auf. Im Stehen war sie fast kleiner als im Sitzen. »Ach ja, das werden Sie bestimmt schon wissen: Sie fährt einen gelben Motorroller mit Anhänger. In dem transportiert sie ihre Rosen.«

Chili hätte die Frau umarmen können. Reden musst du mit den Leuten. Vom Denken können sie's nicht wissen. Der Spruch ihres verstorbenen Vaters hatte sich wieder einmal bewahrheitet. Sie stieß einen langen, zufriedenen Seufzer aus. Sie fühlte sich hellwach und voller Energie. Übermütig hielt sie der alten Dame die Hand hin, und Frau Riemerschmid schlug die ihre knallend dagegen.

»Danke!«, sagte Chili.

Weiter hinten, vor dem breiten Spiegelglasfenster am Ende des Barraums, hatte ein Mann mit dem Rücken zum offenen Kamin gesessen. Er erhob sich und verließ raschen Schrittes, mit abgewandtem Gesicht, den Raum. Chili traute ihren Augen nicht. Der Mann war groß, sportlich und hatte einen elastischen Gang. Es war kein anderer als Kevin Specht, ihr Vorgesetzter. Der Stellvertreter im K1.

* * *

Ottakring war seit zehn Minuten wieder im Büro, als kurz nacheinander dreimal das Telefon schellte.

Der erste Anruf kam von Chili. Er hörte sich das Ergebnis ihrer Begegnung mit Frau Riemerschmid an. Als Chili auf die Details über Catrin, die Rosenverkäuferin, zu sprechen kam, ließ er sich zu einem lang gezogenen »Suuuuper!« hinreißen. Und als sie gar noch das auffällige Fahrzeug erwähnte, den gelben Roller, schnalzte Ottakring mit der Zunge.

Eine Antwort auf die Frage, warum diese Catrin auch

auf Scholls Beisetzung gewesen war, fand er allerdings nicht. Noch nicht.

Der zweite Anruf kam von Lola. Sie wollte sich erkundigen, wie es ihm erginge im neuen Job. »Heute Nachmittag wollte ich mit dem Zug zu dir nach Rosenheim kommen Doch dann hab ich den Gedanken verworfen. Du brauchst deine Zeit und deinen Kopf jetzt für Wichtigeres.«

Typisch Lola. »Und – wie geht's dir?«, fragte er. »Spürst du so etwas wie eine Besserung?«

»Wart's ab. Noch neun Tage.«

Das dritte Telefonat führte er mit Huawa von der Pforte. Der war gegen vier Uhr mit Herrn Huber Gassi gegangen. Erst jetzt merkte Ottakring, wie spät es war. Er hatte seinen Hund glatt vergessen.

»I hab mit meiner Frau gsprochen.« Huawa klang, als säße er im Beichtstuhl. »Wie wär's, Herr Kriminalrat, wenn mir den Herrn Huber zu uns nehma tatn, bis Sie … sagn mir – bis Sie Ihren Fall glöst ham? Des tuat bei Eahna ja nie so lang dauern. Mei Frau tat si freia. Sie tat sich tagsüber um ihn kümmern, i um den Rest. Habedere.«

Die Vorsehung hatte wieder zugeschlagen. Die Zeit in ihrer beschleunigten Form. Was konnte ihm und Herrn Huber Besseres passieren in diesen turbulenten Tagen? »Und ab wann soll das gelten, Huawa?«

»Iatz glei. Ab sofort, Herr Kriminalrat!«

Ab sofort hatte er keinen Hund mehr. Sein Hund, der Einzige, der sich freute, wenn ihm etwas vorgeworfen wurde.

»Ja, Chili?« Sie rief noch einmal an. Ihre Stimme klang besorgt.

»Der Specht«, sagte sie. »Dein Stellvertreter. Er war auch da. Er saß ganz hinten an der Bar, als ich mich mit Frau Riemerschmid unterhalten hab. Nein, keine Ahnung, ob er mich gesehen hat. Aber ich glaub schon.«

Ottakring spürte, dass sie noch etwas sagen wollte. Er behielt recht.

»Zum ersten Mal ist mir das aufgefallen. Weißt du, wie Specht mir vorgekommen ist? Als wenn er sich überhaupt nicht wohl fühlt in seiner Haut.«

Fünfter Tag

Es war ein Glücksfall, dass er den gelben Motorroller samt Anhänger aufspürte.

Ottakring hatte keine Nachtruhe finden können. Er hatte sich im Bett hin und her gewälzt und war unruhig durch die Wohnung geschlichen, immer auf der Suche nach Herrn Huber. Er vermisste den Hund. Er hörte ihn schnarchen und winseln, meinte sogar seinen Schatten zu sehen.

»Ich glaub, ich fang schon an zu spinnen!«

Er verwarf den Gedanken, den Kameraden mitten in der Nacht bei seinen Pflegeeltern anzurufen. Gegen drei Uhr morgens hatte er begriffen, dass seine Einschlafversuche für die Katz waren. Er stand auf, bedeckte seine freien Stellen mit Wollmütze, Handschuhen und gefüttertem Parker, schnappte sich sein Fahrrad und fuhr los.

Mond und Wolken zauberten milchige Skulpturen an den Himmel. Ottakring hatte Mühe, nicht so etwas wie Glück zu empfinden bei all dem Lichtspiel, dem Schnee und der Einsamkeit auf den Straßen. Er kreuzte mit seinem Radl durch die Rosenheimer Geisterstadt wie ein Segelboot durch eine Enge. Nachts, trotz der Lichtersterne überall, sahen die menschenleere Fußgängerzone, die dunklen Schaufenster, die Fassaden mit ihren Fensterhöhlen, das Hofbräuviertel vollkommen anders aus als am Tag. Bestimmt war er hier bei Tag schon x-mal herumgetourt. Aber bei Nacht war alles fremd, sogar die Gerüche. Selbst die zwei Schläge vom nahen Mittertor klangen wie Totenglocken.

Gerade als es halb vier schlug, hatte sich sein Auge an das Dreivierteldunkel zwischen dem Haus mit dem Blumenladen unten drin und dem Schulhof daneben gewöhnt. Und genau in diesem Augenblick spitzte er den Mund, als wollte er weitspucken. Dort, unter einem morschen Holzdach, stand das Moped, das er suchte. Der gelbe Roller. Automatisch notierte er das Kennzeichen. War das nun Zufall gewesen? Der Zufall, Gottes Pseudonym, wenn Gott sich nicht selbst zu erkennen geben mag? Ottakrings Glück, Catrins Pech. Er bevorzugte eine andere Erklärung: systematisches Abgrasen, Forschen, Stöbern, Suchen. Sein Herz hüpfte wie in jungen Jahren.

Er äugte nach oben. Auf der zweiten Etage befand sich das Pirate, das beste Jazzlokal südlich Münchens. Eine Bar von der Größe eines nostalgischen Wohnzimmers, in der die besten Modern-Music-Gruppen aus dem alpenländischen Raum gastierten. Die Wiege der bekanntesten von ihnen, Quadro Nuevo, hatte im Pirate gestanden.

Er suchte nach einer Türklingel. Es gab keine. Na gut, Catrin musste ja nicht unbedingt in diesem Haus wohnen. Er ließ den Blick wandern. Dann griff er zum Handy.

»Guten Morgen. Ottakring hier. Könnt ihr mal nachforschen, wer folgendes Motorroller-Kennzeichen hat? Ich brauche Namen und Adresse.«

Ein paar Herzschläge später erhielt er die Antwort.

»Das Fahrzeug ist auf eine Katharina Silbernagl zugelassen, Ludwigsplatz 5.«

Chili musste eine Durchsuchung erwirken. Sie war zäh genug. Er schilderte ihr den Sachstand. Die Verbindung zu Kirchbichler. Möglicherweise ein Verhältnis mit ihm. Die falsche Identität. »Viel ist's nicht, ich weiß. Aber tu dein Bestes, Chili, die Richterin zu überzeugen. Wir werden einiges in ihrer Wohnung finden.«

Eine Stunde Schlaf gönnte er sich. Ottakring wusste, es würde ein langer Tag werden. Schuster würde heute nicht vor Ort sein. An den Grund konnte er sich nicht mehr erinnern. Der Flur im K1 war leer. Aus Eva M.s Büro hörte er das flüssige Klicken ihrer Tastatur. Um halb acht öffnete er die Tür zu seinem eigenen Büro. Die bunte Landkreiskarte, die er hatte anbringen lassen, stach ihm ins Auge. Eigentlich hätte er sich einen Zettel auf dem Schreibtisch gewünscht. »Kümmere mich um Durchsuchungsbefehl für Silbernagl. Chili«, hätte darauf zu lesen sein sollen. Doch so schnell schossen die Preußen nicht. Und schon gleich nicht die Bayern.

Er rief Eva M. zu sich.

»Wo ist Herr Schuster heute? Ich hab's vergessen.« Hoffentlich merkt das Mädel nicht, dass ich älter werde.

»In München. Bereitet seine PK über die Kriminalstatistik vor. Da wird er erst am späten Nachmittag zurück sein.«

Klar. Material für die offizielle Pressekonferenz zu sammeln war immer ein Kreuz. Aus seiner Münchener Zeit konnte er ein Lied davon singen.

»Okay«, sagte er. »Dann wird er wohl auch sein Handy den ganzen Tag abgeschaltet haben. Hören Sie, Eva M., dann hab ich einen wichtigen Auftrag für Sie.« In wenigen Worten schilderte er, in welcher Verbindung Katharina Silbernagl zu Kirchbichler gestanden hatte. »Wir brauchen sie, Eva M. In ihrer Wohnung scheint sie nicht zu sein. Vielleicht hat sie sich abgesetzt, vielleicht auch nicht. Aber ich möchte auf jeden Fall verhindern, dass sie uns durch die Lappen geht. Schade, dass wir auf die Schnelle noch kein Foto besitzen. Rufen Sie bei den Verkehrsbetrieben und in der Taxizentrale an und lassen Sie sich erklären, wie wir am schnellsten eine Beschreibung an die Fahrer verteilen können. Und am Bahnhof hängen Sie eine Suchmeldung aus, kurze Sachdarstellung dazu. Meldung an alle Streifenwagen, überprüfen Sie sämtliche Notdienste und Krankenhäuser, sie könnte ja einen Unfall gehabt haben. Geben Sie mir sofort Bescheid, wenn Sie ein Ergebnis haben.«

Für einige Augenblicke herrschte Schweigen. Ottakring fürchtete schon, er habe die junge Frau überfordert. Doch sie zeigte ein unerschütterliches Lächeln.

Sein Telefon meldete sich. »Chili? Ja? Wie sieht's aus?«

»Um Punkt neun wird die Spurensicherung am Ludwigsplatz 5 sein. Das Gericht spielt mit und sonst ist auch alles klar.«

»Sag mal, Chili, wie hast du wieder …«

In diesem Moment ging die Tür auf. Kevin Specht streckte den Kopf herein. Zuerst musterte er Ottakring, dann glitt sein Blick ab zu Eva M., die aufgestanden war und sich gerade die Frisur ordnete.

»Guten Morgen«, grüßte er mit einem zweideutigen Lächeln. »Entschuldigen Sie. Ich hab nicht gewusst, dass Sie nicht allein sind. Ich wollt Sie nicht stören mit der jungen Kollegin.« Die Tür schloss er betont verträglich.

»… bist du noch dran?«, rief er ins Telefon.

»Ja. War das Specht?«

»Ja.«

»Na dann viel Freude. Treffen wir uns bei, äh, Silbernagl?«

»Äh, ja.«

Die EDler in ihren weißen Kapuzenanzügen, ausgerüstet mit tonnenschweren Alukoffern, standen schon in der Eingangsnische, als Chili eintraf. Es waren zwei. Bruni, der Langhaarige mit Hornbrille, und ein Kollege.

Ottakring kam gegen halb zehn mit dem Fahrrad an.

Die Wohnung – ach was, Kleinwohnung – bestand aus einem Wohnzimmer, einem abgeteiltem Schlafraum und einem winzigen Duschbad. Fältchen und Rüschchen und ein bauschender Vorhang. Ein rosa Seidenbademantel lag auf dem Boden, als hätte ihn diejenige, die ihn getragen hatte, einfach fallen lassen. Auch sonst herrschte eine ziemliche Unordnung. Gerissenes Parkett, geöffnete Schubläden, halb volle Aschenbecher, ein überquellender Mülleimer, riesige Vasen voll mit Kram, ein überfüllter Kühlschrank, zwei angebrochene Flaschen Wein. Es roch entsprechend. Es war düster. Eine Ordnungsfanatikerin lebte hier nicht.

Eine Magnumflasche Moët & Chandon, verschlossen.

Schuhe von Max Mara und Chanel, die Sohlen noch kaum angekratzt, lagen in einer Ecke. Das handgefertigte Himmelbett schien unbenutzt. Alles deutete darauf hin, dass Katharina sich in großer Hast von ihrer Unterkunft verabschiedet hatte. Ein mannshohes Ölbild an der Längswand im Wohnzimmer überwucherte das Klima dieser sehr persönlichen Sphäre. Spärliches Licht, das durch ein Fenster auf der Gegenseite drang, ließ wenige Details auf dem Bild erkennen. In einem schweren schwarzgoldenen Rahmen blickte Ottakring eine sinnliche Frau entgegen. Mandelförmige, verführerische Augen, lange rotblonde Haare, schmales Gesicht. Es wirkte wie ein Foto, eine Signatur war nicht zu erkennen. Fotorealismus, stellte er fachkundig fest. Lola hätte das Bild bestimmt gefallen.

Ottakring konnte sich sehr gut an Katharinas Gesicht beim Voglwirt erinnern. Dort hatte sie sich Catrin genannt. Sie hatte in der Tür gestanden und ihn und Niki angelächelt. Die Frau auf diesem Bild hatte eine gewisse Ähnlichkeit mit ihr. War sie die zur Perfektion gebrachte Katharina Silbernagl?

Die zwei Beamten vom K3 gingen derweil routiniert mit ihren Fotoapparaten, mit ihren Reagenzgläsern und Chemikalien um. Sie nummerierten ihre Spuren auf kleinen Täfelchen und nahmen an der Zahnbürste die DNA ab. Das hätten sie nicht tun müssen. Doch Ottakring hatte darauf bestanden.

In der Schlafkammer klaubte Ottakring ein Foto vom Fensterbrett. Es zeigte Katharina mit einem riesigen Strauß roter Rosen. Er nahm es aus dem Fertigrahmen und steckte es ein.

»Siehst du einen PC?«, fragte er.

Chili verneinte. »Den vermisse ich auch.« Sie schob ihre Schote in den anderen Mundwinkel.

Es hing auch kein Universitätsdiplom an irgendeiner Wand.

»Das ist seltsam«, sinnierte er. »Ein junger Mensch, der keinen Computer hat. Na ja…« Er lachte laut. »… damit braucht sie viele Probleme nicht erst zu lösen, die sie mit Computer hätte.«

»Aber hier«, sagte Bruni. Er hielt ein schwarzes Kästchen in der Hand.

Chili beugte sich darüber. »Ein Adresscomputer. Stellt den mal sicher.«

Ottakring keuchte plötzlich. Er war schweißgebadet. »Chili«, keuchte er. »Mir geht's gar nicht gut.«

Bruni sprang von seiner Leiter und stützte den Kriminalrat. Chili strich ihm sanft über den Arm und hielt seine Hand.

»Neiiiin!«, brüllte Ottakring.

Chili schoss hoch.

Bruni kippte nach hinten weg.

Ottakring stand mitten im Durcheinander des Raums und fluchte. Versprühte Spucke in Tropfenform. »Hat hier denn keiner eine Zigarette für mich? Ich kann nicht mehr.« Er griff sich ans Herz.

Weder Chili noch Bruni konnten helfen.

»Das darf doch nicht wahr sein! Keine einzige Zigarette? Keine winzig kleine? Könnt ihr Nieten denn keine bei der Silbernagl sicherstellen?« Er jaulte auf. »Hier liegen doch genügend Kippen rum!«

Keine Chance, Ottakring. Keine Zigaretten.

»Chili!« Er japste nach Luft. Er fiel in sich zusammen. »Gib mir wenigstens eine von deinen Dingern da. Auf denen du ewig rumkaust. Eine von den … den …«

Chili hielt ihm eine halbe Schote hin. »Da. Nimm. Chilis heißen die Dinger.«

Mit glänzenden Augen steckte Ottakring sie sich in den Mund. Und biss zu. »Das wird helfen«, kriegte er gerade noch heraus.

Zuerst schien es nur eine hilflose Geste zu sein, als seine Hand an die Kehle fuhr. Doch dann erstarrte er und glotzte Chili vorwurfsvoll mit offenem Mund an, durch den er gurrend Luft holte. Ihm war anzusehen, wie er litt, während Chili seelenruhig auf der anderen Chilihälfte weiterkaute. Seine Augäpfel drängten nach außen. Speichel triefte aus den Mundwinkeln. Er hechelte in kurzen Zügen, als nähme er Anlauf zu einem weiten Sprung. Doch bevor es zu einem weiteren Jahrhundertschrei oder gar Sekundentod kam, spuckte er die eineinhalb Zentimeter Schote in kleinen Brocken aus und presste mit geweiteten Augen beide Hände auf den Mund. Er merkte, dass er mehr und mehr sich selbst abhanden kam. Dann rutschte er auf den Boden, blieb hocken und stierte ausdruckslos vor sich hin.

»Herr Ottakring? Hallo, Herr Ott…!«

Ottakring fuhr hoch wie aus einem schlechten Traum.

»Ihr Handy klingelt.« Bruni hielt es ihm entgegen.

Er schaute sich um. »Wo ist, äh, Frau Toledo?«

Bruni zeigte mit dem Kinn Richtung Badezimmer.

»Hallo.« Ottakring krächzte und leckte sich die Lippen. Seine Stimme hatte jegliches Volumen verloren. »Hallo?« Hätte er auf das Display gesehen, hätte er gewusst, dass Lola dran war.

»Guten Morgen, Liebster. Stör ich dich? Entschuldige, wenn ich dich im Dienst anrufe. Aber ich hab gerade die Wettervorhersage gesehen. Es wird wunderschön. Ein bisschen kalt das Wochenende, aber viel Sonne. Wunderschön halt. Wollen wir ...«

Die Klospülung übertönte jeden Laut.

»Wollen wir was?«

»... Ski fahren gehen?«

Eine Myrte kroch über den Bauch des Kupferkessels. Kleine weiße Blüten hingen wie Tropfen aus ihren Blattachseln. Der Geruch war betörend.

Sie saßen sich in der Hauptlounge des Voglwirts gegenüber. Alpenmusik dudelte dezent durch die Halle.

»Frau Scholl«, eröffnete Ottakring das Gespräch. Klein-Ferdinand tobte um sie herum. »Wir sprechen von den Trauergästen. Kennen Sie eine Katharina Silbernagl?«

Die Antwort kam wie ein Geschoss. Nicht der Funke eines Nachdenkens. »Nein. Wer ist das?«

Ottakring schob das Rosen-Foto aus Katharinas Wohnung über den Tisch. »Sie stand bei der Beisetzung etwas abseits. Trug einen weißen Anorak. Sie war auch bei der Feier im Voglwirt dabei. Da hat sie diese Rosen verkauft.« Er tippte mit der Spitze eines Kugelschreibers auf das Bild.

»Ach ja. Kann sein. Ich erinnere mich schwach. Kann sein.«

»Kann sein, dass sie Rosen verkauft hat? Oder kann sein, dass Sie sie kennen?«

»Also …« Sie nahm das Foto in die Hand. »Also ist das nicht die, die auch in der Stadt Rosen verkauft? Am Christkindlmarkt? Aber wieso, was soll die Frage?«

Ottakring konnte sich ein kleines Lächeln nicht verkneifen. Die Witwe von Sebastian Scholl weckte sein Interesse. Sie war intelligent, das konnte er spüren. Und sie war gewiss leidenschaftlich. Wobei er nicht so recht dahinterkam, worauf diese Leidenschaft gerichtet war.

»Katharina Silbernagl war bei der Beisetzung Ihres Mannes. Und ich frage mich, warum. Aus reiner Neugierde hat sie bestimmt nicht teilgenommen Also muss sie einen besonderen Anlass gehabt haben, meinen Sie nicht?«

Frau Scholl zündete sich eine Zigarette an. »Und warum fragen Sie sie nicht selbst?«

Er vermutete, dass sie die Antwort auf seine Frage bereits kannte. »Weil sie verschwunden ist«, erklärte er trotzdem. »Noch was, Frau Scholl. Wer hat eigentlich dieses rauschende Fest im Voglwirt finanziert? Ihr verstorbener Mann?« Das konnte kaum sein. Ottakring wusste schließlich, was ein Polizeibeamter verdient.

Die Witwe schien zu platzen. Mit geblähten Wangen saß sie da. »Sein Vater«, sagte sie gepresst.

Aha, der distinguiert wirkende Herr von der Beerdigung. Als er das Gespräch beendete, war er sicher, dass die Rädchen in Frau Scholls Gehirn noch für einige Zeit rotieren würden.

Beim Hinausgehen stieß Ottakring auf Robert Speckbacher, den Hotelassistenten. Er trug das typische Gwand, das bedeutende Männer – also Hoteliers, Gastronomen, Pfarrer in Zivil, Geschäftsleute, Politiker – in diesem Landstrich zu tragen pflegen: die CSU-Einheitskleidung der Tracht.

Undurchsichtig war er, der Speckbacher. Ja, das war die treffende Beschreibung, die Ottakring in diesem Moment für ihn parat hatte. Undurchsichtig.

Und er wusste nun, warum ihm die Rosenverkäuferin gleich so bekannt vorgekommen war: Er hatte sie schon vorher in der Stadt arbeiten sehen.

Es war Mittag geworden. Das Sonnenlicht, das schräg von Süden einfiel, hinterließ in den Bergfalten des Zahmen Kaisers tiefschwarze Schatten, die mit dem glänzenden Weiß des Schnees in den Felswänden und dem dunstigen Purpurgrau in der Ebene davor kontrastierten. Eine kleine Herde Pferde – Füchse und Rappen – sah aus, als wäre sie mit dünnem Pinsel und intensiven Farben in die Landschaft hineingemalt. Wie ein Spielzeug rollte ein Bulldog in dunklem Grün geräuschlos an ihnen vorbei.

Zur Dienststelle nahm Ottakring den Porsche. Liebevoll umstreifte er ihn und stellte zum ersten Mal fest, dass sich der orangefarbene Lacküberzug eine gewisse Ähnlichkeit mit Mick Jagger oder Keith Richards zugelegt hatte. Er drehte den Zündschlüssel und genoss das kernige Brummen. Seine Lola! Ski fahren gehen wollte sie. Er bewunderte ihren Mut. Doch er hatte ihr zur Zurückhaltung geraten. Beim Skifahren und den entsprechenden Vorbereitungen nahm man Leiden auf sich, die im normalen Leben keiner freiwillig aushalten würde. Er konnte sich nicht vorstellen, dass das für Lolas Heilprozess hilfreich sein würde.

»Lass das nur meine Sorge sein«, hatte sie geantwortet. »Ist's nicht einfach so, dass du keine Zeit für mich hast? Weil du so tief in deinem Fall steckst?«

Der Radetzkymarsch erklang. Sein Klingelton. »Ja?«

»Huawa hier, Herr Kriminalrat. Ich hätt da eine Frage.«

»Na, dann schießen Sie los, Huawa. Wie geht's dem Herrn Huber?«

»Ja, darum geht's eben. Wissen Sie, mei Frau, die hat Eahnern Hund ja am Tag. Sie mog den Hund, des is gwiss. Aber sie is des halt net gwohnt. Soll sie ihn bloß in der Früh fuadern oder aa auf d' Nacht? Wie oft muass sie mit eahm zum Pieseln raus? Solchene Sachn halt. Dürft i höflich fragen, ob Sie uns net a kurze Einweisung geben könnten, Herr Kriminalrat? A Briefing?«

In den Minuten, die der Huawa brauchte, um seine Frage vorzubringen, hatte Ottakring die drei Kilometer vom WEKO bis zur Panoramakreuzung zurückgelegt, obwohl er sich an die Geschwindigkeitsbegrenzung gehalten hatte. Ab hier wurde es nerviger. Er steckte mitten im mittäglichen Stoßverkehr.

»Freilich, Huawa, machen wir. Es ist bei mir im Moment nur eine Frage der Zeit. Das kennen Sie ja. Aber vielleicht finden wir zwei, Sie und ich, heute Nachmittag ein paar Minuten? Sind Sie nachher im Dienst?«

»Ja, freili, Herr Kriminalrat! Sie, des wär fei gscheit schee.«

Ottakring machte es diebischen Spaß, manchmal in

Dialekt zu verfallen. »Und passen S' bloß auf, dass Eahna Frau net vom Stangerl foit, gell?«, sagte er.

Er parkte auf der Loretowiese. Nahm den Hintereingang und umging so den Huawa an der Pforte. Das Briefing mit ihm musste warten.

Chili und Eva M. traf er im Flur des dritten Stocks. Beide strahlten, als kämen sie gerade gemeinsam vom Standesamt.

»Kommt rein, ihr zwei«, brummte Ottakring. »Und tut nicht so geheimnisvoll.«

Er ließ sie an der kleinen Sitzgruppe Platz nehmen.

»AFIS«, sagte Eva M. halblaut. Sie äugte verschwörerisch zu Chili.

»Ich weiß«, sagte Ottakring. Seine Gedanken waren noch woanders. »Automatisiertes Fingerabdruckidentifizierungssystem. Was ist damit?« Einen Augenblick später hämmerte er auf den Tisch. »Hey! Sagt bloß, ihr habt ein Ergebnis?«

Beide nickten.

»Eva M. hat«, bekannte Chili. »Ganz heiß und direkt vom BKA.«

»Genau«, sprang Eva M. ein. »Ich hab direkt mit meiner Dienststelle verhandelt. Deshalb …«

»Raus damit!« Ottakring wurde ernst und laut. »Ich mag es nicht, wenn jemand nicht zur Sache kommt.« Er nahm Eva M. ins Visier. »Brauchst gar net so die Augen verdrahn, Madl. Also noch mal. Und ich will's von Ihnen hören, Eva M.«

Das Madl erblühte in sanftem Rot. »Das BKA hat mit

allen Fingerabdrücken am Saunafenster einen Suchlauf gemacht. Einer war positiv.« Sie sah Ottakring erwartungsvoll an.

Chili grinste und spitzte die Lippen.

»Okay. Ein bisserl spannend dürfen Sie's ja machen, Eva M. *Zu wem gehört nun der positive Fingerabdruck?*«

»Zu Katharina Silbernagl.«

Uff. »Sicher?«

»Sicher!«

Auch Chili nickte eifrig.

»Aber da ist noch mehr.« Eva M. platzte fast vor Stolz. »Es hat natürlich einen Grund, dass ihre Prints im AFN sind. Sie ist vorbestraft. Auf Bewährung. Wegen Taschendiebstahl. Und wegen Ladendiebstahl. Den Rest erhalten wir per Fax vom BKA.«

»Wann?« Die Antwort kannte er selbst. Auf das BKA hatte niemand außer dem Herrgott Einfluss. Und selbst da war er sich nicht ganz sicher. Er warf einen langen Blick auf die Digitaluhr an der Wand. 13:34 Uhr.

»Also, dann geht's los. Chili, würden Sie bitte kurz die Lage um Katharina Silbernagl zusammenfassen?« Er setzte sich wieder und trommelte mit den Fingerkuppen auf die Tischplatte. »Sie besorgen uns bitte einen Espresso, Eva M., ja?«

»Wir siezen uns, wenn andere dabei sind, gell?«, sagte er zu Chili, als sie allein waren.

Eva M. stellte die Tässchen auf den Tisch. Chili erhob sich und lehnte sich ans Fenster. »Wir fassen zusammen Katharina Silbernagl nennt sich selbst Catrin. Angeblich hat sie studiert, Germanistik und… müsste ich nachschauen.«

»Literatur und Philosophie«, sagte Ottakring und schaute geduldig zur Decke.

»Danke.«

»Bitte.«

»Sie hat öffentlich Rosen verkauft. In der Stadt und beim Voglwirt. Dort heißt es, sie habe das getan, um Milieustudien für ein Buch zu betreiben. Der verstorbene, oder soll ich aktuell sagen, der ermordete Niki Kirchbichler sei hinter ihr hergestiegen wie ein Hahn, sagt man. Jedenfalls bestand eine nicht ganz lockere Verbindung. Ihre Wohnung gibt vorerst nichts Besonderes her. Aber die EDler sind noch dran. Halt, eine Besonderheit: Da war kein Computer. Und wir sind am Guckfenster der Sauna auf ihre Fingerabdrücke gestoßen. Am Fenster derselben Sauna, in der der Tote gefunden wurde. Aber darüber dürfen wir uns nicht vorschnell freuen.«

Ihr Ton war kritisch. Und ihre Worte richteten sich an Ottakring.

»Wir können schließlich nicht die Entstehungszeit der Abdrücke ermitteln. Sie können eine Woche alt sein, und sie kann ja selbst in der Sauna gewesen sein.«

»Haben Sie das recherchiert? Ob sie in der Sauna war und wenn ja, wann? Wie oft die Sauna gereinigt wurde und ob bei dem Vorgang auch dieses Fenster sauber gemacht wird?«

Chili machte ein betretenes Gesicht. »Okay«, sagte sie. »Nein, hab ich noch nicht. Hol ich nach. Aber…«, über ihr Gesicht huschte ein Lächeln, »ich kann den Fehler ausbügeln. Wir wissen noch mehr über Katharina.«

»Und?«

»Der Schwule an der Rezeption. Bei ihm hat sie sich am Tag der Tat nach Kirchbichler erkundigt. Zwischen halb sieben und sieben auf die Nacht, da ist er sich recht sicher. Und der Typ hat ihr gesagt, dass er wahrscheinlich in der Sauna sei. Wir wissen ja, der Todeszeitpunkt war etwas nach sieben. Den Sauna-Franz hab ich auch gefragt. Der hat allerdings außer Kirchbichler zu der fraglichen Zeit niemanden gesichtet. Nur – der ist sich nicht sicher, ob er diesen Tag meint oder einen anderen. Die Protokolle sind im Computer.«

Ottakring streckte die Hand aus. »Gratuliere. Aber es heißt auf d' Nacht, nicht auf die Nacht, Sie Saupreiß. Sie versauen unsere schöne Sprache.«

Chili grinste. Sie drückte die angebotene Hand. »Okay. Und danke.«

»Übrigens«, warf Eva M. ein, »sie scheint weder den Bus noch die Bahn noch ein Taxi benutzt zu haben.«

»Hab ich schon befürchtet.« Ottakring spuckte in die Hände und stand auf. »Also, Eva M., was tun wir jetzt als Nächstes?«

Die Rolliererin stand schon. »Erstens: Wir stellen eine Arbeitsgruppe zusammen und beantragen Haftbefehl bei der Staatsanwältin. Zweitens: Wir finden Kontaktpersonen und Kontaktadressen heraus.«

»Note Eins. Setzen. Chili, Sie übernehmen Ziffer eins, und Sie Eva M., Ziffer zwei. Alles klar?«

Ruckartig wurde die Tür sperrangelweit aufgestoßen und krachte gegen die Wand.

Specht. Geschniegelt stand er da.

»Herr Specht«, sagte Ottakring wachsam. »Können Sie nicht etwas sanfter mit öffentlichem Eigentum umgehen? Oder anklopfen?«

Specht blieb unbeeindruckt. »Hier haben wir noch nie angeklopft.« Er wedelte mit einem Stück Papier herum. »Bitte schön. Ein Fax für Sie, Herr Kriminalrat.«

Chili holte tief Luft.

Eva M. grinste schräg.

Ottakring sah Specht an, als handele es sich bei ihm um eine neu entdeckte Reptilienart.

»Was ist?«, sagte Kevin Specht in seinem näselnden Sächsisch. »Sie arbeiten sehr intensiv an dem Kirchbichler-Fall, nich wahr, Herr Kriminalrat? Zeichnet sich schon etwas ab?«

Mit »Herr Kriminalrat« hatte er ihn angesprochen! Ottakring traute dem Frieden ganz und gar nicht. »Ja«, sagte er überaus korrekt. »Wir haben erste Ergebnisse. Eines davon halten Sie in der Hand. Sie werden's ja gelesen haben.«

»Ich? Gelesen? Ich werd doch kein Fax lesen, das an meinen Vorgesetzten gerichtet ist, nich wahr.« Er drückte Ottakring das Stück Papier in die Hand und wandte sich zum Gehen. »Also. Schönen Tag noch. Sie werden mich ja informieren, sobald Sie's für richtig halten. Nich wahr? Guten Tag.«

»Was ist denn mit dem los?«, entfuhr es Eva M.

Ottakring bewegte die Lippen, als er den Fax-Inhalt

überflog. Er schüttelte den Kopf. »Vom BKA. Unglaublich.« Sein Blick wanderte zu Eva M. »Sie haben gute Arbeit geleistet.«

* * *

Auf dem zerfurchten Holzboden neben der Anklagebank stand Katharina Silbernagl und weinte leise in ihren Ärmel. Trotz der Wärme im Saal schlang sie frierend die Arme um den Oberkörper.

Ihr Richter hatte runde, tiefschwarze und sehr schnelle Augen, die an kleine, gläserne Spielkugeln erinnerten. Ab und zu, während er das Urteil verlas, rollten seine Sehkügelchen voller Gewicht über Katharinas Gesicht. Er sprach mit einer sanften, tiefen Stimme, wie aus einem eingefetteten Hals. Trotzdem sah er Katharina an wie eine, die nicht schwimmen kann und hinaus ins offene Meer will.

»Wegen Ladendiebstahls in drei Fällen und wegen Taschendiebstahls in einem verurteile ich die in Rosenheim ansässige Katharina Silbernagl zu fünf Monaten Haft.«

Der Richter hatte rötliche, dünne Hände mit blauen Adern und blassen Altersflecken. Seine ungewöhnlich langen, behaarten Finger bewegten sich, während er sprach, so träge wie die Beine einer Vogelspinne über das Beweismaterial hinweg. »Fünf Monate«, wiederholte er. »Auf Bewährung.«

Die Beweisstücke lagen vor ihm auf dem Richtertisch: eine Cremedose von L'Oreal, ein schwarzes Top von Gucci mit silbernen Verzierungen, ein auffallend prächtiger Ring, handgeflochten aus Silberdraht und Lapislazuli.

Als Katharina das Rosenheimer Amtsgericht verließ und der Schmerz über das Urteil sich zurückzuziehen begann, wurde sie sehr ruhig.

* * *

»Was ist daran so unglaublich?«, fragte Chili. »Das wussten wir doch schon, das mit der Verurteilung.«

Ottakring lachte lautlos. »Hier steht aber auch ihr Werdegang drin.« Mit dem Handrücken klatschte er gegen das Papier, als wollte er es ohrfeigen. »Von wegen Akademikerin. Unsere kleine Katharina ist eine Hochstaplerin. Nicht Literatur und Philosophie hat sie gelernt, sondern Goldschmiedin. Bis zur Gesellin hat sie's gebracht. Nach der Verurteilung wurde sie fristlos entlassen und ist seither arbeitslos. Na?« Wie im Triumph blickte er von der einen zur anderen. »Jetzt aber Hoppla an die Arbeit. Mir müssen das Madl einfangen.«

Die Osteria da Fiorenzo war ein Lokal, in dem die Tische reservierter waren als die Gäste. Hier war immer etwas los. Meist waren alle Plätze besetzt, fröhliche Gesichter mit glühenden Wangen wurden von Kerzenlicht angestrahlt, es wurde getrunken und gelacht. Das Essen war italienischer als in Italien, und die Weine wurden direkt vom Hersteller jenseits des Brenners besorgt. Dabei war die Inhaberin eine Deutsche. Ihr Mann, ein unter Landsleuten beliebter Italiener, war vor zwei Jahren verstorben. Nur sehr Eingeweihte wussten, dass sie Katharina hieß. Alle Welt nannte sie Lucca, nach dem Ort bei Florenz, aus dem ihr Mann stammte. Lucca war groß, blond, hatte blaue Augen, einen reizenden bayrischen Akzent und einen Blick wie Mona Lisa. Die Osteria lag eine Gehminute von Ottakrings Wohnung entfernt. Kein Wunder, dass sie in null Komma nichts zu seinem Lieblingslokal geworden war.

»Ich mag nur eine Kleinigkeit, Lucca. Ich hab's eilig. Ich brauch einfach ein wenig Ablenkung. Ein Schalerl Irgendwas wird mir guttun.«

»Klaro. Der Küche wird schon was Schnelles einfallen.«

Es gab *Zuppa di cozze alla caprese*. Muschelsuppe Capri-Art mit Tomaten, Sardellen, Peperoncini und wenig Knoblauch, dazu das beste Brot des Erdballs und ein Achtel Lugana.

»Mit dieser Zuppa können Sie die halbe Mafia einfangen.« Lucca ließ die Zähne blitzen.

Der Einfall kam Ottakring beim Essen. Er verlor keine Sekunde, ihn in die Tat umzusetzen. Dafür ließ er sogar den Rest der ausgezeichneten Suppe stehen.

»Schreibst mir die Rechnung bitte an, Lucca? Ich muss los.«

Wenige Minuten später klingelte er an der Tür des Reihenhauses der Familie Scholl. Er durfte nicht zu forsch sein. Es handelte sich immerhin um die Witwe eines Kollegen, den er sehr geschätzt hatte.

Klein-Ferdinand öffnete. Sagte mit Piepsstimmchen: »Hallo.«

»Kann ich bitte die Mama ...«

»Wer ist da?«, war die resolute Stimme der Mutter aus dem Hintergrund zu hören.

Dann stand sie vor ihm. Ganz in Grau, dunkle Augenringe und olivfarbene Haut. Mit einem Arm stützte sie sich am Türrahmen ab. »Ja, Herr Ottakring? Haben wir nicht schon alles besprochen?«, sagte sie mit heiserer Stimme

Ottakring räusperte sich zweimal. »Sind Sie ganz sicher, dass Sie die Frau Silbernagl nur als Rosenverkäuferin kennen? Sonst ist sie Ihnen noch nie in die Quere gekommen, äh, über den Weg gelaufen?«

Sie runzelte die Stirn, und der Ausdruck in ihren Augen schwankte zwischen Verwirrtheit und Angst.

Ottakring war sicher, dass er sich auf der richtigen Spur befand. Im Bruchteil einer Sekunde zauberte er Katharina Silbernagls Fotografie – die mit dem Rosenstrauß – hervor und hielt sie Ferdinand unter die Nase. »Kennst du diese Frau?«

Bevor Frau Scholl dazwischengehen konnte, juchzte der Kleine hocherfreut: »Ja. Das ist Catrin. Und wo ist Papi?«

Frau Scholl schlug die Hände vors Gesicht.

Demonstrativ langsam steckte Ottakring das Foto wieder ein und machte auf dem Absatz kehrt.

»Halt! Bleiben Sie!«

Ottakring machte zwei weitere Schritte.

Frau Scholl schickte den Kleinen ins Haus und schloss die Tür. »Sie kennen diese Frau also nicht oder nur flüchtig?«, fragte er und wandte sich um.

»Ja. Ich kann Ihnen das erklären. Mein Mann hat bei dieser Frau in der Stadt ein-, zweimal Rosen für mich gekauft. Und Ferdinand war dabei gewesen. Daran kann er sich natürlich erinnern.«

»Und wie kommt's, dass er ihren Vornamen kennt?«

Kurzes Zögern. »Den wird sie halt gesagt haben. Oder mein Mann wusste, wie sie heißt. Er war schließlich Kriminaler. Da weiß man das doch. Oder?«

Ottakring ließ es gut sein. Er glaubte ihr kein Wort.

Sechster Tag

Mit einem Fußtritt stieß er die Bürotür auf und rannte gleich zum Telefon.

In der Nacht war Ottakring eingefallen, dass er überhaupt noch nichts von den Kollegen im K4 gehört hatte. Von den Giftlern. Sie hätten sich längst melden sollen. Wenigstens ein Zwischenergebnis hätte man ihm mitteilen müssen. Auf seine Anfrage nämlich, inwieweit Kirchbichler in die Rosenheimer Drogenszene verwickelt war. Sie hatten Kokain in seiner Suite gefunden, und er wollte wissen, wie der Stoff in seine Hände gekommen war. Ein Dealer, der kein Geld bekommt, ist schnell zu allem fähig.

Er hatte kaum die Hand am Hörer, da klingelte das Telefon. Eine weibliche Stimme, weder alt noch jung.

»Ich ruf wegen Niki Kirchbichler an«, sagte die Stimme. »Er schuldet mir Geld, der Lump. Viel Geld. Ich hab's schriftlich. Einen Schuldschein.«

»Anonym« las er auf dem Display. Ottakring hatte den Eindruck, dass die Person sich aufgeschrieben hatte, was sie sagen wollte, und dass sie es ablas. »Was wollen Sie?«, brummte er unwirsch. »Haben Sie auch einen Namen?«

»Gabriele Bauer …«

Ottakring fragte sich, was für ein Mensch das wohl sei,

der sich mit dem Namen der Rosenheimer Oberbürgermeisterin meldete.

»Erstens will ich mein Geld zurückhaben. Zweitens – ich war früher mit Niki Kirchbichler befreundet. Bis dieses Aas erschien.«

»Frau Bauer«, ging Ottakring dazwischen. Er kannte diese Art von Anrufen und wusste, welche Dimensionen sie annehmen konnten. »Wollen Sie nicht herkommen? Ich bin noch eine Stunde im Büro. Oder ich komm auch zu Ihnen, wenn Sie möchten. Wo wohnen Sie?«

Er meinte ein leises Schluchzen zu hören. Jedenfalls sagte die Frau nichts mehr.

»Hallo? Sind Sie noch da?«

»Die hat doch nicht nur mit dem Niki rumgemacht …«

Damit endete das Gespräch. Die Leitung war tot. Eine Rückverfolgung war nicht möglich. Sollte es eine enttäuschte Liebhaberin Kirchbichlers gewesen sein? Eine, die auf Katharina Silbernagl eifersüchtig war?

Er kam nicht dazu, weiter nachzudenken.

Chili stand entschlossen unter der Tür. Ihre Lippen waren ein Strich. »Ich hab den Haftbefehl. Die Arbeitsgruppe ist auch schon gebildet.« Sie nannte die drei Namen. »Ich leite sie, wenn's dir recht ist. Wir haben schon angefangen.«

So etwas mochte er. Selbstständig arbeiten und entscheiden.

So kam Ottakring dazu, zu erledigen, was er sich vorgenommen hatte. Auf dem Autobahnzubringer strömte sämtlicher Verkehr stadteinwärts in die Gegenrichtung.

In wenigen Minuten war er beim Voglwirt. Ganz bewusst parkte er gleich neben dem Platz, auf dem Kirchbichlers grüner Jaguar gestanden hatte. Das Fahrzeug war sofort sichergestellt worden. Keine Auffälligkeiten.

Zum ersten Mal fiel ihm der repräsentative antike Spiegel hinter dem Empfangstisch in der Hotelhalle auf. Auf dem dunklen, polierten Tischchen darunter stand eine quadratische Glasvase mit frischen Rosen, deren schwacher Duft sich mit Bienenwachsgeruch vermischte. Ohne besondere Absicht schaute er in den Spiegel. Gewelltes, mittellanges Haar, schmale Augenschlitze, dicke Tränensäcke, bläuliche Schatten auf den Wangen – er fand, er sah aus wie der frühe Leo Kirch, der sich einen Schnurrbart angemalt hat.

»Herr Speckbacher? Ja, er ist im Haus«, sagte der Rezeptionist mit melodischer Stimme. Heute trug er eine Fliege mit silbernen Sternchen. Seine Stirn kräuselte sich, als ob die Verbindung schlecht sei. Er telefonierte gerade.

Ottakring war überzeugt, dass heutzutage jedermann unter vierzig in einem fort zu telefonieren hatte.

»Moment, er wird gleich da sein.« Gefällig legte der Mitarbeiter einen Finger an die Nase. »Möchten Sie so lange etwas zu trinken haben, Herr Kommissar?«

Verdammt, Junge. Nein. Aber wenn du wüsstest, wie sehr ich mir was zu rauchen wünsche. Er nahm in der Empfangsecke in einem schwarzen Ledersessel mit Chromfüßen Platz und wartete auf Speckbacher.

Wenige Tage nach Niki Kirchbichlers Tod hatte sich das Hotel stetig geleert. Wilde Gerüchte kursierten unter den Gästen. Es war, als wäre einer in seinem Bett verstorben. Nun aber schien das Haus für einen Moment wieder zum Leben zu erwachen. Eine Brünette mit breitem, weiß glänzendem Lachen prüfte neben Ottakring den Zustand ihres Make-ups im Spiegel. Sie war mindestens einen Kopf kleiner als er und vom Hals bis zu den Oberschenkeln in ein eng anliegendes scharlachrotes Trikot gezwängt. Blauschwarz lackierte Zehennägel kamen in scharlachroten Sandalen zum Vorschein. Mit einem süßen Lächeln wandte sie sich an Ottakring. »Ich platze gleich. Wo ist hier die Toilette?« Dabei zog sie die hochgeschobene Sonnenbrille aus ihren Haaren.

Hinter der Drehtür wurde es voll und laut. Ein Bus schien eingetroffen zu sein. Frauen in Pelzmänteln, kräftige, übermäßig gebräunte und mit Schmuck behängte Männer in teuren Skiklamotten statteten dem Hotel einen Besuch ab. Sie plapperten in fröhlichem, lautem Norddeutsch mit ein paar hessischen Brocken dazwischen aufeinander ein. Wo-ist-die-Bar-Rufe übertönten alles andere. Ein wenig später, als zwei Dunkelhäutige anfingen, die Taschen, Koffer und deren Besitzer auf die Zimmer zu bringen, kehrte endlich wieder Ruhe ein.

Diese künstliche Fröhlichkeit, sinnierte Ottakring, das Protzen und die Angeberei dieser Leute widersprachen der hiesigen Mentalität. Auch die zahlreichen wohlhabenden Familien im Rosenheimer Land und im Chiemgau konnten so richtig die Sau rauslassen, wenn sie wollten. Ohne mit der Wimper zu zucken. Aber die zeigen ihren Reichtum nicht. Sie bewohnen ein Reihenhaus, besitzen aber eine Prachtvilla am Gardasee. Sie fahren einen VW Golf und parken ihren Ferrari in Salzburg. Gondeln mit einem Schiffchen über den Chiemsee und mieten eine Fünfzigmeteryacht in der Ägäis. Ihre Frauen und Töchter shoppen nicht in Rosenheim. Das wäre viel zu auffällig. Da könnte die Geschäftswelt mitbekommen, dass man Geld hat. Sie verstecken sich dazu lieber in München oder Mailand. Ihre bevorzugten Gegenden – aus reiner Bescheidenheit selbstverständlich – sind der Gardasee, St. Moritz und Südafrika. Mit ihrem Reichtum vor ihrer Haustür beim Voglwirt herumzuprahlen, käme für sie nie infrage.

»Bitte schön, Herr Kriminalrat.«

Ottakring fuhr auf. Ihm war nicht klar, ob er in Gedanken weit weg gewesen oder schlichtweg eingenickt war oder beides. Ganz wie sein Hund fand der Kriminalrat augenblicklich wieder in die Realität zurück.

Robert Speckbacher stand vor ihm. Offensichtlich verfügte er ausschließlich über farblose Trachtenanzüge, die schon zu seines Vaters Zeiten nicht mehr der letzte Schrei gewesen waren.

»Herr Speckbacher«, sagte Ottakring. »Ich würde mir gern noch mal die Saunazone anschauen. Wollen Sie mich begleiten? Ach ja, und den Franz hätte ich auch gern gesprochen.«

»Der hat heute seinen freien Tag.«

»Frau Silbernagl hat sich bei Ihrem Angestellten an der Rezeption nach Herrn Kirchbichler erkundigt. Das war an dessen Todestag zwischen halb sieben und sieben. Kurz bevor er in die Sauna ging. Eine Stunde, bevor er gestorben ist. Was meinen Sie, warum hat sie wohl nach ihm gefragt?«

Speckbacher hüstelte. Er bewegte seinen Oberkörper hin und her, als ob ihm die Frage unangenehm wäre. »Na ja, ob die zwei etwas miteinander gehabt haben, das … das konnte man nicht genau sagen. Aber dass die Catrin zwischendurch nach ihm gesucht hat, das ist öfters geschehen.«

»In der Sauna?«

Achselzucken.

»Wo waren Sie eigentlich gewesen, als Katharina Silbernagl sich nach Kirchbichler erkundigt hat? Also zwischen halb sieben und sieben?«

»Oben. In der Nähe vom Clubraum. Ich weiß es deshalb, weil sie ihre Rosen auf eine Bank gelegt hat. Ich hab ihr gesagt, sie soll sie entfernen.«

»Und? Ist sie dann in Richtung Sauna gegangen?«

»Ja. Sie hat die Rosen in einem Wassereimer in die Besenkammer gestellt und ist die Treppe runter. Dort, wo's zur Sauna geht.«

Ottakring dankte. Speckbacher entfernte sich bereits.

»Ach, Herr Speckbacher.« Der Trick, jemanden, der schon die Luft herausgelassen hat, wieder zurückzuholen, war nicht neu. Aber er funktionierte immer wieder. »Sagen Sie, haben Sie die Frau Silbernagl geduzt?«

Speckbachers Gesichtsausdruck veränderte sich. Angst!

»Nein«, sagte er und stieß einige Schnaufer Luft durch die Nase. Grade, dass er sich nicht bekreuzigte. »Nein, wieso?«

»Ach, ich hatte nur so den Eindruck.«

Selbstverständlich ist in Oberbayern nichts dabei, dass der Chef die kleine Verkäuferin duzt. Warum leugnet er?, überlegte Ottakring.

Im Vorübergehen stellte er dem adretten Mann an der Rezeption dieselbe Frage.

»Na klar«, antwortete der. »Wir haben die doch alle geduzt. Der Herr Speckbacher ganz sicher auch. Sie war für uns die Catrin.« Er schielte nach links, nach rechts und hielt die Hand schräg vor den Mund. »Ich steh ja nicht so sehr auf Frauen«, sagte er. »Aber die Catrin, das war eine Klassefrau. Gut aussehend, charmant, gebildet. Kein Wunder, dass sie von so vielen gemocht wurde.«

Als Ottakring das Hotel verlassen wollte, überschlugen sich die Ereignisse. Schon an der Tür stieß er fast mit dem Professor aus der Münchener Rechtsmedizin zusammen. Professor Buchberger war ein schmächtiger Mann um die sechzig, mit Goldrandbrille und ganz in kamelfarbenes Ocker gekleidet. Er duftete nach teurem Rasierwasser und schien direkt von der Reinigung und vom Friseur zu kommen. Ottakrings Blick blieb an der Krawatte hängen. Sie war grell gemustert.

»Ach, Grüaß Gott, Herr Ottakring!«, rief der Arzt auf gut Münchnerisch. »Ich hab bei Ihnen auf der Dienststelle erfahren, dass Sie hier sind. Fast wären Sie mir entwischt, nicht wahr? Hähähäää.«

Wenn Ottakring nicht in seinem Büro war, stellte er das Telefon auf Huawa, den Pförtner, um. Es war also nicht schwierig, ihn ausfindig zu machen.

»Ich wollte zwei Fliegen mit einer Klappe schlagen. Hähähääää. Einmal hat sich der Ruf des neuen Voglwirt schon bis nach München rumgesprochen. Da wollte ich die Gelegenheit nutzen, ihn mir anzuschauen, den Voglwirt. Zusätzlich ist's eine gute Chance, Ihnen die Todesursache des bedauernswerten Herrn Kirchbichler etwas näherzubringen. Ich hab Ihnen zwar das Tox-Gutachten schon gefaxt. Aber ich denke, das ist so ein seltener Fall, dass ich Ihnen den Verlauf schon persönlich erklären sollte. ›Torsade de pointes‹ heißt der Fachbegriff. Wie geht's Ihnen denn so in Rosenheim?« Er machte eine kurze Pause, blickte Ottakring nachdenklich über den Brillenrand an – und schüttete sich aus vor Lachen. Dabei zeigte er zwei Reihen gut gewachsener und gepflegter Zähne. Hähähähääää!

Was ein echter Oberbayer ist, der lacht am Ende eines x-beliebigen Statements, nach einer kritischen oder einer unkritischen Frage, zur Unterstützung einer bissigen oder unbissigen Bemerkung oder zur Aufhellung seines Lächelns. Er birst vor Lachen, ohne Grund. Auch wenn er schlecht gelaunt ist, lacht er laut. Als wenn er einem Gegner die Zähne zeigen wollte. Wie bei einem falschen Hund, der wedelt, bevor er zubeißt. Doch gut, dass es so ist, dachte Ottakring gut gestimmt. Es ist bei Weitem die zivilisierteste Form menschlicher Laute und ein Tranquilizer ohne jegliche Nebenwirkung.

Er riss sich vom Anblick dieser schrecklichen Krawatte los und wies nach draußen. »Wollen wir uns die Beine ein bisserl vertreten?«, bot er an. »Da drinnen haben die Wände Ohren. Ich kann Sie anschließend mit dem Assistenten der Hotelleitung zusammenführen. Zu dem pflege ich beste Beziehungen.«

Sie gingen ein paar Schritte.

»Mit ›Torsade de pointes‹«, erklärte der Professor, »wird in der Kardiologie eine Sonderform der ventrikulären Tachykardie bezeichnet.« Er unterbrach, als er die schreckgeweiteten Augen seines Gesprächspartners bemerkte. »Auf Deutsch: Es handelt sich um eine lebensbedrohliche Herzrhythmusstörung. Hähäää.«

Ottakring blies eine Lunge voll Luft durch die Nase und blieb kurz stehen.

»Es kommt zu einer intrazellulären Anhäufung von Kalziumionen«, hörte er den Pathologen sagen. »Nämlich durch eine verzögerte Inaktivierung oder Reaktivierung kardialer Kalziumkanäle, was frühe Nachdepolarisationen …«

Ottakrings Gehirn war leer wie ein Autotank bei einem Benzinpreis von fünf Euro. »Auf Deutsch?«, hauchte er gerade so laut, dass der andere ihn hören konnte.

»Hähähäää! Entschuldigung. Ist so in mir drin. Ich bin im Nebenberuf ja auch Internist. Sie haben im Gutachten gelesen, dass Kirchbichler, ohne es zu wissen, an extremem Kaliummangel litt, dass sein Magnesiumspiegel extrem niedrig war und wir einen drastisch erhöhten Wert dieses Antidepressiv ums Fluopram festgestellt haben. Antidepressiva an sich verändern schon das Lebenspotenzial. Wenn aber anstatt der üblichen zwei Tabletten am Tag sagen wir zehn oder zwölf eingenommen werden und der Stoff im Körper erhitzt wird, wenn dazu noch wenig getrunken und heftig geschwitzt wird, wird das zelluläre Milieu stark beschädigt – ach, ich will Sie nicht weiter langweilen. Jedenfalls kommt es unter diesen Vorzeichen unweigerlich zum Zusammenbruch und zum Herz-Kreislauf-Versagen.«

Sie waren, ohne es zu merken, in den kleinen Park gekommen, der sich auf der Ostseite des Hotels befand. Aus der Ferne hörten sie die A8 München – Salzburg rauschen. Entlaubte Kirschbäume, haushohe Zypressen und geduckte Latschenkiefern rahmten eine leer geräumte Außenterrasse ein, auf denen sich vier heiser krächzende Krähen um eine weggeworfene Semmel stritten. Zwei zusammengerollte kaisergelbe Markisen lehnten in einer Ecke.

Bei den ersten wärmenden Sonnenstrahlen würden auf diesem Platz statt der Krähen die Gäste hüpfen. Das war bayrisches Naturgesetz: Wenn Sonne, dann raus. Sie würden sich in warmer Kleidung, eingehüllt in Decken, vor ihren Latte macchiato oder ihren Jagatee in die Stühle fläzen, berieselt von Alpenmusik.

»Wir haben den Kirchbichler aufgemacht«, sagte der Professor. »Ich hatte den Verdacht, dass er was am Herz hat. Aber der war pumperlgsund. Todesursache ist eindeutig ein Zuviel des Medikaments. Nun deuten ja alle Vorzeichen darauf hin, dass der Mann mit Suizid nichts am Hut hatte. Aber das ist nun Ihr Revier, Ottakring.«

Der nickte zufrieden. Selbstmord konnte er aus vielerlei Gründen ausschließen.

»Also bleiben nur Versehen oder …«

»Auch ein Versehen ziehen wir nicht in Betracht«, sagte Ottakring mit leiser, zwingender Stimme. »Dafür war Kirchbichler viel zu ängstlich und punktgenau. Der behandelnde Arzt legt dafür die Hand ins Feuer.«

Professor Buchberger zog den Kriminalrat zurück zum Eingang. »Mir wird kalt«, sagte er. »Ich hab den Mantel im Auto gelassen. Wusste nicht, dass wir gleich einen strammen Marsch unternehmen würden. Also – wenn nicht Suizid und nicht ungewollt, bleibt nur eins. Oder? Hähää.« Ruckartig hielt er an. »Noch eine Kleinigkeit sollten Sie für Ihre Ermittlungen in Betracht ziehen. Dieses Mittel wirkt nicht sofort. Um die beschriebene Wirkung zu erzielen, brauchen Sie vier bis sechs Stunden Vorlauf. Das heißt ... es handelt sich ... na ja, das ist wieder Ihre Zuständigkeit. Hähäää ...«

»Absolut. Da hat jemand sehr genau über die Wirkungsweise Bescheid gewusst. Zu genau für meinen Geschmack. Und hinter diesem Jemand sind wir her. Wie mein Hund hinter der verhassten Katz.«

Es war halb zwölf. Außer einer benommenen Fliege, die über der Eisvitrine in der Ecke schwirrte, hatte die Wirtin von Ottakrings Lieblingsitaliener noch keine Gäste.

»Ich hab einen Mordshunger«, sagte er.

»*Buono e presto*«, sagte Lucca ohne Fragezeichen.

Ottakring hob den Daumen und rückte sein Handy in den rechten Winkel des äußersten Tischendes.

»Wie wär's mit *Risotto ai funghi*? Reherl auf feinem Risotto mit Basilikum drüber. Und einen kleinen Vogerlsalat dazu. Na?«

»Gebongt. Und ein Achtel ...«, sagte Ottakring gerade

noch rechtzeitig, bevor der Radetzky in seinem Handy aufmarschierte.

»Gebongt. Lugana. Und ein Wasser mit Gas«, sagte Lucca und verschwand.

»Ja? Ottakring.«

»Eva M. hier. Ich hab alle Kontaktadressen und Kontaktpersonen von Katharina Silbernagl abgecheckt. Aber keiner weiß, wo sie steckt oder stecken könnte. Ich hab auch nicht den Eindruck, dass jemand gelogen hat.«

Eva M. Wie immer kurz und bündig. Ottakring überdachte kurz die Situation. Er hatte nichts anderes erwartet. Adressen aus Silbernagls digitalem Notizbuch. Solche Nachforschungen führten meist ins Nichts. »Danke, Frau Kollegin …«

»Da ist noch was. Ich hab ja das Foto herumgehen lassen. Gleich drei Taxifahrer haben sich deswegen gemeldet. Sie haben Katharina gesehen. Sie kennen sie.«

»Absolut. Erzähl!«

»Aber nur als Rosenverkäuferin vom Christkindlmarkt. Sie haben auch schon mal den einen oder andern Strauß zu einer Wohnung oder einem Haus transportiert. Das hilft uns auch nicht weiter, oder?«

Ottakring überlegte kurz. Einen Versuch wär's wert. Eine vage Möglichkeit. »Finde raus, ob die Fahrer Aufzeichnungen oder Notizen haben, in welche Wohnungen oder Häuser die Sträuße gebracht wurden.«

»Klar, mach ich. Hätt ich auch selber dran denken können.«

»Und vergiss die Zentrale nicht. Die löschen die Gesprächsaufzeichnungen erst nach x Jahren.«

Ottakring hatte den halben Teller Risotto weggeputzt. Die Reherl bewahrte er zum Schluss auf. Sie schmeckten frisch. Waren sie aus Österreich? Aus Bulgarien? Verstrahlt oder nicht? Oder aus der Zucht in Island? Egal. Er aß mit großem Genuss zu Ende.

Rechtzeitig zum Espresso meldete sich erneut sein Handy. »Ja!«

»Chili hier. Ich müsste dich sprechen. Es ist dringend. Wann hast du Zeit?«

Chili war auf Katharina Silbernagl angesetzt. Sie sollte einen Haftbefehl gegen die Rosenverkäuferin durchsetzen und – zusammen mit Eva M. – Hotels und Pensionen abklappern, in denen sie möglicherweise untergeschlüpft war. Ottakring hatte den Auftrag erweitert.

»Ich bin in der Osteria. Bei Lucca«, sagte er kurz angebunden. »Wie wär's, wenn du herkommst?«

Es dauerte keine fünf Minuten, da stand Chili atemlos und mit geröteten Wangen vor ihm. Sie ließ den Mantel an und zog sich einen Stuhl her. Um den Hals hatte sie einen dicken, pinkfarbenen Schal geschlungen. Ihr Blick wanderte unruhig hin und her.

Ottakring goss ihr ein Glas Wasser ein. »Und?«, fragte er. »Wie sieht's aus?«

Chili legte eine Hand auf seinen Arm und sah ihn aus glänzenden Augen an. »Ich brauche deinen Rat, Joe. Privat, nicht dienstlich.«

Ottakring schätzte zwar die Wärme ihrer Hand auf seinem Gelenk. Aber das, was er in ihren Augen las, gefiel ihm gar nicht. Etwas an ihrem Ausdruck war neu und beunruhigend. Für einige Augenblicke herrschte Schweigen.

Chili öffnete ihren Trenchcoat, griff hinein und zog ihr Handy heraus. Sie holte ein Foto auf das Display, hielt es Ottakring hin und sah ihn fragend an.

Das Foto zeigte ein Mädchen von drei, vier Jahren, für das er auf den ersten Blick nur eine Bezeichnung fand. »Verwahrlost.«

»Genau«, sagte Chili und nickte heftig. »Sie heißt Paula und gehört einer Obdachlosen. Sie wächst praktisch in der freien Wildbahn auf und wird mit Bier ernährt. Ich möchte sie zu mir holen.« Chili wirkte so befreit, als hätte sie soeben eine Straftat gestanden.

Die äußere Veränderung an Ottakring war massiv. Er lief knallrot an. Seine Gesichtszüge wurden plötzlich hart, die Haut über den Kinnladen spannte. Er wischte Chilis Hand weg und hob den Arm.

Lucca ging hinter der Bar in Deckung. Die Fliege in der Ecke verzog sich.

Ottakrings gewaltige Faust wäre wie ein Dampfhammer auf die Tischplatte gefallen, hätte Chilis Miene nicht noch das Schlimmste verhindert.

Sie schniefte. Hastig hatte sie das Handy weggesteckt. Sie versuchte zu lächeln – ein scheues, unkontrolliertes Lächeln, das augenblicklich wieder verschwand. Eine Träne rollte ihr über die Wange. Sie wischte sie mit dem Handrücken weg.

Ottakring erhaschte einen Blick ihrer Augen. Sie waren groß und von so durchscheinender Farbe, dass er, nun, da sie tränenbenetzt waren, an vom Meer geschliffenes Glas denken musste. Er hatte diese Frau, die ihm ja von ihrem toten Vater anvertraut war, einmal sehr, sehr gern gehabt. Er dachte einen Augenblick nach. Was sie gesagt hatte, war für ihn nicht leicht zu verdauen. Er sah sie an, als wären ihr plötzlich Hörner am Kopf gewachsen.

»Deine Absicht in allen Ehren, Chili«, sagte er widerwillig beherrscht. »Aber wie willst du das denn mit unserem Beruf vereinbaren? Selbst ich, ich hab bloß einen einfachen Hund, und der ist schon zu viel.« Langsam gewann er die Fassung wieder. Die Röte wich aus seinen Wangen. »Sei vernünftig, Madl. Vergiss den Schmarren. Dafür gibt's staatliche Stellen.«

Draußen auf dem steinernen Fenstersims stakste ein Amselmännchen herum und pickte mit seinem gelben Schnabel sacht an die Scheibe.

Ottakring lenkte den Porsche die paar Meter zu seiner Wohnung und ließ ihn dort stehen. Er holte das Fahrrad aus der Garage und machte sich auf den Weg in die Direktion. Die tief stehende Sonne wärmte ihm den Rücken.

Das Treffen mit Chili ging ihm nicht mehr aus dem Kopf. In welch spinnerte Idee sie sich da verrannt hatte! Eine alleinstehende Frau, die rund um die Uhr in der Mordkommission arbeitet … das ging einfach nicht. Welches Motiv steckte wohl dahinter? Mitleid? Nächstenliebe? Mutterinstinkt Oder war es einfach Einsamkeit? Er wollte sie bei Gelegenheit danach fragen. Vorhin bei Lucca hatte er sie auf eine andere Lösung aufmerksam gemacht. Mal sehen, ob sie anspringt, dachte er.

Zwischen Karstadt und Ankirchner, wo die Fußgängerzone beginnt, schob er sein Radl. Er hatte Mühe, sich durch die Massen durchzukämpfen. Von der viel besungenen Weihnachtsstimmung konnte er keine Spur entdecken.

»Hallo, Lola? Ach, schön, dass ich dich erwische. Wie geht's dir, Schatz? Ich wollt nur mal reinhören.«

Was er hörte, versprach nichts Gutes. Doch Lola klang gefasst und tapfer. Sie beendete das kurze Telefonat beharrlich mit der Frage: »Wie wär's mit Skifahren?«

Wieder einmal bewunderte er ihre Nehmerqualitäten. Wie würde er an ihrer Stelle handeln, drohte ihm der Verlust eines Auges? Er fühlte einen tiefen Respekt vor dem Format dieser Frau. Er sagte Lola vage zu, sich bald mit ihr auf die Piste zu begeben, und nahm, ohne weiter nach links und rechts zu schauen, Kurs auf die Direktion.

»Gut, dass Sie kommen, Herr Kriminalrat.« Huawa wölbte seinen Bauch durch die Tür. »Ihr Hund furzt! Der stinkt wie Sau.« Dabei sah er den Kriminalrat an, als hätte er ihm gerade einen Knochen hingeschmissen.

»Bei mir hat er aber nicht ...«

»Des is aber no lang net ois. Der Herr Huber is weg! Futsch. Abghaut.«

Ottakring sah sämtliche Felle der Welt dahinschwimmen und alle Brücken zusammenbrechen. Sein Hund. Abgehauen.

»Aber des macht nixn«, päppelte Huawa ihn wieder auf. »Mei Frau ist guada Hoffnung. Den kriegn mir scho widder.«

Eva M. schwirrte über den Flur im dritten Stock. Ihr blonder Zopf schwang auf dem Rücken hin und her. »Kann ich kurz …?«

Ottakring machte eine einladende Geste hin zu seinem Büro. »Und?«, sagte er.

Eva M. trippelte hinein und ließ sich ohne Aufforderung in einen Sessel in der Besucherecke fallen. »Zwei Neuigkeiten. Und eine Frage«, sagte sie kokett.

»Neuigkeiten. Immer.«

»Erstens.« Eva M. hielt einen Zeigefinger hoch. Der Nagel war unlackiert und leicht ausgefranst. »Das mit den Schuldscheinen von Kirchbichler. Sieben Stück haben wir bei ihm gefunden. Fünf von Männern und zwei von Frauen.«

Ottakring setzte sich rittlings auf einen Stuhl. Den Anruf der Frau, die sich als Gabriele Bauer ausgegeben hatte, hatte er komplett verdrängt. »Die hat also doch nicht nur mit dem Niki rumgemacht …« Wenn sie ihn nicht belogen hatte, musste diese Frau eine der beiden sein, die Eva M. gerade erwähnt hatte.

»Soll ich herausfinden, wer sie sind?«

Ottakring knurrte ein bisschen und streckte die Beine aus. »Machst du Witze?«

Madln vom Land. Sie nehmen am Bankschalter dein Geld in Verwahrung, als Helferin in der Arztpraxis dein Blut. Sie verpassen dir Socken und Hemden als Verkäuferin im Herrengeschäft, packen im Früchteparadies Bananen, Äpfel und Salat in deinen Einkaufskorb und wieseln als Bedienungen in Wirtshäusern und Cafés herum. Manche sind offenherzig, andere oben zugeknöpft, kaum eine trägt noch Zöpfe, fast alle aber ein Rucksackerl. Und alle haben Holz vor ihrer Hüttn und ein gebärfreudiges Becken.

So eine war Eva Mathilde.

Ottakring beugte sich vor und tat betont wichtigtuerisch. »Warum hast du das nicht schon längst getan? Warum hast du nicht schon längst die Identitäten überprüft?«

Er stutzte. War es eine Frage des Altersunterschieds oder der Einstellung, dass er die gut zwanzigjährige BKA-Beamtin einfach duzte? Oder waren sie schon so vertraut miteinander?

Eva M. kapierte sofort. Sie kicherte und sagte: »Basst scho. Mir ist eh lieber, wenn Sie ›du‹ sagen. Ich bin ja bloß die Praktikantin.«

»Gut. Und? Was war Punkt zwo?«

»Die drei Taxifahrer. Die wo für die Silbernagl die Sträuße hingebracht haben. Einer von denen weiß noch, wohin er so einen Strauß gefahren hat. Und abgeliefert und übergeben.«

Ottakring war amüsiert. Das Madl zog offenbar seine eigene Mordnummer ab. Er legte die Hände flach vor sich auf den Tisch.

Eva M. senkte den Kopf und betrachtete mit gerunzelter Stirn ihre grünen Sneakers mit weißen Streifen. »Professor Karl Hermann Morlock. Dekan für Betriebswirtschaft an der Fachhochschule Rosenheim. Ledig. Viel unterwegs. Aber was muss das heißen? Er hat bei Katharina einen Rosenstrauß bestellt, und sie hat ihn auf dem schnellsten Weg mit dem Taxi hingeschickt. Auf seine Kosten. Das ist alles.«

»Sicher?«, sagte Ottakring. »Bist du sicher, dass er ihn bestellt hat?«

»Ja, warum hätte sie ihn sonst hinschicken sollen? Vielleicht hat seine Frau ihn ja bestellt.«

»Hast du nicht grade gesagt, er sei ledig? Hey, pass auf! Und die dritte Möglichkeit? Ich sag's dir. Sie schickt ihm den Blumenstrauß von sich aus. Aus welchem Grund auch immer. Merk dir, Madl: Alles kann geschehen. Nichts ist nur logisch. Sowohl in der Zukunft wie in der Vergangenheit. Oft bringt uns sogar das eher Unwahrscheinliche weiter. Jedenfalls werden wir darauf zurückkommen.«

Nach diesem Ausflug ins Philosophische zählte Ottakring für sich einmal zusammen, wo sie sonst noch überall nachfassen mussten. Wie viele Baustellen sie bereits hatten.

Sie mussten herausfinden, wo Katharina Silbernagl sich aufhielt.

»Denkst du eigentlich an den Spezialauftrag, den ich dir erteilt hab?«, fragte Ottakring.

Eva M. legte die Hände an die Hosennaht. »Jawoll. Ich bin noch dabei.«

Es musste geklärt werden, wohin die Verdächtige sich abgesetzt hatte, und sie musste aufgefunden werden. Warum war die Silbernagl auf der Beerdigung gewesen? Welche Rolle spielt die Witwe Scholl, warum sagte sie nicht die Wahrheit? Eva M. war auch dabei, die Frau zu suchen, die bei ihm angerufen und der Kirchbichler Geld geschuldet hatte. Die Kollegen vom K4 ermittelten immer noch in der Drogenszene. Ja, und dieser Professor Morlock musste befragt werden.

Schließlich gab es noch seine ganz privaten Baustellen. Lola. Ihr Weihnachtsgeschenk. Specht. Herr Huber.

Herr Huber!

»Hallo, Huawa? Was ist mit meinem Hund? Hat Ihre Frau ihn schon aufgetrieben? Oder soll ich selber nach ihm suchen?« Seine Lautstärke folgte dem Grad seiner Erregung.

Andererseits war ihm bewusst, dass er den Mann keinesfalls verärgern durfte. »Das darf doch nicht wahr sein, dass der Herr Huber allein durch die Stadt flattert. Der kann einen Tretroller doch nicht von einem Möbelwagen unterscheiden. Der ist ein komplettes Dorfkind und kein Asphaltcowboy. Die Stadt ist der doch ...«

Huawa am anderen Ende schnaufte hörbar. »Lassen's mir doch auch mal was sagen«, unterbrach er Ottakring. »Mei Frau hat grad einen Anruf kriegt. Gscheit, wie sie ist, die Luise, hat sie dem Hund a Papperl umgmacht mit seinem Namen und unserer Telefonnummer drauf. Deswegen hat sie auch den Anruf kriegt. Sie woaß jetzt, wo er is, der Lauser, und sie holt ihn glei ab. Koa Angst net, Chef, des backmerscho.«

Pffffft.

Viel Zeit, Luft abzulassen, blieb Ottakring nicht. Er hatte sich gerade über seinen Bürokram hergemacht, da meldete sich Chili von einer Festnetznummer. Sie war aufgeregt und sprach sehr schnell.

»Ich bin in der Pension Blauer Enzian in Raubling. Können Sie herkommen? Ich hab eine Spur von der Katharina gefunden, von der Silbernagl.«

»Mann oder Frau?«, fragte er.

»Wie bitte?«

»Steht ein Mann oder eine Frau neben dir?« Warum sonst sollte sie ihn siezen?

»Frau.«

»Und? Hat die Silbernagl dort gewohnt?«

»Ja! Und wie. Kommen Sie her! Schnell!«

Er ließ sich die Adresse geben und bestellte ein Fahrzeug beim Fuhrpark. Sie sagten ihm einen Passat zu. Selbstverständlich klingelte das Telefon, als er schon in der Tür stand.

Es war Huawa. »Der Herr Huber ist wieder da, hab ich nur melden wollen. I find ja oiwei, mei Frau hat …«

Er drückte die Austaste. Im gleichen Moment bereute er seine Ungeduld. Er würde es bei dem liebenswerten Huawa und seiner Frau wiedergutmachen.

»Frau Niedermayr, Inhaberin der Pension Blauer Enzian«, stellte Chili vor. Zwischen zwei Fingern hielt sie ein Foto fest. »Und das ist mein Kollege, Kriminalrat Ottakring.« Sie schluckte und verbesserte sich. »Mein Chef.«

Die Inhaberin war eine dunkel gelockte, freundliche Endfünfzigerin mit guter Figur im roten Kleid. »Ja mei«, sagte sie zur Begrüßung. Sonst nichts. Ja mei.

Die Pension hatte acht Fremdenzimmer, eine Eingangsüberdachung auf zwei Gipssäulen und lag am Südrand von Raubling. Sie nahmen im Frühstückszimmer Platz.

»Wiederholen Sie doch bitte noch einmal, was Sie mir

erzählt haben, Frau Niedermayr. Noch einmal von vorn bis hinten.« Chili winkte mit dem Foto.

Die Frau wischte ein paar imaginäre Staubkörner zuerst vom Ärmel, dann von der Tischplatte. »Also«, begann sie, »die Catrin hab ich ja schon vorher gekannt. Ich hab gewusst, dass sie Rosen verkauft, weil sie darüber ein Buch schreiben wollt. Und sie war eine gscheite Frau, die Catrin. Die hat sogar studiert, in München, hat sie gesagt.«

Chili sah Ottakring an. Der nickte Frau Niedermayr höchst verständnisvoll zu.

»Na ja, und eines Tages ist die Catrin mit diesem Mann aufgetaucht. Ich hab ja immer wieder mal Liebespaare hier, aber die beiden waren so, dass man ihnen alles Glück dieser Welt gewünscht hat. Nicht, dass Sie meinen …« Sie sah Ottakring angestrengt an.

Der Kriminalrat schüttelte den Kopf und schaute die Frau liebenswürdig an. Als ob er sich selbst bei ihr einquartieren möcht.

»Also zauberhaft waren die zwei! Zuerst waren sie nur so jedes zweite Wochenende da. Danach fast jedes und auch schon mal unter der Woche. Sie wollten immer dasselbe Zimmer. Wenn es frei war, hab ich's …«

»Wann ist das denn losgegangen, Frau Niedermayr? Wann waren die zwei zum ersten Mal bei Ihnen?«

»Ja, das hat mich die Frau Kommissarin« – sie warf einen bewundernden Blick auf Chili – »auch schon gefragt. Schauen Sie.« Sie stand auf und holte ein dickes Buch aus der Diele.

Chili und Ottakring verständigten sich mit einem kurzen Blick.

»Das war im Oktober gewesen. Schauen Sie. Für den dreizehnten und vierzehnten Oktober haben sie zum ersten Mal gebucht. Samstag und Sonntag.«

Ottakring folgte ihrem Zeigefinger. »Wer hat dann die Rechnung bezahlt? Er oder sie?«

Frau Niedermayr machte ein entrüstetes Gesicht. »Na, wo denken Sie hin? Immer er. Er war ein richtiger Tschentlmän. Und sie waren so verliebt!« Sie senkte den Blick. »Freilich hab ich geahnt, dass der Mann verheiratet war. Für so etwas hat unsereins ein Gspür.«

Bei all ihrer Redseligkeit hatte Ottakring den Eindruck, als ob Frau Niedermayr unter Zwang handle. Was hatte Chili mit ihr angestellt? Die saß mit regloser Miene und ihrem Foto in ihrem Frühstückssesselchen.

»Wenn er bezahlt hat, hat er ja wohl auch einen Namen gehabt«, sagte Ottakring. »Steht der auch in Ihrem schlauen Buch? Lassen Sie sehen.«

Frau Niedermayr zog die Kladde weg. »Lindner«, sagte sie. »Er hat sich Lindner genannt.«

Ottakring merkte sofort, dass etwas faul war. »Hat sich genannt? Und wie hieß er wirklich? Haben Sie sich seinen Ausweis zeigen lassen?«

Peng! Das saß. Tiefe Röte war in Frau Niedermayrs Gesicht geschossen. Von einem Augenblick zum anderen fiel jede Haltung von ihr ab.

Aha, Schwarzunterbringung, dachte er.

Chili war aufgestanden und vor ihn hingetreten. Mit einer feierlichen Geste breitete sie das Foto mit beiden Händen direkt vor seinen Augen aus.

Ottakring traute seinen Augen nicht. Das Pärchen

saß händchenhaltend auf einer geblümten Eckbank und blickte glücklich in die Kamera. Die Frau auf dem Bild – klar – war Katharina Silbernagl. Aber der Mann!

Der Mann war – Erster Kriminalhauptkommissar Sebastian Scholl.

Es war Abend geworden. Dieser Skandal musste sensibel behandelt werden. Schuster, den er verständigen wollte, konnte er nicht mehr erreichen. Vielleicht wollte er es auch nicht mit aller Macht.

Er hatte Sehnsucht nach Herrn Huber bekommen. Er *musste* den Ausreißer sehen. Also rief er die Huawas zu Hause an. Mit einem kleinen Biedermeiersträußchen für die Dame des Hauses holte er ihn ab. Er versprach, ihn früh am nächsten Morgen wiederzubringen.

Den Abend ließ Ottakring entspannt ausklingen. Früher, in Neubeuern, wäre er jetzt noch eine Runde gejoggt. Aber hier in der Stadt? Er absolvierte seine Tibeterübungen, legte die Haftschalen in die Lösung und streichelte Herrn Hubers Schädel. Der Hund wickelte sich in seine Lieblingsdecke. Mit einem telefonischen Kuss von Lolas Lippen schlief Ottakring bei offenem Fenster ein.

Siebter Tag

»Selbstverständlich hat die Frau wissen können, dass es sich um EKHK Scholl gehandelt hat«, sagte Chili »Aber erst, nachdem der Bericht über seinen Unfall samt Foto in der Zeitung gestanden hat. Am selben Tag wie die Anzeige. Nicht jeder würde das mitgekriegt haben. Aber Frau Niedermayr hat es ja mir gegenüber sofort zugegeben. Solche Leute lesen Traueranzeigen wie unsereins ein Fahndungsblatt.«

Ottakring nickte. Es war kurz vor halb acht. Er hatte Herrn Huber abgeliefert, Chili abgeholt und lenkte nun den Passat zur Direktion.

»Und warum hat sie es dann nicht gemeldet? Dass Scholl sich unter falschem Namen …«

Chili lenkte ein. »Ist doch klar, Joe. Die will ihre kleine Pension nicht in Verruf bringen. Die Vermietung läuft grad mal so lala, hat sie mir, gesagt. ›Verheirateter Mordkommissar mit zwielichtiger Person‹ – solche Schlagzeilen kannst du dir ja ausmalen.«

Er hatte eine Frage gestellt, deren Antwort er bereits vorher kannte. Braute sich da etwas zusammen? Gab es Zusammenhänge zu dem eigenartigen Verhalten der Frau Scholl? Er hatte Eva M. auf sie angesetzt. Nun musste er zusehen, dass die Kleine Druck machte, das konnte wichtig werden.

Um das Thema mit dem Obdachlosenkind drucksten beide herum.

»Ich hab dir gesagt, ich hab meine Kontakte. Vorsichtshalber hab ich schon mal jemanden angestupst«, betonte Ottakring. »Keine Angst«, warf er hastig ein, als er Chilis Reaktion erkannte. »Ganz vorsichtig nur. Unverbindlich.« Er konnte es immer noch nicht fassen, dass Chili ernst machen wollte.

Chili hüllte sich in Schweigen.

Dann waren sie da.

Schusters ohnehin dunkler Teint wirkte noch finsterer, seine Miene wie in Granit gehauen. Selbst die Boxtrophäen um ihn herum hatten einen drohenden Touch. Er stand mit dem Rücken zum Fenster. »So ein Mist. Da wird der Präsident seine Ansprache gscheit revidieren müssen. ›Was, wenn morgen kein Tag mehr ist?‹, zitierte er den Präsidenten in übertriebener Manier. ›So wie in diesem Fall? Dann bleibt das Leben ein Plan, ein Entwurf, eine nie ausgeführte Skizze …‹. Nein, Frau Toledo, Herr Ottakring, das war ein verdammt *erfülltes* Leben. Mit allem Drum und Dran. Wahrhaftig.« Seine Stimme klang gehetzt und scharf.

Hilflos, dachte Ottakring. Schuster wirkt hilflos. Doch wie hätte er selbst in so einer Situation gehandelt?

Chili saß da und tippte sich mit dem Daumennagel an die Zähne.

»Ich werd's der Frau Scholl erklären müssen«, sagte Ottakring.

Schusters Gesichtszüge wurden noch eine Spur härter.

Ein paar lange Sekunden blieb er noch stehen und starrte vom einen zur anderen. Dann ging er an seinen Schreibtisch und setzte sich.

»Nein. Auf gar keinen Fall. Außer in einer einzigen Ermittlung im letzten Jahr und auf seiner Beisetzung heuer hatten Sie mit dem Herrn ja nichts zu tun. Da muss ich selber ran.«

Er holte tief Luft und betrachtete seine Gegenüber mit gespielter Geduld. Dann griff er urplötzlich nach einem der umherstehenden Silberpokale, holte aus und donnerte ihn treffsicher in die Glasvitrine in der Ecke. Deformiert klatschte das Ding von der inneren Schrankwand nach unten. Scherben schwirrten laut klirrend durch den Raum.

Die Tür flog auf und krachte gegen die Wand.

Kevin Specht stand in gebeugter Angriffshaltung da, schätzte die Situation mit stechendem Blick ab und schwenkte die Dienstpistole in beiden Fäusten hin und her. Wie in einer schlechten *Tatort*-Folge, fand Ottakring. Specht musste unmittelbar vor der Tür gelauert haben.

Schuster sprang auf und lachte höllisch. »Na, jetzt haben Sie mich aber erwischt, Herr Specht«, rief er. »Wollen Sie mich lieber hinrichten oder mir nur Handschellen anlegen?«

Die gute Nachricht erreichte Ottakring auf dem Weg zu seinem Dienstzimmer.

»Johanna hier.« Die Vorsitzende der Nachbarschaftshilfe. »Es geht um dieses Obdachlosenkind. Und deine

Kollegin mit dem Samaritersyndrom. Wo erwisch ich dich grade?«

Ottakring machte einen Satz ins Büro. Er befürchtete Schlimmes. »Im Büro«, rief er mit kräftiger Stimme ins Handy.

»Wir haben Glück. Ich hab ein wenig herumtelefoniert. Die Kinderhilfe will sich das Mädchen mal ansehen. Die haben öfters mit solchen Fällen zu tun.«

»Wie schnell?«

»Morgen.«

»Danke, Johanna. Gibst mir Bescheid?«

»Bitte. Ja.«

Er eilte über den Flur zu Chilis Zimmer. In Sekundenschnelle hatte er entschieden, ihr diese Nachricht sofort zu eröffnen. Bevor sie weiteren Blödsinn anstellte.

Sie war am Computer, als er es ihr sagte.

Chili machte ein Gesicht wie eine Dreizehnjährige, der man den Freund weggenommen hat. Langsam, wie in Trance, nahm sie den Arm von der Tastatur. Ihr Blick verlor sich zwischen Fenster, Ottakring und Tür.

Ottakrings Armbanduhr stand auf acht Uhr siebzehn. Er ahnte, dass ihn ein ereignisreicher Tag erwartete.

Es ging damit los, dass sich ein Bewohner des Hauses Ludwigstraße Nummer 5 in der Nacht beim Jourdienst gemeldet hatte. »Anrufer meint gesehen zu haben, wie Frau Silbernagl in der fraglichen Nacht abgeholt wurde«, stand im Protokoll.

Ottakring schäumte einmal mehr. »In der fraglichen Nacht.« Welche Nacht war nach Ansicht des aufnehmenden Beamten fraglich? Sollte er den Jourdienst selbst leiten? Hastig griff er nach dem Hörer und tippte die Kurzwahl ein.

»Ottakring. Hey, nehmt mal euer Dienstbuch und seht nach, welche Nacht euer schlauer Beamter als ›fraglich‹ bezeichnet. Und gebt dem Mann Bescheid, dass solche Eintragungen unbrauchbar sind. Lasst ihn am besten drei Tage Streife gehen, dann merkt er sich's besser.«

Nach diesem lautstarken Rüffel fühlte er sich irgendwie befreit. Als wäre er Stress losgeworden.

Er konnte es mittlerweile vor sich selbst nicht mehr leugnen, dass er sehr leicht die Beherrschung verlor. Früher war das anders gewesen. In seiner Münchener Zeit hatte der Kriminalrat Ottakring eher als gemütlich gegolten. Freilich, wenn er darüber nachdachte, wusste er sehr genau, was ihn bedrückte. Der Dienst war für ihn normale Arbeit, und Arbeit war kein Stress. Dass er das Rauchen von einer Minute auf die andere aufgegeben hatte, war seinem Nervenkostüm auch nicht gerade dienlich. Aber es hatte sein müssen, und er war stolz auf diesen Schritt. Manchmal überlegte er allerdings schon, ob seine Entscheidung, die Vertretung im K1 zu übernehmen, nicht etwas vorschnell gewesen war. Was hätte er alles in der Zeit, in der er nun wieder eine Ermittlung leitete, unternehmen können? Er durfte gar nicht dran denken. Wann war er zum letzten Mal gejoggt, so wie in der Neubeurer Zeit am Inndamm entlang? Seine Anti-Aging-Creme war ihm ausgegangen, und er hatte noch immer keine nachgekauft. Doch am meisten belastete ihn Lolas gesundheitliche Situation. Sie redeten bei ihren täglichen Telefonaten nicht groß darüber, vor allem Lola nicht. Sie hatte sich kurzerhand einen Crashkurs in Italienisch bestellt und arbeitete jeden Tag damit. Ein Hörprogramm, bei dem man sich im Liegen entspannt einen Kopfhörer aufsetzt und sich Vokabeln, Redewendungen und ganze Textpassagen einflößen ließ. Immer, wenn Ottakring anrief und nach fünfmaligem Läuten der AB ansprang, wusste er, womit sie sich gerade beschäftigte. Er wollte alles tun, um ihr ihren sehnlichen Wunsch zu erfüllen. Mit ihm zum Skifahren zu gehen.

Der Rückruf vom Jourdienst kam nach einer Minute. Doch Ottakring entschied anders. »Schickt jemanden hin und bringt den Anrufer zu mir«, ordnete er an. Er wollte selbst mit ihm sprechen.

Es dauerte keine Stunde, da saß der Zeuge vor ihm. Ein Mann in den Vierzigern mit den ausgemergelten Gesichtszügen eines Marathonläufers, langem Hals und wirrem Kraushaar. Er und seine Frau lebten in der Wohnung über Katharina Silbernagl.

»Wir haben ja alle gewusst, dass die Catrin einen sehr unregelmäßigen Lebenswandel führt«, sagte er. Er sprach Hochdeutsch. »Sie war oft nicht da oder blieb auch schon mal über Nacht weg. Das will aber nichts heißen bei einer hübschen Frau in ihrem Alter. Darf ich rauchen?«

»Nein.« Ottakring verzog das Gesicht. »Was meinen Sie mit ›Lebenswandel‹?«

»Och, nichts Besonderes. Ich meine, sie hat ja wohl ihre Rosen Tag und Nacht verkauft. In der Stadt, in Hotels und Restaurants, am Bahnhof. Obwohl sie das Geld ja nicht gebraucht hätte.«

»Interessant, was Sie da sagen. Waren Sie schon mal in ihrer Wohnung gewesen?«

»Nein. Warum?«

»Wenn Sie bitte einfach nur antworten würden. Woher wollen Sie wissen, dass Frau Silbernagl nicht auf Geld angewiesen war?«

»Hat sie selbst gesagt. Sie hat ja studiert und will jetzt ein Buch schreiben. Und das will sie mit ihren Erlebnissen als Rosenverkäuferin ausschmücken. Hat sie gesagt.«

Ja, ja. Die Silbernagl hatte viel erzählt. Diese Aussage deckte sich mit dem, was beim Voglwirt gesprochen wurde. Ottakring lehnte sich zurück und betrachtete seine Schuhe. »Hat sie häufig Besuch bei sich gehabt?«

»Bei sich? In der Wohnung? Nie. Jedenfalls hab ich nichts bemerkt.«

»Wer hat sie abgeholt in jener Nacht?«, fragte er.

»Meine Frau lag schon im Bett. Ich hatte lang ferngesehen und stand zufällig am Fenster. Außerdem kam aus Catrins Wohnung ein Rumoren. Dann hörte ich unten die Haustür gehen.« Fragende Augen suchten Ottakring.

»Sie verließ also das Haus? Wie spät war es da?«

»Zwei Uhr siebenunddreißig«, kam es wie aus der Pistole geschossen. »Wollen Sie wissen, warum ich das so genau weiß?«

Es war eine rhetorische Frage. Ottakring löste den Blick von seinen Schuhen und ließ ihn gemächlich an dem Mann emporgleiten.

»Ich sag's Ihnen. Weil ich mir gedacht hab, wenn jetzt was passiert, dann will ich mir die Zeit merken, falls ich gefragt werde. Da, schaun Sie.« Er griff in die Seitentasche seiner Jacke und reichte Ottakring einen zerknitterten gelben Haftnotizzettel. »2:37 Uhr« stand darauf.

Erstaunlich. Ottakring kam es vor wie eines jener Telepathie-Kunststücke, die Lola so mochte. »Hatten Sie Grund zu der Annahme …?«

»Dass etwas passiert? Nein. Es war nur so ein Gefühl.« Tiefe Falten zogen das Gesicht des Mannes nach unten. Als ob er unter akuter Gastritis litt.

»Was passierte dann? Wohin ist Frau Silbernagl gegangen? Und wer hat sie abgeholt? Deswegen haben Sie sich doch bei der Polizei gemeldet.«

»Sie hat die Straße überquert. Wissen Sie, rüber Richtung Dresdner Bank. Da ist eine Baustelle. Und dort hat ein Motorrad gewartet. Die Catrin ist hinten draufgestiegen, und ab ging die Post. Sie wär fast runtergefallen.«

»Was hatte sie an? Zivil oder Motorradkluft?«

»Äh, nein, so Lederklamotten nicht. Einen Anorak, glaub ich. Ja, einen Anorak und ihre Jeans vermutlich. Sie trug ja immer Jeans.«

»Farbe des Anoraks?«

»Hell. Weiß, denke ich. Sie besitzt einen weißen Anorak.«

»Hat sie einen Helm mitgebracht? Oder hat der Fahrer ihr einen gegeben? Oder ist sie ohne Helm geblieben?«

»Nein. Ich hab darüber nicht nachgedacht. Aber jetzt, wo Sie's anführen. Ja, der Fahrer hat sich umgedreht, hinter seinem Sitz einen Helm losgebunden, und sie hat ihn aufgesetzt. Als sie aufgestiegen ist, hat sie ihn aufgesetzt.«

»Können Sie den Fahrer näher beschreiben? Größe? Was hatte er an? Helmfarbe? Welche Farbe hatte das Motorrad? Haben Sie das Kennzeichen erkennen können?«

»Nein, ich hab die Maschine nur von vorn gesehen. Und sie waren im Nu verschwunden. Der Fahrer war völlig schwarz, auch der Helm.« Er zog die Stirn in Falten. »Das Motorrad dunkel. Dunkelrot oder dunkelgrün. Ich weiß es wirklich nicht. Meine Rolle in Ihrem Film ist doch sicher, Ihnen zu sagen, dass Catrin in dieser Nacht abgeholt wurde. Und seither ist sie nicht mehr aufgetaucht.«

Ein letzter Versuch. »Sie haben alles von vorn gesehen, sagen Sie. Das Motorrad stand also Richtung Süden. Hat der Fahrer gewendet, als er losfuhr, oder ist er einfach die Königstraße runtergefahren?«

»Die Königstraße runter. Bestimmt mit achtzig, hundert Sachen.«

Wer hat in dieser Nacht ein Motorrad gesehen, Kennzeichen unbekannt, Fahrer schwarz, Person auf dem Rücksitz in weißem Anorak, das sehr schnell auf der Königstraße in südlicher Richtung fuhr? Nicht gerade das Gelbe vom Ei, um eine verdächtige Person zu finden.

Als der Mann gegangen war, zog Ottakring die untere Schublade seines Schreibtischs auf, legte die Füße darauf und dachte nach. Zwischendurch betrachtete er das Foto, das zuhinterst in der Lade lag. Es zeigte Lola und ihn auf Ibiza, als sie mit einem gemieteten Motorrad über einen Bergpass in eine Bucht gefahren waren. So aussichtslos und abwegig, wie er im ersten Moment geglaubt hatte, konnte es gar nicht sein, die Flüchtigen zu finden. Ein einsames Motorrad mit zwei Personen, das nachts um zwei Uhr vierzig die Königstraße mit hoher Geschwindigkeit hinunterbrettert, fiel doch jemandem auf.

Oder es musste tanken.

Ottakring schnaufte tief durch. »Mir wem dem kloana Schlamperl doch auf die Schliche kommen«, murmelte er. Augenblicklich griff er sich das Telefon.

»Bis ich am Nachmittag zurück bin, möchte ich ein Ergebnis haben«, schloss er seine Anweisungen an die Einsatzzentrale. Schnell gehen musste es jetzt. Schuster wurde schon nervös.

»Grüß Gott. Ottakring, Kripo Rosenheim. Bitte geben Sie mir Herrn Speckbacher.«

»Robert Speckbacher hier. Selbst am Apparat. Herr Ottakring?«

»Ja. Ich möchte Sie noch einmal kurz im Hotel sprechen. Halten Sie sich also zur Verfügung, ich bin in zwanzig Minuten da. Und – ist Ihr Saunamann heute im Dienst, der Franz? Ja? Der soll sich auch bereithalten.«

Beim Bergmeister holte er sich eine Butterbreze für unterwegs. Bevor er zum Auto kam, traf er den Besitzer des Restaurants Koslowski, rannte fast die Chefin der Stadtbibliothek um und wechselte ein paar Worte mit Anna Eh, der bekannten Immobilienmaklerin. Sie hatte ihm kürzlich einen Prospekt vom Stechlhof überreicht, einem Wohnprojekt inmitten der Altstadt. Mit Interesse hatte er die Broschüre durchgeblättert. Weiß der Geier, was sich zwischen ihm und Lola in nächster Zukunft noch alles abspielen könnte. Heinrich Hauser, der wort- und körpergewaltige Stadtredakteur, fing ihn ein. »Was gibt's Neues mit diesem Kirchbichler?« Ungern ließ er sich vertrösten.

Er hatte gerade die Kaiserstraße überquert, ohne von einem herbeirasenden Fahrzeug ermordet worden zu sein, da hörte er leise aus dem Handy den Radetzkymarsch.

»Ja?«

»Schuster hier. Sind Sie gerade abkömmlich? Ich müsste Sie kurz sprechen.« Die sonore Stimme Schusters dröhnte geradezu, sodass Ottakring das Handy vom Ohr weghalten musste.

»Ich bin auf dem Weg zum Voglwirt, Herr Schuster. Ich hab dort noch ein paar Dinge zu klären. Wenn's also nicht dringend ist, würde ich das gerne vorher erledigen.«

»Okay, okay, tun Sie das. Klingeln Sie doch bitte kurz durch, wenn Sie wieder im Haus sind. Ich möchte Sie auf jeden Fall heute noch sehen.«

Ottakring wollte nicht fragen, worum es ging. Doch Schuster klang ernst. Er fuhr den Dienst-Passat aus der Tiefgarage. Kurz vor der Panoramakreuzung klatschte ihm das letzte Stück Butterbreze auf die Hose und bildete einen dunklen Fleck. Er wischte mit einem Papiertaschentuch daran herum. Fast hätte ihn deshalb ein einbiegender tschechischer Spediteur gerammt. Kurz danach bog ein Radfahrer ab, ohne Zeichen zu geben. Zwei Hubschrauber kreisten über der A8 vor der verschneiten Bergkulisse. Entweder hatte sich da, wie so oft, ein

Stau gebildet oder ein Unfall ereignet. War das typisch für diese Autobahn oder gab es das überall? Er erwischte sich dabei, wie er ein Lied summte. Hatte es nicht sogar Niki Kirchbichler gesungen?

Was wusste er als Münchner eigentlich von diesem Rosenheimer Land?

Hell glitzert im Winter die Landschaft in Kälte, Schnee und Sonnenschein, knirschende Schritte durch verschneiten Wald, auf der Piste sausen die Skifahrer vorbei und auf dem Hang juchzen Kinder beim Rodeln. In der gemütlichen Wirtschaft oder auf der Hüttn wärmen der Kachelofen von außen und der Glühwein von innen. Im Sommer grüne Wiesen, tiefblaue Seen, plätschernde Bäche und Flüsse, steile Berge, gemütliche Dörfer wie im Bilderbuch und lebendige Einkaufsstädte. Weißblau ragt der Maibaum in den Himmel. Starke Männer in Lederhosen haben ihn aufgestellt. Die Blasmusik spielt, Frauen tragen ihre Festtagstracht. Es ist eine Region der Feste und der Festivals, unzähliger sportlicher Aktivitäten, der gelebten Tradition und des Tourismus. Mit einem Nachbarn, der anders ist und doch dazugehört: Tirol.

Ottakring musste schmunzeln. Das war wie aus einem kitschigen Prospekt, und doch verhielt es sich tatsächlich grad so. Er hatte seit seiner Kindheit in München gelebt, der großen Stadt, von der man sagte, sie sei eigentlich nichts als ein etwas aus den Fugen geratenes Dorf. Seit er aber hier im Rosenheimer Land wohnte, zuerst in Neubeuern und jetzt in Rosenheim, hatte er das herrliche Gefühl, sich nie zuvor so wohl gefühlt zu haben. Es war der permanente Urlaub auf dem Bauernhof. Gerade fuhr er an dem lebenden Beweis vorbei. Wenige Meter neben dem Autobahnzubringer, auf dem er fuhr, kämpften zwei Bussarde mit wildem Flügelschlagen um ihre Beute.

Ups! Beinahe hätte er die Abzweigung zum Voglwirt verpasst. Mit quietschenden Reifen bog er in einer leichten Rechtskurve ab, bremste scharf und zockelte auf den Parkplatz vor dem Hotel. Es war Mittag geworden. Der Platz war fast leer.

»Was ist denn hier los? Sind die alle beim Skifahren?«, fragte er den freundlichen Flugbegleiter.

Der Mann an der Rezeption hob die Schultern. »Abgereist«, sagte er. Dann tippte er drei Zahlen in die Telefonanlage. »Er ist hier, Herr Speckbacher«, gab er weiter. Dazu legte er die Stirn in Falten, als ob er Schwierigkeiten hätte, sich zu verständigen.

»Wieso abgereist?«, wollte Ottakring wissen. Obwohl er ahnte, was der Grund für den plötzlichen Aufbruch der Hotelgäste sein könnte.

»So ein Todesfall ist tödlich für ein Hotel wie unseres. Es kursieren die schrecklichsten Gerüchte. Kein Mensch will mehr die Sauna benutzen. Niemand …«

»Wer will das wissen?«, unterbrach eine ruppige Stimme. Der Rezeptionist erntete einen vorwurfsvollen Blick von Speckbacher. Der Hotelassistent trug einen blauen Trachtenjanker mit hellblauer Krawatte zu grauer Hose und schwarzen Haferlschuhen und schien genervt.

Beethovens Erste, Ottakrings Lieblingssinfonie, klang dezent über die Lautsprecher durch die Halle. Passend zur Geschäftssituation im Hotel.

»Grüß Gott, Herr Ottakring.« Speckbacher reichte

dem Kriminalrat die Hand. Er hatte sich wieder im Griff. »Sie haben noch Fragen?«

»Fragen habe ich immer. Fragen ans Leben, Fragen an Gott, an die Stadtverwaltung.« Ein strenger, zynischer Blick. »Fragen zu Ihrer Körpersprache.«

Speckbacher war nach der Begrüßung sofort wieder auf Distanz gegangen und stand mit vor der Brust verschränkten Armen seitlich neben Ottakring. Alles an ihm, auch der Ausdruck in den Augen, signalisierte Abwehr.

»Doch an Sie, Herr Speckbacher, habe ich vor allem noch einmal eine Frage.« Ottakring machte eine einladende Geste. »Am besten vor Ort in der Saunazone. Sie scheint ja bedauerlicherweise verwaist zu sein.«

»Wellnesszone«, verbesserte Speckbacher ohne Nachdruck.

An einer kleinen Bar in der Wellnesszone, auf edlem Holzboden zwischen Liegen und vor raumhohem Glas, bot Speckbacher Getränke an, und Ottakring nahm ein Glas Johannisbeersaft.

»Wo waren Sie eigentlich wirklich am Todestag zwischen achtzehn und zwanzig Uhr gewesen?« Speckbacher hatte in seiner ersten Aussage das Hotel als Aufenthaltsort im weitesten Sinn angegeben. »Wo genau hier im Hotel?«

»Ich hab in meinem Tagesablauf keinen festen Zeitplan. Ich kann nicht sagen, ich bin jeden Tag um fünf an der Rezeption, um zehn nach halb sechs …«

»Schon klar, Mann! Aber nicht jeden Tag wird ein Mensch tot in der Sauna gefunden. Sie werden ja wohl wissen, was Sie genau an diesem Tag um achtzehn Uhr hier im Hotel unternommen haben. Stimmt's? Ist ja keine Ewigkeit her.«

»Viel telefoniert hab ich an diesem Tag. Das weiß ich. Um achtzehn Uhr vier hab ich mit unserem Weinlieferanten gesprochen. Um zwölf nach sechs mit Frau Müllner, einer unserer Bardamen. Sie hatte sich krank gemeldet.«

»Beweise?«

»Ob ich ein Alibi habe, meinen Sie wohl.« Speckbacher zog ein Blatt hervor und schob es über den Bartresen. Es war ein Telefon-Einzelnachweis.

Ottakring warf einen kurzen Blick darauf. Er nahm einen Stift und deutete auf die Uhrzeiten. »Zwischen achtzehn Uhr zweiundzwanzig und neunzehn Uhr vier war aber Sendepause. Was haben Sie da gemacht?« Er schenkte Speckbacher ein breites, väterliches Lächeln.

Speckbacher hatte den Ellenbogen auf die Bar gestützt und legte das Kinn in die offene Hand. Seine Augen stierten die Rückwand an. Er versuchte zu lachen, aber es misslang. Von einer Sekunde auf die andere hellte sich sein Gesicht auf.

»Frau Riemerschmid«, rief er aus. »Natürlich! Frau Riemerschmid wollte wie üblich nach Italien telefonieren und fand die Nummer nicht. Da hab ich ihr geholfen. Das muss um diese Zeit gewesen sein. Sie telefoniert immer um halb sieben. ›Das ist bei meinem Bruder kurz vorm Abendessen‹, pflegt sie zu sagen.« Er nahm das Kinn aus der Hand und wischte sich ein Büschel Haare aus der Stirn.

Auch sonst machte er auf Ottakring den Eindruck, als hätte er soeben den Kopf aus einer Schlinge gezogen.

»Das können Sie überprüfen!«, rief Speckbacher aus.

»Da können Sie Gift drauf nehmen«, brummte Ottakring und trank sein Glas leer. Er legte dem anderen die Hand auf den Unterarm und sah ihm fest in die Augen. »Was war Niki Kirchbichler für ein Mensch?«, fragte er mit lauerndem Unterton. »Sie wissen bereits, dass er hohe Schulden hinterlassen hat und sein Guthaben wahrscheinlich nicht einmal die Hotelrechnung abdeckt. Was wissen Sie sonst noch von ihm? Sie waren doch so nah dran an ihm wie sonst kein anderer hier im Hotel.«

»Also er war wie verrückt hinter der Catrin her, dem Blumenmädchen. Das kann ich zum Beispiel sagen.«

»Hatte er etwas mit ihr?«

Abweisende Geste. »Weiß ich nicht. Hab ich nichts bemerkt. Die Frau Riemerschmid hat sie einmal in der Früh aus seinem Zimmer kommen sehen, sagt sie.«

»Haben Sie den Namen Fluopram schon einmal gehört? War Ihnen bekannt, dass Kirchbichler möglicherweise unter Depressionen litt? Haben Sie je gesehen, dass er etwas eingenommen hat?«

Speckbacher kicherte kurz. »Ja. Alka-Seltzer. Diese Art von Kopfschmerzen hatte er oft.«

»Und am Nachmittag? Was haben Sie am Nachmittag gemacht?« Ottakring musste an Professor Buchbergers Worte denken. Fluopram brauchte vier bis sechs Stunden Vorlauf. »Sagen wir so ab zwölf Uhr?«

»Da war ich überall. Überall im Hotel.«

»Auch im Sauna-, äh, Wellnessbereich?«

»Sicher. Ich mache täglich meine Rundgänge.«

»Sind Sie bei Ihren Rundgängen auch Herrn Kirchbichler begegnet?«

Speckbacher hob die Schultern. »Glauben's mir, Herr Kriminalrat, so genau weiß ich das wirklich nicht mehr.«

Speckbacher wollte cool und locker wirken. Doch innerlich, das spürte Ottakring, war er verkrampft und ängstlich. Wovor hatte Robert Speckbacher Angst?

Das Ergebnis dieser Befragung konnte man in den Wind schreiben. Speckbacher wusste von nichts. Nichts von Schulden. Den Namen Fluopram noch nie gehört. Keine Ahnung von Kirchbichlers Schwermutanfällen. Null Kenntnis von Drogen.

Ottakring fühlte sich schwerfällig, müde und mutlos. Kein Wunder, wenn er oft so gereizt und abweisend klang. Er wollte es sich nicht eingestehen. Doch im Innersten wusste er: Diese Arbeit schlauchte ihn. Früher hatte er immensen Gefallen daran gehabt, Mörder zur Strecke zu bringen. Mit allem drum und dran. Er hatte sich dazu berufen gefühlt. Doch die Zeiten hatten sich geändert. Hatte er seine Fähigkeiten überschätzt? »Wenn du ständig nur mit Gewalt, Leid und Strafen zu tun hast, bleibt es nicht aus, dass du gelegentlich in ein tiefes Loch fällst. Dass du jegliche Lust verlierst. Jegliche Lust zu allem«, hatte er einmal zu Lola gesagt.

»Ja, das spüre ich ab und zu«, hatte sie geantwortet. Ihr zweideutiges Lächeln hatte er erst später registriert.

Vor ein paar Tagen war sein Schulkamerad tot in der Sauna dieses Hotels gelegen. Es war gesichert, dass der Auslöser eine dramatische Überdosis dieses Medikaments gewesen war. Dr. Vach legte seine Hand dafür ins Feuer, dass der Mann nicht suizidgefährdet gewesen war. Doch wer kann schon in einen Menschen wirklich hineinschauen? Wenn man sich jedoch dieser These anschloss, musste es eine Person oder mehrere gegeben haben, die Kirchbichler das Antidepressivum eingeflößt hatten. Aber wer und warum? Und auf welche Art? Kirchbichler konnte schließlich mit dem Mittel umgehen.

Hauptsächlich in der letzten Nacht hatte Ottakring viele Gedanken gewälzt, alle gleich konfus und gegensätzlich. Die Schlüsselperson zur Lösung des Rätsels war vorerst Katharina Silbernagl. Vor allem anderen mussten sie sich auf die Jagd nach ihr konzentrieren. Verdammt, warum brauchte die Suche so lange? Es fing damit an, den Motorradfahrer zu finden, der sie mitten in der Nacht abgeholt oder weggebracht hatte. Nervös war Ottakring nicht. Nervös wurde er erst, wenn die Spannung nachzulassen begann.

Die Antwort traf ein, als Ottakring dem Franz gegenübersaß. Er wollte sich noch einmal die Situation in der Sauna vor Kirchbichlers Tod schildern lassen. Wollte gern aus dem bärtigen Tiroler herauskitzeln, wie sein Verhältnis zu dem Verstorbenen gewesen war. Da klingelte sein Handy.

»Chili hier. Sie haben den Motorradfahrer. Jetzt halt dich fest. Sie haben ihm wegen zu hoher Geschwindigkeit eine Verwarnung verpasst. Er kam ganz knapp an einem Bußgeld vorbei, gibt der Kollege an.«

»Und? Wo befindet sich die Silbernagl?«

»Am besten, du kommst gleich her.

Er war kaum in der Kufsteiner Straße, einer dieser typisch hässlichen Einfahrtstraßen, wie es sie auch in Rosenheim gibt, da marschierte sein Handy schroff im Radetzkyschritt. Gedankenverloren griff er danach.

»Der Huawa hier.«

Ottakring erschrak. Nicht schon wieder, dachte er. Der Herr Huber wird doch wohl nicht schon wieder …

Nein, nicht wieder ausgerissen. Diesmal nicht. »Der macht alle Türen auf, Herr Kriminalrat, der schleicht in jeds Zimmer eini. Heit in der Fruah, wo i ins Bad eine hab woin, is er dagstandn und hod aus derer Toilettenschüssel dringa woin. Und grad hat mei Frau ogruafa. Da hoder die Klinkn zum Schlafzimmer abidruckt und – wos moanans woi, wo ihn d' Frau gefundn hod?«

»Vorm Bett vielleicht?«, sagte Ottakring flüchtig und schaute auf die Uhr.

»Nix! Viel schlimmer. *Im* Bett! Mittn in unsern Ehebett hoder gflackt, der Lauser, der verreckte.«

Ottakring amüsierte sich, ließ sich aber nichts anmerken. Sein Hund geriet außer Rand und Band. »Huawa, ich würde mich ja sofort ins Auto setzen und den Hund wieder abholen, glauben Sie mir. Aber ich sitz schon im Auto und bin grade in einer sehr dringenden Sache auf dem Weg in die Direktion.«

»Na, dann sehn mir uns ja glei. Aber des kommt mia net in die Tütn, dass Sie uns den Herrn Huber wieder wegnehman. Mei Frau hat si, glaub i, richtig in den verliebt. Jetzt dreht's halt überall den Schlüssel rum, und der Burschi schaut bleed. Naa, des deafen's uns net odoa, uns den Herrn Huber wegnehman, gell! Dem foit bloß eine erziehende Hand, wie ma so sagt, gell!«

Ottakring grinste. Eine Freundschaft also, die Feuer gefangen hat. Bei ihm selbst war es nicht anders gewesen. Er durfte und wollte Herrn und Frau Huawa nicht vergrämen. Doch ein schlechtes Gewissen blieb. Die innere Stimme seines ganz persönlichen Staatsanwalts.

Wenig später lenkte er den Passat wieder in die Tiefgarage. Er hatte Schuster verständigt, dass er noch kurz ins K1 müsse und danach sofort zu ihm käme.

Sie warteten am Besuchertisch in seinem Büro, Chili und der Dienststellenleiter der Polizeiinspektion. Beide machten ein Gesicht, als hätten sie soeben eine neue Weißwurstsorte erfunden oder einen unbekannten Biergarten entdeckt.

»Schön«, sagte Ottakring und nahm ebenfalls Platz. »Ich höre.«

»Das Motorrad …«, begann Chili.

»Das Motorrad …«, klaubte ihr der Uniformierte das Wort von den Lippen. »… wurde zur fraglichen Zeit von unserer Laserkontrolle erwischt. Es ist sechsundsechzig anstatt fünfzig gefahren, Toleranz schon abgezogen. Die beiden Beamten können sich genau an den Fahrer und die Frau auf dem Sozius erinnern. Sie hat einen weißen Anorak getragen und eine ganz rote Nase gehabt, wahrscheinlich wegen der Kälte. Obwohl sie vorschriftsmäßig einen Helm getragen hat. Meine Beamten mussten eine

Verwarnung erteilen. Das Formular ›Verwarnung‹ hat kein Feld für das Kennzeichen. Ich hab meinen Beamten aber eingebläut, bei jeder Verwarnung das Kennzeichen auf dem Durchschlag, den wir behalten, zu notieren.«

»Und das war der Treffer!«, ergänzte Chili. »Ein Kufsteiner Kennzeichen. Das macht auch Sinn, denn die Kontrolle fand in der Kufsteiner Straße statt, nördlich der Mangfallbrücke. Richtung Autobahn also.«

Zum ersten Mal zeichnete sich auf Ottakrings unbewegtem Gesicht eine Art Lächeln ab. »Kufstein, ha? Müssen wir das Madl also von den Tiroler Kollegen suchen lassen. Ihre Personalien habt ihr natürlich nicht zufällig auch noch. Oder?«

Beide schüttelten den Kopf.

Chili stand auf. »Aber den Halter des Motorrads haben wir natürlich«, sagte sie.

Ottakring klatschte in die Hände und rieb sie Gegeneinander. »Also, Frau Toledo, auf geht's! Backmers o.«

»Mei, Herr Ottakring, was soll ich sagen.«

Polizeidirektor Schuster ging mit hinter dem Rücken verschränkten Händen vor seinem Schreibtisch auf und ab. Ottakring fühlte sich an den Chemielehrer in seiner Gymnasialzeit erinnert. Der allerdings hatte eine Fistelstimme gehabt.

»Ihr Stellvertreter, der Herr Specht, hat Anschuldigungen gegen Sie erhoben. Sie sollen – ähem – eine sehr enge Beziehung zu Frau Toledo pflegen.«

Der Ausdruck, der in Schusters fragendem Blick lag, war eindeutig. »Wie meinen Sie das?«, fragte Ottakring sanft wie ein Drittklässler. Er versuchte faltenfrei und beherrscht zu reagieren. Innerlich aber kochte er.

»Bumsen Sie die Frau?«

Ottakring stützte die Hände in die Hüften und sah Schuster aus Augen an, in denen Fassungslosigkeit und Entsetzen standen. Bitterer Zorn stieg in ihm hoch. Er war bereits beim Betreten des Büros genervt gewesen. Von Beginn an hatte eine gespannte Atmosphäre geherrscht. Sehr verschwommen hatte er eine Farce wie diese fast erwartet, wenn auch nicht so krass. Gegen wen richtete sich der giftigere Zorn? Gegen den Oberintriganten Specht oder gegen Schuster, der dessen Gerüchte offenbar anstandslos übernahm? Er griff hinter sich und ließ die Tür ungebremst ins Schloss fallen.

»Sind Sie besoffen, Schuster, oder was?« Er wollte brüllen, aber mehr als ein lautes Stöhnen brachte er nicht heraus. »Wie können Sie so einem Kanalarbeiter wie diesem Specht Glauben schenken? Sind Sie von allen guten Geistern verlassen?«

Schuster hatte sich auf den Rand des Schreibtischs gesetzt und musterte ihn eindringlich. »Und wenn es ein Gerücht ist«, sagte er leise. »Ich muss dem nachgehen. Ein Vorgesetzter, der mit einer Untergebenen ein Verhältnis hat, das geht nicht. Das wissen Sie genauso gut wie ich. Das muss ich klären. Und nichts anderes hab ich getan. Ihrer Reaktion entnehme ich, dass Sie den Vorwurf abstreiten. Können Sie ihn auch entkräften?«

Ottakring glaubte es immer noch nicht. Er stand in einem Zwiespalt. Sollte er seinen Gefühlen freien Lauf lassen? Dann konnte er ebenso gut den ganzen Laden hinschmeißen und wieder in den Ruhestand zurückkehren. Anhaben konnte man ihm nichts. Specht hätte er allerdings damit einen Gefallen getan. Das wäre genau das, was dieser Herr sich vermutlich erhoffte. Oder er blieb sachlich und klärte Schuster auf. Er hatte schließlich nichts zu verbergen. Specht würde er sich so bald wie möglich vorknöpfen.

Ottakring knurrte und entschied sich für die zweite Version. Er schilderte, wie er in den Anfangszeiten seiner Polizeilaufbahn mit Chilis Vater in München Streife gegangen war. Torsten Toledo und er hätten intensiv davon geträumt, den Aufstieg zur Kripo zu schaffen. Doch nur er, Ottakring, hatte es geschafft. Torsten kehrte nach Flensburg, seine Heimatstadt, zurück und schloss sich der Hafenpolizei an. Sabrina hatte er kennengelernt, als sie gerade in Flensburg eingeschult worden war. Im gleichen Jahr hatte die Familie ein Schock getroffen: Torstens Frau, Sabrinas Mutter, hatte sich mit einem Opernsänger auf Nimmerwiedersehen verabschiedet.

Sabrina ging den Weg, den ihr Vater hatte gehen wollen. Sie schaffte den Sprung zur Kriminalpolizei. Und zwar nach München. Zuerst hatte sie in der Drogenfahndung gearbeitet, dann wurde sie Erkennungsdienstlerin und vor nicht langer Zeit war sie zu Sebastian Scholls K1 gestoßen. Ihr Vater Torsten hatte seinen Freund Ottakring gebeten, ein Auge auf »sein Mädchen« zu haben, bevor er starb.

»Und diesen Auftrag, lieber Herr Schuster, nehme ich sehr ernst.« Dass er tatsächlich beinahe einmal in eine

Affäre mit ihr hineingeschlittert wäre, verschwieg er natürlich.

Auch Schuster schien befreit. Eine ziemliche Veränderung spielte sich in seinem Gesicht ab. Er öffnete den Mund, um etwas zu sagen. Doch dann legte er eine kleine Pause ein, als müsse er aufatmen. »Also, Herr Ottakring«, sagte er. »Nix für ungut. Einen schnellen Erfolg wünsch ich Ihnen bei Ihrem Fall.« Die Hand reichte er ihm nicht. Er ahnte wohl, wie Ottakring reagiert hätte.

Spechts Büro war leer. Er war wohl immer noch mit seiner Brandserie beschäftigt und hinter dem Feuerteufel her. Ottakring war sicher, er würde ihn finden und diesmal wirklich erwürgen. Das schwor er sich.

»Grüß Gott, Herr Kriminalrat«, begrüßte Huawa ihn an der Pforte. Respektvoll war er aufgestanden. Unter seinen ledernen Hosenträgern trug er ein weißblau kariertes Hemd. Die Ärmel waren hochgekrempelt. »Oben wart a Mo auf Eahna.« Damit schob er eine Visitenkarte durch den Schlitz unter der Trennscheibe. »Scho seit bestimmt a hoibate Stund.«

»Professor Hermann Morlock, Fachhochschule Rosenheim«, las Ottakring. Stellung, Telefon- und Faxnummer, Handy, E-Mail. Alles in feiner englischer Schreibschrift. Genau betrachtet waren diese Schnellfeuerwaffen der modernen Kommunikation ein Profil des Menschen: bescheiden oder aufdringlich, snobistisch oder zurückhaltend. Zeig mir deine Visitenkarte, und ich sag dir, wer du bist, noch ehe ich dich kennenlerne.

»Basst scho«, sagte er leutselig zu Huawa. Vor der ersten Treppenstufe drehte er um und kehrte zu Huawa zurück. »Heut Abend«, sagte er wenig selbstsicher, »krieg ich da den Herr Huber wieder?«

Nach Huawas zustimmendem Heiterkeitsausbruch sammelte Ottakring sich kurz auf der letzten Stufe zum ersten Stock. Mit letzter Kraft schlich er um die Ecke und trat mit krummem Rücken durch die offene Tür in sein Büro. Es war ein alter Trick von ihm, müde zu tun. Damit wollte er verbergen, wie wach sein Verstand war. Er nahm, wenn er sich davon einen Erfolg versprach, gern den Dingen ihre Schärfe.

Ächzend reichte er Morlock die Hand und schleppte sich hinter seinen Schreibtisch. Umständlich entfaltete er die Notiz, die halb unter seiner Schreibunterlage klemmte. »Profesor Karl Hermann Morlock, Dekan für BWL an der FH RO, Singl, 43 Jahre, nicht vorbestraft.« Eva M.s Schrift. Mei, dachte er, Abitur und so eine Rechtschreibung.

Seinem Besucher bot er den harten Stuhl vor dem Schreibtisch an. Der Professor trug ein weißes, bis zum Hals zugeknöpftes Hemd und graue Hosen mit scharfen Bügelfalten. Einen blauen Blazer hatte er sorgfältig gefaltet über die Lehne eines Besuchersessels gelegt. Sein glattes Gesicht war oval und die Haare waren so kurz geschnitten, dass sich die Schädelform deutlich abzeichnete. Auch er verzog keine Miene.

»Sie wissen, warum Sie hier sind«, begann Ottakring.

Eine Weile musste er auf Antwort warten.

»Ungefähr«, kam es zögernd. »Niki Kirchbichler, ham Sie gsagt. Keine Ahnung, was ich damit zu duhn ham soll.«

Mit gespieltem Stöhnen lehnte Ottakring sich zurück. Er lächelte gequält. »Ein Taxi hat Ihnen Rosen gebracht. Deshalb sind Sie hier. Wo hatten Sie die bestellt? Und für wen? Wozu brauchten Sie die Rosen?« Wie ein Pfeil schoss sein Zeigefinger hinüber Richtung Morlock.

Wenig beeindruckt saß der ihm gegenüber, sehr aufrecht und arrogant. Die Handflächen ruhten leicht auf seinen Knien

»Ja«, sagte Morlock. »Ich hab an dem Nachmiddaach einen Strauß Rosen erhalten.« Sein Akzent war unverkennbar. Er sprach wie ein fränkischer Ministerpräsident. »Mich würde indressieren, wieso das eine Angelechenheid der Moddkommission is. Betriebswirtschafdlich doch eher unrendabel, oder?«

Mit überheblichen Typen wie ihm hatte Ottakring von jeher seine Schwierigkeiten. »Ja Himmelsakra!«, fuhr es aus ihm heraus. »Würden Sie jetzt vielleicht allergnädigst meine Fragen beantworten? Wo hatten Sie die verdammten Rosen bestellt? Und warum?«

»›Und für wen?‹, ham Sie auch noch gfragt. Für mich, des is mei Andwodd.«

Ottakring wollte es wissen. »Gut, die Rosen waren also für Sie gewesen. Das kann ich verstehen. Ich mag selber Rosen. Aber wie gesagt, die Dinger sind ja nicht vom Himmel gefallen. Sie sind gebracht worden. Und wenn Sie sie nicht bestellt haben: Wer hat sie Ihnen geschickt? Es ist in diesem Augenblick Ihre freie Entscheidung zu sagen, ob Sie sie bestellt haben oder nicht.«

»So ist es«, sagte Morlock. Punkt. »So ist es.«

Ottakring fuhr sich übers Gesicht. Es war trocken. Er

wunderte sich, dass nicht Schaum aus Mund und Nasenlöchern getreten war.

»Hey, Prof«, versuchte er es ein letztes Mal. »Es geht um einen – äh – ungeklärten Todesfall …«

»Moddfall, berichded die Bresse …«

»… in den Sie nicht direkt verwickelt sind. Sie sind Zeuge und in dem vorliegenden Fall – ach, Himmelarsch, jetzt sagen Sie mir endlich, was ich wissen will! Ich kann auch noch andere Seiten aufziehen. Die Ihnen nicht gefallen werden.«

Morlock spitzte die Lippen. »Und die wären?« Er nahm die Hände vom Knie und verschränkte die Arme vor dem Körper. »Folder? Ausbeitschen? Guandanamo?«

Um Ottakrings Brustkorb hatte sich eine stählerne Klammer gelegt. Er hatte das Gefühl, unterzugehen. Er wollte nur noch eines: ein Weißbier. Als auch noch Kevin Specht den Kopf mit einem sächsischen »Na, Chef, wie geht's?« hereinstreckte und gleich wieder verschwand, hatte er genug. Er würde den Kerl nicht erwürgen, sondern genussvoll zerstückeln.

Draußen schneite es vor dem bodenhohen Balkonfenster, das viel bleiches Kunstlicht von der Papinstraße durchließ. Vom Gebirge her trieb der Wind die Flocken gegen die Scheiben, wo sie schmolzen und als Rinnsale herunterliefen. Die beleuchtete Stadt zog sich hinter dem Balkongeländer bis zur übernächsten Häuserlinie hin, mehr war nicht zu erkennen. Der Schnee verwischte die Konturen. Der Wind jagte die Flocken unaufhaltsam durch die Straßen, wo sie sich leise und unerbittlich auf Dächer, Bäume und Autos senkten.

Herr Huber genoss das Schauspiel. Schwanzwedelnd hockte er vor der Balkontür und schaute hinaus. Bei den Huawas war er seinem Herrn entgegengesprungen, hatte getan, als sei er monatelang weggewesen. Nur zwei Dinge hatten darauf hingedeutet, dass er jemals bei fremden Leuten gewesen war: Kaum war er zu Hause, hatte er so gierig gefressen, als stünde er kurz vor dem Hungertod. Autos haben Anzeigen, auf denen man sehen kann, wann der Tank voll ist. Menschen kennen das Gefühl der Sättigung. Herr Huber kannte nichts davon.

Und er knurrte. Grundlos. Saß da, entblößte die Lefzen und knurrte. Vielleicht fühlte er sich schuldig an seiner eigenen Abwesenheit und wollte Punkte gutmachen. Ab und zu raste er kläffend Richtung Wohnungstür. Dort war aber nichts und niemand, für den sich sein Bellen gelohnt hätte. Er tat, als müsse er Krokodile vertreiben oder die Menschheit vor anstürmenden Wolfsrudeln warnen.

Eine ziemliche Verhaltensänderung für die kurze Zeit der Abwesenheit, fand Ottakring. Dazu kam, dass die Wohnung, seit sein Hund wieder da war, intensiv nach faulen Eiern roch.

»*Buona sera, carissimo mio*«, hörte Ottakring am Telefon. An alles hatte er gedacht, nur nicht an Lolas Crashkurs. Nein, sie sei in keine Depression verfallen. Ihr ginge es verhältnismäßig gut. Nur fiele ihr die Decke auf den Kopf. »Keine Woche mehr, dann weiß ich Bescheid.«

Die Konsequenz sprachen beide nicht aus. Die Konsequenz, dass Lola nach dieser Woche auf einem Auge blind sein könnte.

»Ich vermisse meinen Beruf – und dich. *E – voglio sciare finalmente. Buona notte.*«

Er schüttelte den Kopf, als er aufgelegt hatte. Er selbst an ihrer Stelle hätte sich zehn Tage in Dunkelheit vergraben, sich betrunken, schachtelweise Zigaretten geraucht, die Telefonleitung gekappt, nächtelang nicht geschlafen. Und seine Lola – wollte Skifahren. Er musste sie sehen, möglichst bald musste er sie sehen.

Er duschte, umarmte kurz Herrn Huber und ging mit einem Buch zu Bett. Als seine Augen vor Müdigkeit allmählich immer kleiner wurden, klappte er das Buch zu und löschte das Licht. Draußen hörte er den regelmäßigen Atem seines Hundes. Wie es bei Menschen oftmals ist, die eine Wochenendverbindung führen, dachte er vor dem Einschlafen noch einmal an Lola. Plötzlich saß er aufrecht im Bett und war hellwach. Er spürte den unbezwingbaren Drang, Lola zu sagen, wie sehr er sie bewunderte und wie stark seine Sehnsucht und Liebe waren.

Es war die Nacht nach dem Besuch des Maskenballs in der Münchener Staatsoper gewesen und die Zeit vor Lolas Augeninfektion.

Hinterher waren sie wie immer in die Kulisse gegangen, wo Ottakring einen Tisch reserviert hatte.

»Bedrückt dich etwas?«, hatte er beim Essen gefragt. »Du kommst mir ein wenig niedergeschlagen vor.«

»Nein, wieso?«

»Bist du sicher?

»Ganz sicher«, beteuerte sie. »Ich hab nur winzige Probleme mit meinen Augen. Sie brennen, jucken und tränen. Und ich hab ganz trivial Fieber, glaub ich.«

»Hat das Fieber mit mir zu tun? Mit uns, meine ich? Mit unserem Getrenntleben?«

Sie wirbelte ihr Weinglas am Stiel herum und musterte ihn mit ernster Miene. »Oh Gott, oh Gott, nein. Damit hab ich mich längst abgefunden. Wie soll's anders funktionieren?«

Er wollte lachen, ließ es aber bleiben. Es hätte falsch geklungen. Also leerte er lieber sein Glas.

»Ich finde, es passt perfekt zwischen uns«, sagte er.

Das hörte sich so harmlos an. Glaubte er aber selbst daran? Er fühlte sich nicht wohl in seiner Haut, nicht aufrichtig. Schon wegen des gestellten Lächelns, das er selbst auf seinem Gesicht entdeckte.

»Glaub mir, Joe, ich bin ein bisserl müde. Das hat nichts mit dir – mit uns zu tun. Einfach müde. Ausgelaugt vielleicht. Oder …«, sie lachte ihr altes, herzhaftes Lachen, »… nichts als ein Burn-out-Syndrom, wie es bei uns im Sender heißt.« Sie streichelte seinen Arm.

Er wagte sich. »Du hast also Fieber?«, sagte er.

Sie nickte.

»Dann lass uns nach Hause fahren und es löschen.«

Konnte man ihre Beziehung als oberflächlich bezeichnen? Sie konnten ohne einander nicht leben, obwohl sie es versucht hatten. Doch wie sollten zwei Alphatiere miteinander auskommen? Wollte nicht jeder im Grund seines Herzens seine Freiheit behalten? Sie waren sich treu, Lola und er, und keiner hatte je den anderen betrogen. Was sie manchmal schlappmachen ließ, war die räumliche Entfernung zueinander. Lolas Krankheit ließ beide an diesem Konzept zweifeln, ohne dass sie es sich eingestanden. Wenn dieser Kirchbichler-Fall ausgestanden war, beschloss Ottakring, würde er drauf drängen, dass endlich Nägel mit Köpfen gemacht würden. Welches Gesicht auch immer diese Konstruktion haben würde.

Er drückte ihre Kurzwahl.

»*Pronto? A chi tocca?*«, fragte sie mit schlaftrunkener Stimme. Du lieber Gott. Nun spricht sie schon im Schlaf Italienisch. »Ich bin's, Schatz, dein Joe.«

»Lass mich bitte schlafen!«

Klick. Ottakring hielt noch eine Weile den Hörer in der Hand. Seine Lola. Die Rätselecke in Gottes großer Weltzeitung.

Es war schon Viertel nach neun, als er am nächsten Morgen – mit einem Umweg über Familie Huawa – ins Kommissariat kam. Nachdem Lola so abrupt eingehängt hatte, war er in einer Mischung aus Gereiztheit und Nervosität die ganze Nacht wach geblieben und hatte kein Auge mehr zugemacht. In diesen Stunden hatte er sich entschlossen, Specht weder zu erwürgen noch zu zerstückeln. Er wollte ihn am Spieß braten.

Dem Professor sollte ein ähnliches Schicksal bevorstehen.

Besonders erfrischend für seinen seelischen Zustand wäre es, Katharina Silbernagl zu ergreifen. Heute musste der Tag sein!

Achter Tag

Das Morgenlicht färbte sich golden und senkte sich mit Macht auf den See herab. Es erreichte eine Zeile aus schmalen Häusern mit breiten, holzüberladenen Giebeln. Ziemlich heruntergekommen, Rauch aus verrußten Kaminen, undichte Türen und wackelige Fenster. Ein Hof lag etwas abseits auf der Höhe und stach die anderen durch seine Würde und Fülle aus. Eine kurze Treppe führte zur Haustür hoch. Es gab keine Klingel und kein Namensschild, nur ein geschnitztes, geschweiftes Schild mit der Adresse: Urfahrn 13.

Der Schneepflug kam das gewundene Sträßchen den Berg herauf und schleuderte den Schnee bis vor die Hauswand. Trotz des Lärms und der sprühenden Kaskaden blieb Katharina Silbernagl auf dem Stuhl sitzen, den ihr der Onkel gleich in der Früh vor die Tür gestellt hatte.

»Flenn dich aus, Madl«, hatte er ohne viel Mitgefühl gesagt. Dann war er in den Stall gegangen.

Katharinas Gesicht wirkte ein wenig geschwollen, ihre Augen sahen ungefähr dreimal so rot geweint aus wie noch in der Nacht zuvor, als sie mit dem Motorrad angekommen waren. Außerdem war sie übermüdet und hatte einen Geschmack von Asche auf der Zunge. Und Spuren im Gesicht, die ihren nächtlichen, ausschweifenden Alkoholkonsum verrieten. Kathi – wie sie von ihren Leuten genannt wurde – war immer noch ziemlich beschickert und fühlte sich himmelkreuzelend. Nicht nur wegen dem Birnenschnaps. Trotzdem strahlte ihr Gesicht mit dem samtenen Teint, umrahmt von dunklem Haar, eine bemerkenswerte Willenskraft aus. Ihre Beine steckten in einer braunen Cordhose, darüber trug sie einen quergestreiften Norwegerpulli.

Als sich der Pflug vorübergeschoben hatte, roch es wieder nach Fichtenwald. Kathi hätte jetzt gern einen Mann gehabt. Sich nach dem Aufwachen mit einem wilden Mann im Bett zu kugeln, ihn laut juchzend zu verwöhnen, das war ihr Leben. Mit Wehmut dachte sie an Niki. Wie er tot und hilflos dalag in der Sauna. Champagnerfarben, verbogen und mit schlaffem Schwanz. Sie schlug die Hände vors Gesicht und wippte mit dem Oberkörper vor und zurück.

Die Zeit wird wiederkommen, dachte sie. Bald sogar. Oder?

Drunten, jenseits des Schnees, fuhr ein Polizeiauto langsam die Uferstraße am Walchsee entlang. Natürlich würde man sie suchen. Aber der da unten war zu früh dran. Unmöglich. Irgendwann würden sie wahrscheinlich auch hier aufkreuzen. Doch das würde dauern. Es war ein Fehler gewesen, sich dieses blöde Verwarnungsgeld einzufahren. Sie hatte Josef vorher gewarnt, nicht die Fünfzig zu überschreiten. Aber der mit seiner Bike-Verrücktheit …

Die Wohnung werden sie entdeckt haben, fürchtete sie. Aber, na ja, was sollen sie dort schon finden? Ihr ging es vielmehr um ihr Versteck. Das müsste schon ein saudummer Zufall sein, wenn sie darauf stoßen würden. Und selbst wenn – Charly würde dichthalten, schon im eigenen Interesse. Kathi kniff die Augen zusammen und schnäuzte sich. Dann verschränkte sie die langen, schmalen Hände im Nacken und dachte eine Weile nach.

»Eine Rose für einen Euro! Kauft, Leute, kauft!« Wie oft hatte sie diesen Ruf ausgestoßen. Auf dem Christkindlmarkt. Beim Voglwirt. Bei Hochzeiten, bei Firmenjubiläen. Und wofür? Sie brauchte viel Geld, das sie mit den bescheuerten Rosen natürlich nicht zusammenbekam. Wie gern hätte sie sich die schönen Dinge, ohne die sie nicht leben mochte, wieder einfach genommen. Ein neues Top oder einen Blazer bei Andrea Körben. Ein teures Parfüm bei Douglas. Ein Stückchen Schmuck bei Karstadt. Doch seit ihrer Verurteilung hatte sie sich zusammengerissen und sich, auch wenn es sie oft in den Händen juckte, die Finger nicht verbrennen wollen. Sie wollte die Bewährung nicht riskieren.

Irgendwie war ihr ganzes Leben ein einziges Menschheitsderblecken. Langsam wurde ihr klar, dass sie, ohne es zu wissen, in Wirklichkeit zwei Leben führte. Ein Kunstleben als angebliche Akademikerin und Buchautorin. In dem sie ihre Umgebung bis zur Weißglut verarschte. Und dann das Leben, in dem sie sie selbst war, ein Leben als erfolgreiche Diebin und Betrügerin. Damit kam sie gut zurecht. Wenn erst die verdammte Bewährungszeit wieder vorbei war ... Pornostar, ja, das wär noch ein Ziel für die Zukunft. Mit dem Schönsten von der Welt auch noch Geld verdienen. Sie glaubte nicht, dass sie dafür schon zu alt war. Doch sie hatte keinen blassen Schimmer, wie man es anstellte, Pornostar zu werden.

Die letzte Nacht mit Charly fiel ihr ein. Charly, der aussah und sich benahm, als sei er noch nicht aufgeklärt. Als könne er eine Brustwarze nicht von einem Hosenknopf unterscheiden.

Noch mehr Bilder tauchten auf.

Er mochte irische Volksmusik. Sie hingegen konnte damit gar nichts anfangen. Sein Haar roch nach Bürostaub. Jedenfalls hatte sie sich eingebildet, dass Bürostaub so roch. Sie hatte ihr Kinn auf seinen Kopf gestützt und zwirbelte mit den Fingern an seinen Ohren herum. Er küsste sie zwischen den Brüsten und presste sein Gesicht an ihre Haut.

»Du riechst fantastisch«, sagte er.

Er zog die Hose aus, faltete sie und legte sie neben das gefaltete Hemd. Bei einem heftigen Iren-Geigensolo aus den Lautsprechern lagen sie auf der Seite und sahen sich im schimmernden Licht der Stehlampe an. Sie konnte seinen harten Penis an ihrem Oberschenkel spüren. Ihre Hand glitt nach unten.

Feuer prasselte im Kamin.

»Ich halt's nicht mehr aus«, flüsterte Charly und streifte die Shorts herunter. Dann waren sie nackt. Sie betrachtete sein glattes Gesicht im Schein des Feuers und strich ihm über die kurz geschnittenen Haare. Nahm ihm die Brille ab. Draußen knatterte ein Motorrad vorbei. »Eine 68er Puch«, ächzte er. Sein Stöhnen ging in heftiges Keuchen über. Sie konnte spüren, wie es in ihm pulsierte. Als sie ihn in sich fühlte, war ihr ganzer Körper einverstanden und erwiderte den fordernden Druck. Ihre Brüste pressten sich gegen ihn …

»Kommst du?«

Kathi schreckte hoch. Fast wäre es wirklich passiert.

»Frühstück ist fertig!«

Ungern trennte sie sich von dem Film in ihrem Kopf. Jetzt ein Mann! Seufzend nahm sie die Hand aus dem Schritt.

Kathis Frühstück in Rosenheim hatte meist aus einem Müsliriegel, Obst und Orangensaft bestanden. Hier aber duftete es im ganzen Haus nach gebratenem Speck mit Eiern.

Ein langer Tisch mit einem gepunkteten Wachstuch war in der Küche für vier Personen gedeckt. Literflaschen Wasser und eine Kanne Kaffee standen neben einer Schüssel mit Tomaten. Die Schüssel hatte die Größe eines Swimmingpools. Der Fernseher in der Ecke lief ohne Ton.

Kathi hockte sich auf die Längsbank, ihr Onkel saß gegenüber. Kurz drauf trippelte seine vertrocknete Mutter herein, danach, fröhlich pfeifend, das dreizehnjährige Hannerl, Kathis quietschlebendige Cousine. Hannerl hockte sich neben Kathi und schmiegte sich an sie.

»Das Leben ist ein Gewusel von recht seltsamen Zusammenhängen.« Nikis Spruch lag Kathi noch im Ohr. Sein Leben war bis zum Ende so ein Gewusel gewesen. Begann ihr Leben nun etwa dem seinen zu folgen?

»Greif zu, Kathi«, sagte Josef, »das Leben ist kurz.« Darauf verschwand er.

»Komisch«, sagte er mit gerunzelter Stirn, als er wiederkam. »Da sind ganze Bataillone von Polizei unterwegs.«

»Deutsche?«, fragte Kathi.

»Nein, unsere natürlich. Deutsche dürfen doch nicht einfach in voller Montur über die Grenze. Könnte das wegen dir sein?«

»Hallo!«, kam es von der offenen Haustür her. Es war kein Hallo, wie wenn jemand nach dem Weg fragt. Der Ton erschien Kathi resolut, drohend. Im Hintergrund war ein laufender Motor zu hören – Sechszylinder Diesel, hätte Charly wahrscheinlich bemerkt.

Der eine Polizist war jung und freundlich. Der zweite hatte einen Dreitagebart und struppiges Haar. Er starrte Kathi an und schnarrte: »Sie heißen Katharina Silbernagl?« Seine Stimme klang gehetzt und scharf.

Kathi nickte. Wenn man etwas erwartet und es tritt ein, ist's kein Unglück.

»Wir wären Ihnen dankbar, wenn Sie Ihren Mund benutzen würden.«

Ihr Onkel Josef wollte sich schützend vor sie stellen. Doch Kathi winkte ab. »Ja, ich heiße Silbernagl.«

»Zeigen Sie mir Ihren Ausweis.«

»Da müsste ich nach oben gehen.« Am liebsten wär's mir, du kämst mit, dachte sie. Der Typ hatte etwas Animalisches an sich.

»Sie san der Onkel, nicht?« Der Struppige wandte sich an Josef. »Bittschön, gehen Sie nach oben und holen den Ausweis von der Frau Silbernagl.«

»Nein«, sagte Josef und machte zwei Schritte zurück.

Kathi erwartete ein Handgemenge oder einen Schusswechsel. Doch die Polizei blieb gelassen.

»Dann eben nicht. Werds scho sehn, was davon habts. Wir werden das gleich nachholen«, schnarrte Struppi. Er holte einen Block aus der Innentasche seiner Uniform.

»Wo wohnen Sie?«, fragte er.

»In Rosenheim.«

»Straße?«

»Äh, Ludwigsplatz.« Kathi sah den Polizisten eindringlich an. Sie spürte ein Pochen im Unterleib.

»Nummer?«

»Fünf.«

»Alter?«

»Achtundzwanzig.«

»Sind Sie verheiratet?«

»Seh ich so aus?«

»Also nein. Haben Sie Kinder?«

»Nein.«

»Was sind Sie von Beruf?«

Kathi zögerte kurz. »Goldschmiedin«, sagte sie nachsichtig. Der Bursch gefiel ihr immer besser.

»Üben Sie diesen Beruf auch aus?«

»Nein.«

»Wovon leben Sie dann?«

»Das muss meine Nichte doch nicht beantworten, oder?«, warf Josef ein. »Ihr spinnts doch.«

Der bisher freundliche Polizist lief rot an. »Sie, haltn's Eahna zruckch! Des isch a glatte Beamtenbeleidigung.«

»Doch, das muss Ihre Nichte durchaus beantworten. Gegen sie liegt nämlich ein Haftbefehl vor.« Eine Frau, etwas älter als Kathi, sportlich und gar nicht winterlich gekleidet, stand in der Tür. Sie trat vor.

»Kommissarin Toledo von der Rosenheimer Kripo«, stellte sie sich vor. Sie hatte einen norddeutschen Akzent. Mit der einen Hand hielt sie eine Messingmarke hoch, mit der anderen winkte sie mit einem Formular. »Und diese beiden Herren begleiten uns auf österreichischem Boden.«

Wie eine Welle fiel ihr rotbraunes Haar auf die Schultern. In diesem Licht fiel Kathi auf, dass die Augen der Polizistin unterschiedliche Farben hatten.

Eine zweite Frau wartete vor der Tür.

»Meine Rosenheimer Kollegin«, erläuterte Toledo.

Die Frau war eindeutig jünger als Kathi und ihr auf Anhieb sympathisch. Ein heiteres Gesicht mit blassem Teint und bläulichen Lippen, ein breiter, blonder Zopf, der ihr nach vorn über die Schulter fiel.

Kathi verfolgte das Geschehen mit einer Aufmerksamkeit, als würde sie in einem belebten Kaufhaus nach einem lohnenden Opfer suchen. Die Situation verlangte höchste Konzentration. Niemand durfte merken, wie aufgeregt sie war. Sie wollte absolut cool, kooperativ und freundlich wirken. Die Maske der Unschuld überstreifen. Das Zittern ihrer Hände hätte ihr einen Strich durch die Rechnung gemacht. Deshalb hielt sie sie hinter dem Rücken verborgen.

»Kommen Sie, Katharina«, sagte die Zopfpolizistin und griff sie am Arm.

Aus Kathis Haar löste sich eine Klammer und fiel klappernd zu Boden. Der freundliche Tiroler hob sie auf und reichte sie ihr.

Kathi hätte sich die junge Kriminalerin als Freundin gewünscht.

»Nix da, das ist allein unser Job«, empörte sich Struppi und griff nach Kathis Arm. »Wir sind hier auf österreichischem Staatsgebiet.«

Er hatte eine Stimme, die einige Zahnräder in Kathis Sexualzentrum zum Knirschen brachten. »Tierisch«, hauchte sie, ohne zu merken, dass man sie hörte.

»Ha?«, kreischte der Tiroler.

Hoffnungsfroh zerrte Kathi ihren Arm aus der Umklammerung der Deutschen und hielt ihn dem Österreicher hin. Untergehakt wie ein Pärchen, das aus der Disco kommt, marschierten die beiden hinaus.

»Halt!«, rief Kathi hastig, im Sprechen einen Notfall erfindend. »Ich muss noch aufs Klo.«

»Der Ausweis!«, krähte der Freundliche. »Wir brauchen Ihren Ausweis.«

»Soll ich ihn alleine holen gehen?«, wisperte Kathi. »Dann könnt ich auch gleich aufs Klo.«

»Nein, da komm ich mit«, befahl Struppi.

»Oh ja«, sagte Kathi und verdrehte die Augen.

* * *

»Meinen Ausweis?«, sagte Professor Karl Hermann Morlock mit Zorn in der Stimme. »Den hab ich im Auto.«

Ottakring hatte ihn am Ausgang des Hörsaals abgepasst. Die Studierenden, die an den beiden vorbei auf den Flur strömten, hätten an der Situation nichts ungewöhnlich gefunden, wären ihr Prof und der Herr im kamelfarbenen Wollmantel nicht von sieben entschlossen wirkenden Polizisten in Uniform umringt gewesen.

»Ich kann auch anders, Herr Professor. Das hab ich bei unserem letzten Gespräch betont«, sagte Ottakring mit ernster Miene. »Das hier ist nur der Anfang. Wenn Sie mir jetzt nicht auf meine Fragen antworten, werde ich Sie von Dromedaren über den Max-Josefs-Platz schleifen lassen.«

Morlock schien diese Art von Humor zu verstehen, denn er deutete mit dem linken Mundwinkel ein verzagtes Lächeln an. »Na, dann frachen Sie amal«, sagte er in unverfälschtem Fränkisch. Mit dem dumpfen »a« und dem verquollenen »l« am Ende. »Aber bitte nicht hier. Nicht hier an meinem Arbeitsplatz. Und nicht mit diesen Herren.« Er meinte die Uniformierten.

Morlock bestand darauf, ins Untergeschoss vom Karstadt zu gehen, wo er eine Fischsuppe zu essen gedenke. Ottakring konnte sich Unangenehmeres vorstellen und war einverstanden. Vor dem Haupteingang zum Karstadt lehnte ein Bettler an der Wand. Neben ihm ein Plastiknapf mit Wasser für seinen notleidenden Hund. Zwei Amseln missbrauchten das Trinkgefäß flügelratternd als Badeanstalt. Ihre schrillen Lustschreie schnitten durch die Luft. Der Bettler bemerkte es nicht. Der Hund schlief.

»Nein, ich hab den Strauß Rosen, der mir geliefert wurde, nicht bestellt«, gab Morlock endlich zu. Eine Schüssel mit Straßburger Fischsuppe stand vor ihm. Daneben ein Achtel Lugana. Sie saßen auf Hockern an der halbrunden Bar, die um diese Zeit fast leer war. »Die Rosen sind mir einfach zugeflogen.«

Ottakring schwoll schon wieder der Kamm. »Aha, zugeflogen«, sagte er. »Flatternd wie ein Kolibri? Himmelsakra, Sie werden doch wohl gewusst haben, wer Ihnen Rosen schickt? Oder?«

Er trank seinen Espresso leer. Beim heftigen Abstellen brach der Henkel. Diesen Henkel rammte er Morlock fast gegen die Nase.

»Kennen Sie Katharina Silbernagl?«, rief er laut. »Haben Sie je schon von dieser Dame gehört? Sie kannten sie vermutlich besser unter dem Namen Catrin. Hat die Ihnen den Strauß geschickt?«

Sein Gegenüber machte einen eher ungeduldigen als ängstlichen Eindruck. Trotzdem schwieg er eine halbe Minute lang. Dann sagte er: »Ja!«

Ottakring stand auf und legte beide Hände auf die Schulter des Professors. Sein Blick war unnachgiebig. »Okay. Und jetzt müssen Sie mir nur noch sagen, warum eine angeblich wildfremde Frau ausgerechnet Ihnen Rosen schickt.«

Auf Morlocks Gesicht hatte sich ein Ausdruck gelegt, der sehr an einen Hund erinnerte, der gerade das Riesensteak vom Küchentisch geangelt hat. Eine Mischung aus Blamage, Trotz und Fluchtversuch. »Das möchte ich nicht sagen.«

»Okay«, sagte Ottakring. »Sie haben Gefühle für sie. Sind es Gefühle wie für eine Tochter oder für eine Frau?«

»Auch das möchte ich nicht preisgeben.«

»Na dann.« Ottakring verschwand mit gezücktem

Handy kurz hinter einem Stapel Büchsensuppen. Sehr aufgeräumt kam er wieder. »Dann werde ich Sie in wenigen Minuten mit einer Tatsache konfrontieren, die Ihnen die Tränen in die Augen treiben wird.«

* * *

Katharina Silbernagl hatten sie hinten im vergitterten österreichischen Polizeiauto untergebracht. Zum ersten Mal in ihrem Leben hatte die junge Frau Handschellen an. Der struppige Polizist hatte Kathis verlockende Angebote kaltschnäuzig übergangen und war immer noch dienstlicher geworden. Bis zur Oberaudorfer Grenze blieb das so. Hier erinnerte das alte Zollhaus daran, dass bis vor wenigen Jahren Schlagbäume, Zollschranken und uniformierte Beamte die Grenzgängerei erschwert hatten. Erst ab Grenze galt der deutsche Haftbefehl. Kurz nach der Innbrücke gab es auf deutscher Seite einen Parkplatz. Deshalb wechselten sie das Fahrzeug und Kathi stieg zu den beiden deutschen Kriminalerinnen um. Die jüngere mit dem blonden Zopf saß am Steuer, die sportlich gekleidete Toledo auf dem Rücksitz rechts neben Kathi.

Die Deutschen verzichteten auf Handschellen.

»Geh, zier dich nicht so«, rief ihr die Fahrerin über die Schulter zu. »Sag uns, wie's wirklich war.«

Kathi war durchaus in der Laune, zu plaudern. Tratschen, wie sie das hier nennen. »Was sagen?«, fragte sie, obwohl sie bereits zu wissen glaubte, worum es ging.

»Na ja, Sie waren ja auch in der Sauna, als Niki Kirchbichler gestorben ist«, sagte Toledo neben ihr.

»Ich? In der Sauna? Wie kommen Sie darauf?«

»Ihre Fingerabdrücke. Wir haben so wundervolle Fingerprints von Ihnen am Guckfenster gefunden, dass jeder Richter zwei, drei Luftsprünge machen wird vor Übermut.«

Kathi konnte das nicht erschüttern. »Selbstverständlich war auch ich schon einmal in der Sauna gewesen«, sagte sie. »Von welchem Tag stammen denn Ihre Fingerprints?«

Kathi erhaschte den Blick vom Fahrersitz, der sich über den Rückspiegel an die neben ihr sitzende Toledo richtete. Sie schnappte auch deren unmerkliches Kopfschütteln auf.

»Das werden Sie nachher alles bei der Ermittlungsrichterin erfahren. Die wird Ihnen auch den Grund für den Haftbefehl erklären.« Toledo zögerte kurz. »Wenn sie mag«, fügte sie hinzu

Sie kamen nur langsam vorwärts. Die übliche Lkw-Kette, die sich auf der A93 von Kufstein bis zum Inntaldreieck erstreckte, bremste jeden Fluss. Kathi sah aus dem Fenster. Links der Wildbarren. Wie Schemen ragten vereinzelt schwärzliche Baumskelette aus dem zugeschneiten Bergwald. Im Hintergrund das kantige, oben abgesägte Massiv des Brünnstein, das wie ein monströser Briefbeschwerer in der Gegend stand.

»Wir haben Sie vorhin schon gefragt, aber da mochten Sie vielleicht wegen der österreichischen Kollegen nicht sprechen.«

Kathi hätte mit den beiden Mädels nicht für alles in der Welt tauschen mögen. Den Leuten so die Würmer aus der Nase ziehen.

»Warum sind Sie eigentlich abgehauen? Ist doch klar, dass man sich absolut verdächtig macht, wenn man plötzlich nicht mehr vor Ort ist. Am Nachmittag wollten Sie unseren Kriminalrat und Niki Kirchbichler noch mit Ihren Rosen verwöhnen. Am Abend ist Kirchbichler tot und die Rosenverkäuferin ist Hals über Kopf abgetaucht. Und bleibt unauffindbar, bis wir sie bei ihrem Onkel in Tirol ausgraben. Wie klingt das in Ihren Ohren? Haben Sie Niki Kirchbichler auf dem Gewissen? Sagen Sie's uns!«

Kathi spürte, wie Toledos Blick sie flüchtig streifte.

»Nein? Haben Sie nicht? Ja, warum um Gottes willen sind Sie dann abgehauen?«

»Ja, warum eigentlich?«, kam es von vorn.

Kathi hielt die Augen geschlossen und schwieg. In Sekundenschnelle schossen ihr die wildesten Überlegungen durch den Kopf. Ach was, Überlegungen. Alles, was sie je getan hatte, war spontan gewesen, unüberlegt. Wie sie ihr ganzes Leben als eine einzige Unbesonnenheit empfand. Planlos, ziellos und wirr. Stand sie in einem Kosmetikgeschäft und entdeckte ein neu auf den Markt gekommenes Fläschchen Parfüm – zack, landete es in ihrer Tasche. Probierte sie in einer Boutique vier, fünf Tops an – mit einem weniger kam sie wieder aus der Kabine. Dasselbe Lied in der Buchhandlung, im Supermarkt, in der CD-Abteilung. Damals, als sie als junges Mädchen von zu Hause fortgegangen war, war das etwa nach Plan erfolgt? Nein. Auch da hatte sie überstürzt gehandelt. Und zum ersten Mal hatte sie damals einen Zug in ihrem Wesen erkannt, der sich durch all die späteren Jahre ziehen sollte: Sie blieb stur. Sie war nicht in der Lage, einen einmal getroffenen Entschluss rückgängig zu machen. Auch nicht, wenn er sich als noch so falsch erwies.

Sie öffnete die Augen einen Spaltbreit. »Kann ich euch nicht sagen«, antwortete sie auf die Frage der Bezopften vor ihr. »Umgebracht hab ich den Niki jedenfalls nicht.«

»Das wird sich erweisen.« Die Bemerkung aus Toledos Mund klang wie eine Klage, beendete die Befragung und hörte mit einem hörbaren Seufzer auf.

»Seht ihr den Berg rechts? Das ist das Kranzhorn. Da jogge ich im Sommer immer zum Gipfel«, hörte Kathi von vorn.

»Auch eine Methode, sich unfallbedingt krankschreiben zu lassen«, giftete Toledo neben ihr. Und sagte laut: »Ja, das Kranzhorn kenn ich. Da schieben am Sonntag alle Mütter ihre Kinderwägen rauf. Ich steig lieber auf den Wendelstein oder die Hochries.«

Gab es eine Rivalität zwischen den beiden Frauen? Oder war es bloß das übliche Hin- und Hergezicke? Kathi hätte gern mehr gewusst über die beiden. War die Toledo verheiratet? Hatte die jüngere einen Freund? Wie von selbst flogen ihre Gedanken erst zu Niki, dann zu Charly.

Linkerhand glitt eine Ortschaft mit einer bauchigen Barockkirche vorüber. »Hey, schaut mal die Kirche da drüben. Die hat einen eigenen Blitzableiter«, rief Kathi aus.

Sie fuhren fast im Schritttempo, gebremst durch einen Lkw, der seit einem Kilometer auf der linken Spur fuhr.

Es wäre ein Leichtes gewesen, die Tür aufzureißen und sich fallen zu lassen. Kathi verwarf die Idee.

»Flintsbach!«, sagte die Fahrerin. »Wisst ihr, was die Leute dort sagen? Der Blitzableiter sei das denkbar stärkste Misstrauensvotum gegen den lieben Gott. Da ist was Wahres dran, nicht?«

Kathi musste lachen.

Die Fahrerin bremste kurz. »Na endlich!«, rief sie aus. Der Lkw war wieder eingeschert. Die Polizistin schnitt ihn scharf, bog nach Osten ab und verließ die A8 an der nächsten Ausfahrt.

Kathi hielt die Luft an und fasste sich an den Hals, als sie das auffallend große und übertrieben elegante Schild sah, das zum Voglwirt wies. Sollte sie zum Hotel gebracht werden?

Doch Zopfi bog nach links ab. Auf dem Zubringer nach Rosenheim setzte sie den Wagen auf die Überholspur, um an einem knallweißen Truck mit Anhänger vorbeizuziehen. Der Truck fuhr exakt siebenundsiebzig Stundenkilometer. Achtzig waren erlaubt. Der Truck schien endlos. Beschleunigte der etwa, damit sie nicht an ihm vorbeikamen? Wieso das denn? Die Polizistin drückte das Gaspedal tiefer. Im Rückspiegel sah Kathi einen Verrückten, der auf der linken Spur angerast kam und schon von Weitem aufblendete.

Zopfi gab weiter Gas. Der Truck wich keinen Millimeter.

Sie fuhren über neunzig.

Der Verrückte war ein Geländewagen mit einer ganzen Batterie Scheinwerfer über und auf dem Rammbügel. Und mit denen konnte sein Fahrer umgehen, echt geil. Er fuhr von hinten fast auf.

Zopfi trat in die Bremsen. Vor ihr hatte plötzlich eine dieser bunten Kunststoffschüsseln mitten in der Spur gestoppt und den linken Blinker gesetzt. Der Truck neben ihnen, weiß glänzend, endlos lang und hoch wie der Wendelstein, fuhr so ungerührt weiter wie ein oberbayrischer Landbürgermeister seine Gemeinde regiert. Erkannte der Fahrer nicht die drohende Gefahr? Oder legte er es darauf an, zu provozieren?

Zopfi setzte das Blaulicht. Hielt knapp hinter dem Abbieger.

»Weiter!«, rief Toledo aufgeregt.

Der Verrückte scherte unmittelbar hinter dem Truck ein und überholte das zivile Polizeifahrzeug auf der rechten Seite. Geduckt saß der Fahrer hinter dem Steuerrad, ohne hinüberzuschauen.

Toledo hatte schon beide Nummern notiert. »Weiter«, wiederholte sie. »Das kostet die was.« Das Blaulicht endete wieder in der Ablage.

Der Truck verschwand nach rechts, der Geländewagen nach links.

Das Autotelefon klingelte. Toledo verdeckte die Sprechmuschel mit der Hand.

Aha, es ging also um sie, dachte Kathi und tat unbeteiligt.

Toledo tuschelte eine Weile. Dann schob sie einen Ärmel zurück und schaute auf die Armbanduhr. »Noch sechs, sieben Minuten«, sagte sie mit gedämpfter Stimme.

Das Fahrzeug wühlte sich durch den gewohnten Mittagsverkehr der Kufsteiner Straße. Selbst mit Blaulicht und Sirene wären sie nicht schneller vorangekommen »Richtung Karstadt«, ordnete Toledo an. Nach der Eisenbahnunterführung wurde es lockerer. Sie passierten einen Unfall mit Blechschaden, und zwei Minuten später waren sie da.

Zopfi parkte vor dem Kaufhaus am Rand der Kurve, blieb sitzen und ließ den Motor laufen. Toledo drängelte Kathi zur linken Tür hinaus. Dann überholte sie und packte Kathi am Unterarm. Durch ein Gewirr von Fahrrädern, Kinderwägen, Zigaretten paffenden Kopftuchfrauen und der üblichen Indio-Winter-Combo vorbei schlängelten sie sich vor den Haupteingang des Karstadt-Kaufhauses.

Wieder dachte Kathi an Flucht. Es wäre so einfach gewesen. Sie hätte sich nur loszureißen und in der Menge unterzutauchen brauchen. Doch was wäre dann gewesen? Man hätte sie todsicher sehr schnell wieder aufgegabelt, und der Versuch hätte ihre Situation nur noch mehr verschärft. Schon einmal war sie weggelaufen. Und was hatte es gebracht? Sie ließ sich von Toledo einfach ziehen. Ein Gefühl wie Kameradschaft und Ehre flutete in ihr hoch. Wäre sie geflohen, wie stünde diese Frau dann da?

Ein alter Mann mit Schnurrbart in einem kamelfarbenen Wintermantel wartete an der Tür. Kathi schätzte ihn auf Mitte fünfzig. Hinter seinem Ohr steckte eine Zigarette. Wo war der ihr schon begegnet? Aus schmalen Augenschlitzen über dicken Tränensäcken sah er sie abschätzend an. Er trat vor. Dadurch wurde der Blick frei auf den Mann, der bisher hinter ihm verborgen gewesen war.

Kathi wurden die Beine weich, und sie hätte fast den Halt verloren, als sie erkannte, dass Charly vor ihr stand.

* * *

»Kommen Sie«, hatte der Kriminalrat gemurmelt und Karl Hermann Morlock hinter eine Säule geschoben. Fast reglos warteten sie, bis der Wagen vorfuhr. Ottakring kam die Szene noch einmal in den Sinn, als er die Rosenverkäuferin Katharina Silbernagl zum ersten Mal beim Voglwirt gesehen hatte. Niki Kirchbichler hatte im Musiksalon gespielt, und Catrin, wie sie sich dort nannte, hatte unter der Tür gestanden und ihre Rosen angeboten. Am selben Abend hatte man Niki tot in der Sauna gefunden. Ottakring war gespannt auf Catrins nächsten Live-Auftritt.

Eva M. saß am Steuer. Chili steuerte mit der Frau am Handgelenk direkt auf ihn zu.

»Kriminalrat Ottakring. Das ist Katharina Silbernagl«, sagte Chili. »Sie ist willig.« Das war wohl ihre Erklärung für die fehlenden Handschellen.

»Ja«, knurrte Ottakring. Es klang wie »hör auf mit dem Schmarren«.

Mit Freude registrierte er den Schreck in Katharinas Augen, als sie Morlock erkannte. Sein Plan schien aufzugehen. Wieder faszinierten ihn die samtene Weichheit ihres Teints und ihre aristokratischen Hände.

»Sie kennen die Dame?«, fragte er Morlock möglichst harmlos.

Der war ihm langsam, nachdenklich gefolgt. Von der gepflasterten Straße flutete ein Schwall übel riechender Abgase herüber. Morlock wurde von einem kinderwagenschiebenden Vater fast überrannt. Drüben glitt ein Taxi vorbei.

»Äh, ja«, antwortete der Professor ausweichend. »Flüchtig.«

Ein Junge mit schief sitzender Baseballkappe spuckte Ottakring vor die Füße. War dies der Auslöser oder war es die Kälte? Ottakring merkte auf einmal, wie sich innerhalb seiner Beckenregion etwas rührte. Schlagartig erschien ein Bild vor seinen Augen. Vor Jahren in seiner Münchener Zeit hatte er sich mitten in der Vernehmung eines lang gesuchten Mädchenmörders befunden. Der Mann war kurz davor, zu gestehen. Da überkam es Ottakring. Er musste pieseln. Und wie! Es war kaum zu unterdrücken. Hätte er es einfach laufen lassen sollen? Damals hatte er sich für die zivilisierte Variante entschieden.

Auch nun hatte er einen exakten Plan gehabt, die beiden – Morlock und Silbernagl – gegeneinander auszuspielen. Er war sich hundertprozentig sicher, dass die beiden etwas miteinander hatten. Und da sie so ein Geheimnis daraus machten, musste mehr dahinterstecken als nur eine einfache Affäre. Morlock war lange geschieden, hatte also familiär nichts zu befürchten. Und die Silbernagl führte eh einen lockeren Lebenswandel, das war inzwischen aktenkundig. Also – wo war da der Haken?

»Chili, übernimm du!« Es klang wie ein Flehen. Er

hatte Mühe, die drei Worte trockenen Fußes herauszubekommen

Die Toilette befand sich auf der obersten Etage.

Ein echter Bayer im weit geöffneten Lodenjanker und mit Hut stand vor dem Urinal neben ihm. Eine mächtige Wampe wölbte sich zwischen zwei Hosenträgern hervor. Er beugte sich leutselig zu Ottakring herüber. »Koit draußen heit, gell?«, bemerkte er und wandte sich wieder seinem Geschäft zu.

Ottakring hatte genug mit sich selbst zu tun.

Da kam der Bayer wieder. »Gscheit koit heit. Wird boid wärmer wern. Sagt der Radio.«

»Jaja«, ließ Ottakring schwach hören, nur um etwas zu sagen.

»Oiso, backmers wieda«, sagte der Bayer. Seine flache Hand landete freundschaftlich krachend auf Ottakrings Rücken. »Gehma aussi in d' Kältn.«

Chili und Eva M. hatten bereits das Wichtigste erledigt. Katharina gab zu, Morlock den Rosenstrauß mit dem Taxi geschickt zu haben. Morlock wiederum räumte mehr oder weniger freiwillig ein Verhältnis mit der Rosenverkäuferin ein. Beide wehrten sich hingegen so vehement gegen die unverfängliche Bitte, die Wohnung des Professors betreten zu dürfen, dass ein Durchsuchungsbefehl unausweichlich war. Da steckte mehr dahinter.

»Die Silbernagl ist bei ihrem Onkel untergeschlüpft. Wir sollten rausfinden, ob es auch Eltern gibt«, ließ Ottakring vernehmen. Er versuchte, seiner Stimme eine Schärfe zu geben. »Kümmert euch drum.«

»Jawoll, Herr Kriminalrat«, rief Chili übertrieben zackig und brach mit Eva M. auf, das Rätsel zu lösen.

* * *

Die Ermittlungsrichterin entstammte, das fiel Kathi sofort auf, der Generation, die noch Skier aus der Vor-Carving-Zeit gefahren hatte. Sie musste Modelle mit zweihundertdrei oder zweihundertsieben Zentimetern Länge gehabt haben. Gut fünfzehn Zentimeter länger als sie selbst.

»Streifen Sie sich die Füße ab, damit kein Dreck ins Sitzungszimmer kommt«, war das Erste, was die Richterin verlauten ließ. »Setzen Sie sich.« Ihre Augen funkelten hell, wodurch sie immerfort zornig wirkte. Das Gesicht erinnerte Kathi an eine beißende Schildkröte.

Das Gespräch war kurz.

»Weil ein Mensch getötet wurde. Weil Ihre Fingerabdrücke brühwarm neben der Leiche gefunden wurden. Weil Sie sofort nach dem Auffinden der Leiche Hals über Kopf verschwunden sind.« So lautete die lapidare Antwort der Richterin auf Kathis Frage. »Also Tatverdacht. Deshalb wurde der Haftbefehl ausgestellt. Deshalb sind Sie hier. Und deshalb wandern Sie jetzt in Untersuchungshaft. Paragraf hundertzwölf Strafprozessordnung.«

Als die Richterin sich erhob, schien es Kathi, ihr Kopf stieße an die Decke.

»Ach ja, das sollten Sie auch noch wissen. Wenn Sie diesen Raum verlassen haben, werde ich die Durchsuchung der Wohnung von Professor Morlock anordnen. Sowie die Beschlagnahme beweissichernder Gegenstände.«

Kathi war hart im Nehmen. Die ganze Zeit über hatte sie versucht, dem empörten Blick der Richterin standzuhalten. Aber jetzt gefror ihr das Blut in den Adern, wie die Leute so kernig sagen. Sie schob zwei Finger zwischen Oberteilkragen und Hals, um sich Luft zu verschaffen.

* * *

Dieser Tag warf sämtliche Wetterprognosen über den Haufen. Wieder einmal wurden die Meteorologen vom lieben Gott widerlegt.

Es taute. Es regnete. Im flachen Land löste sich der ganze schöne Schnee in Matsch auf. »Schnee ist doch nur schick aufgemachtes Wasser«, hatte Lola am Telefon zu Ottakring gesagt. »Ich komm trotzdem. In der Höh, da taut's ja nicht. Wir werden schon noch ein Fleckerl finden zum Skifahren.« Obwohl ihr kaputtes Auge in einem Zustand war, der nichts Gutes versprach.

Noch fünf Tage bis zur Entscheidung.

Ottakring freute sich auf Lola. Am Abend wollte sie mit dem Zug aus München kommen und bei ihm schlafen. Doch vorher musste er seine Arbeit durchziehen.

Er brachte seine Wohnung halbwegs in Ordnung, streifte die wasserfesten Stiefel über, schlang sich einen dicken Schal um den Hals und machte sich, den Durchsuchungsbefehl in der Tasche, zu Fuß auf den Weg.

Auf einen Regenschirm verzichtete er. Im Nieselregen schlenderte er durch den menschenleeren Riedergarten, der im Sommer einem Rosenmeer glich. Zwei bläuliche Eichelhäher standen in seiner Nähe im nassen Schnee und schimpften heftig mit ihm. Unwillkürlich musste Ottakring an die kommende Landesgartenschau denken. Lola hatte bereits Sendezeit für die Schau eingeplant und einen Moderator darauf angesetzt.

Rosenheim, als eine von einer Vielzahl von Wasserläufen durchzogenen Stadt, würde ein völlig neues Profil erhalten. Blumenhalle, Gärtnermarkt, Blütenfluss, Innbalkon, Kastanienterrasse, Bachgärten, Innspitz, Mühlbachbogen, Staudengarten, Mangfalldeich – für Ottakring waren das keine Fremdworte mehr. Selbst das König-Ludwig-Schloss Herrenchiemsee würde einbezogen werden.

Als er vom Grünen Markt in die Weinstraße einbog, erfasste ihn ein Wind, der wie der Luftzug in einem Kamin die Straße hinunterpfiff. Ihm war kalt, und die tiefen Pfützen im Pflaster rochen wie ranzige Butter. Doch als sich unverhofft ein paar dicke Sonnenstrahlen durch die Häuserfluchten quetschten, wurde es auf einmal wunderbar licht. Die Helligkeit blendete fast. Über ihm zeichneten sich vor dem Blaugrau der Wolken die Flügel eines großen schwarzen Vogels ab, der sich schreiend von den Böen emportragen ließ.

Professor Karl Hermann Morlock bewohnte eine Eigentumswohnung in der Adlzreiterstraße. Die Lage hat alle Vorteile, wenn der Herr erst einmal pensioniert wird, dachte Ottakring belustigt. Da hat er es nicht weit zum Klinikum und nicht weit zum Friedhof.

Ottakring hatte sich Bruni, den langhaarigen EDler, gewünscht. Er brauchte einen Zeugen. Und einen, der sofort Beweise sichern konnte. Morlock hatte sich zwar bisher halbwegs kooperativ gezeigt. Aber Ottakring wollte auf Nummer sicher gehen.

Das dreistöckige Haus war ziemlich alt, wie viele Häuser in dieser Gegend. Bruni stand schon da. Er breitete die Arme aus, als der Kriminalrat durch den Regen herangestapft kam. Sein Tatort-Köfferchen wartete im überdachten Eingang zum Haus. Der Kriminalrat entging der Umarmung und streckte die Hand aus.

Bruni drückte sie voller Begeisterung.

Ottakring schüttelte sich wie ein Hund, dass die Tropfen flogen. Er spürte, wie sein Nacken kalt geworden war, er merkte, wie ihm dicke Tropfen aus dem nassen Haar über Ohren und Wangen rollten. Dann hielt er den Finger fünf Sekunden lang auf der Klingel neben dem Schildchen, auf dem »Morlock« stand. Fünf Sekunden waren eine probate Zeit, um jemanden einzuschüchtern.

Sie wurden eingelassen, und im zweiten Stock stand die Tür offen. Selbstverständlich hatte Ottakring die Anwesenheit Professor Morlocks erwartet. Es war Nachmittag, und Morlock hatte keine Vorlesung. Doch vor ihnen im Flur der Wohnung, auf deren Messingschild sein Name in Arial-Buchstaben eingeprägt war, stand eine zarte Gestalt im Abiturientenalter von augenfälliger Weiblichkeit. Die junge Frau hatte ein winterliches Gesicht, große blaue Augen und eine perfekt gewellte Frisur, wie man sie in alten Filmen sieht. Himbeerrotes

Wollkostüm über weißer Seidenbluse, um den Hals ein schmales Band mit Glücksbringern.

»Wer sind Sie? Was wollen Sie?«, fragte sie die beiden Männer.

Bruni war begeistert. Ottakring hatte Mühe, ihn davon abzuhalten, die Frau zu umarmen oder gar zu küssen. Er wies sich aus, stellte Bruni vor, hielt die Polizeimarke und den Durchsuchungsbefehl hin. »Wir wollen zu Professor Morlock. Wo ist er?«

Lange betrachtete die junge Frau seinen Ausweis. Sie machte den Mund auf, schloss ihn wieder und himmelte ihn voller Entzücken an.

»Was, Sie sind der berühmte Kriminalrat Ottakring? Josef Ottakring? Ich bin Alex, die Haushälterin. Nebenbei studiere ich Jura. Ich werde Ihnen zu Diensten sein.« Sie kicherte etwas albern. »Nein, nicht, wie Sie vielleicht denken. Aber vorher muss ich meinen Professor verständigen.«

Sie griff hinter sich und holte ein Handy hervor.

Ottakring nahm ihr das Gerät entschlossen aus der Hand und zückte noch einmal das Amtspapier. »Nein, Sie werden niemanden anrufen. Jetzt lassen Sie uns erst einmal hereinkommen, legen Ihr Handy weg und schließen die Tür. So. Und jetzt werden wir an unsere Arbeit gehen. Ich wiederhole: Niemanden werden Sie anrufen, haben Sie verstanden?«, sagte er eindringlich. Bruni wies er an: »Sie nehmen bitte nachher die Personalien der Dame auf.«

Alex stellte sich verzückt vor ihn hin, glitzernde Augen, das Gesicht rot wie ein Weihnachtsapfel, die Hände wie zum Gebet gefaltet. »Na gut, Herr Kommissar, nein, Herr Kriminalrat, ich vertraue Ihnen hundertprozentig. Sie sind also im Besitz eines Durchsuchungsbefehls. Die Durchsuchung dient folgenden Zwecken: Erstens der Ergreifung eines Täters oder des Teilnehmers an einer Straftat. Zweitens der Auffindung von Spuren oder Beweismitteln. Was hat er denn angestellt, mein Professor?« Der Blick, mit dem sie ihre Besucher umfing, hätte einen Gamsbock aus seinem Versteck gelockt.

Ottakring wollte ein kurzes Wort der Erklärung abgeben, da kam ihm Alex schon wieder zuvor.

»Nein, halt, sagen Sie nichts. Ich will's gar nicht wissen. Sie werden Ihre Gründe haben. Wenn Sie, Herr Kriminalrat, eine Durchsuchung durchführen, dann hat das wahrhaft gute Gründe. Ich weiß noch, wie Sie Bruno Gonski gefasst haben, damals. Wie lange ist das her mit Bruno Gonski? Dem Serienmörder, der es auf die berühmtesten Geigerinnen Münchens abgesehen hatte? Sechs Jahre oder sieben? Und der Fall mit den Toten im Boot am Chiemsee, wie lang ist das her? Vier Jahre? Fünf? Den haben Sie ja in null Komma nix gelöst. Und jetzt ist die Gschicht beim Voglwirt vorgefallen, von der man noch gar nicht genau …«

Alex riss den Mund auf und hielt die Hand davor. Ein quieksendes Geräusch schwebte durch den Flur. »Mei, sind Sie vielleicht hier, weil Sie wegen der Gschicht beim Voglwirt ermitteln? Mei, das ist ja cool. Echt geil ist das, Herr Kriminalrat Und ich bin sooo stolz, Sie kennenlernen zu dürfen. Sie können alles von mir haben.«

Bruni warf Ottakring einen neidischen Blick zu.

Ottakring hatte den Wortschwall nicht mehr bis zum Ende angehört. Er hatte sich Handschuhe übergestreift, kniete vor der Kommode im Korridor und untersuchte die Schubladen.

»Ach, entschuldigen Sie bitte. Kommen Sie doch mit. Ich führe Sie ins Wohnzimmer.« Bis Alex sich aus ihrer Verzückung gelöst und ihnen einen Krug voll Wasser gebracht hatte, hatte Ottakring den Rosenstrauß auf dem Couchtisch im Wohnzimmer schon längst entdeckt.

Bruni nahm gerade Fingerabdrücke an zwei benutzten Gläsern ab, die achtlos in einer Ecke standen. Mit schiefem Mund sagte er über die Schulter: »Gut, dass Sie wieder einmal darauf bestanden haben, den Überraschungseffekt zu nutzen. Hätte Morlock von der Durchsuchung gewusst, hätte er alles Mögliche verschwinden lassen können.«

»Das stimmt«, warf Alex ein. »Wir haben nichts gewusst. Ohhhhh, wie souverän von Ihnen, Herr Kriminalrat. Echt cool!«

In seiner Ecke meckerte Bruni vor Vergnügen wie eine Ziege.

Ottakring versuchte sich auf seine Mission zu konzentrieren. Der Professor stand nicht unter Mordverdacht. Er war ein unbescholtener Mann, der weder silberne Löffel geklaut noch einen Einbruch begangen noch mit 1,2 Promille Auto gefahren war. Er hatte einfach das Pech, eine Affäre mit einer Frau zugeben zu müssen, die seit heute wegen Mordverdacht in U-Haft saß. Ottakring besaß keine konkreten Anhaltspunkte, wonach er in der Wohnung hätte suchen sollen. Eines Beweises, dass sich

Katharina Silbernagl in dieser Wohnung aufgehalten hatte, bedurfte es nicht mehr. Selbst wenn Bruni im professoralen Schlafzimmer eine bisher unbekannte Spezies von Kondomen aufstöbern würde, wäre das kein wahrer Ermittlungserfolg. Eine Theorie allerdings spukte durch Ottakrings Hirn. Kathis Wohnung und das, was sich darin befand, war so spektakulär unauffällig gewesen wie eine Arrestzelle. Ottakrings Riecher hatte ihn schon häufig zu einem Ergebnis geführt, das er vorher nicht entfernt für denkbar gehalten hätte. Unterstützt wurde sein Eifer von der Tatsache, dass Morlock am Vorletzten jeden Monats die Miete für Kathis Wohnung am Ludwigsplatz 5 überwiesen hatte.

Ottakring hatte noch ein paar qualvolle Minuten durchzustehen. Dann ging es nicht mehr anders. »Ich untersuche schon mal die Toilette«, rief er Bruni zu und schloss sich ein. Dieser verdammte Harndrang! Wenn Lola wieder auf dem Damm war, war er dran mit einem Besuch beim Urologen. Noch während die Spülung dröhnte, meldete sich sein Handy.

Chili.

»Ja, es gibt einen Vater«, rief sie begeistert, begleitet von einem undefinierbaren Hintergrundgeräusch. »Wir sind auf dem Weg dorthin, Eva M. und ich. Ich halte Sie auf dem Laufenden. Ach, noch etwas Internes, ich denke, es könnte Sie interessieren. Specht verbreitet eine sehr eigenwillige Theorie über den Fall Kirchbichler. Vielleicht kümmern Sie sich einmal drum, sobald Sie Zeit haben.«

Keine Minute danach klingelte es wieder.

»Do is der Huawa«, tönte es laut. »Habedere, Herr Kriminalrat. Der Herr Huber, wissen's, was der gmacht hat? Meine Frau ist ganz aus dem Häuserl. Er hat ihre schönste Weihnachtskugel zerbissen. Die goldene, die wo sie selbst bemalt hat. Ich steh voll hinter Eahna, Herr Kriminalrat, aber mei Frau – na ja, wie gsagt, die is ganz außer sich.«

Ottakring erhielt gerade von Bruni einen Wink, der ihn in den siebten Himmel hob.

»Ja mei«, sagte er neu beschwingt zu Huawa. »Ein Hund ist ein Geschöpf, dem alles Menschliche fremd ist. Ich zum Beispiel hätt die Kugel nicht zerbissen.«

»Kommen Sie, ich zeig Ihnen was.« Bruni hatte etwas sehr Einfaches getan. Er hatte einen deckenhohen Wandteppich zur Seite geschoben und dahinter eine in die Wand geritzte Form entdeckt, die in etwa der Größe einer Tür entsprach.

»Nein, da müssen Sie wegbleiben. Das ist Professor Morlocks Geheimnis.« Alex kreischte und schlug die Hände vors Gesicht. »Ich darf da auch nicht rein. Auch ich war noch nie da drinnen. Um Himmels willen, bleiben Sie weg.«

Mit einem giftigen Blick brachte Ottakring sie zum Schweigen. »Bluatsakrament!«, schimpfte er und fuchtelte mit beiden Armen in der Luft herum, als ob er mit Dämonen kämpfte. Diese Alex hatte schon wieder ihr Handy in der Hand. Und ihr Daumen fing gerade an, auf den Tasten zu tanzen. »Jetzt hab ich die Faxen dick. Sie sollen die Finger von dem Teil da lassen.« Seine Stimme wurde tief. »Eine Nummer können Sie von mir aus noch anrufen, bevor …«

»Oh ja!«, jubilierte Alex. »Wenn ich Ihnen damit helfen kann? Welche Nummer?«

»Die 200-110 in Rosenheim. Das ist die Einsatzzentrale der Kriminalpolizei. Dort können Sie sich um einen Platz in einer Einzelzelle bewerben.« Todernst fügte er hinzu. »Garantiert telefonfrei.«

Bruni, der sich in der Zwischenzeit an der eingeritzten Wand zu schaffen gemacht hatte, ließ sein heiseres Meckern hören. Dann warf er sich mit der Schulter dagegen, und die Tür flog zur anderen Seite auf.

Alex entfuhr ein spitzer Schrei.

* * *

Es gab zwei Möglichkeiten, mit dem Wagen von Rosenheim nach Kohlstattberg zu kommen: Entweder über Stephanskirchen, in Riedering rechts ab, in Hetzenbichl links und dann noch zwei Kilometer. Oder nach Süden, über die A8, Ausfahrt Frasdorf, und ein kleines Stück nach Norden.

Chili und Eva M. entschieden sich für die erste Variante. Sie waren auf dem Weg zu Katharina Silbernagls Vater. Chili saß am Steuer, als sie sich auf die windungsreiche Straße begaben. Im Sommer wäre es eine Lust gewesen, auf dieser Strecke dahinzugondeln. Jetzt, im Winter, hatte man zumindest einen traumhaften Blick auf die verschneite Alpenkette. Kaum eine Menschenseele war unterwegs. Irgendwann überholten sie eine dick vermummte Gestalt auf einem Fahrrad. Mehrfach mussten sie sich durch Matsch wühlen. Wässriger Schnee traf auf die Windschutzscheibe des verbeulten Pick-up. Er war ein getarntes Tatortfahrzeug für besondere Gelegenheiten. Diese Fahrt hatte Chili eigenmächtig zu einer solchen erhoben.

Der Vater hatte wie sein Bruder einen respektablen Hof. Dieser lag etwas östlich von Kohlstatt auf einem Hügel zwischen Wäldern. Eine Bäuerin schien nicht zu existieren, Ergebnis ihrer Recherche. Der Kontakt zu seiner Tochter, hatte Chili ermittelt, schien eingeschlafen zu sein. Dann, bevor sie am Ziel waren, musste sie noch etwas loswerden.

»Ottakring wird staunen, wenn er erfährt, dass Kirchbichler einen Bruder hat«, sagte sie. »Ich hab lange genug gebraucht, das herauszufinden.«

»Ach ja«, sagte Eva M. spontan. »Sie haben's vorhin kurz erwähnt. Schön, wenn Sie mir's erzählen wollen.«

Obwohl die Frauen nur wenige Jahre trennten, waren sie beim »Sie« geblieben. Mit dem »Du« hatten sie es einen halben Tag lang versucht. Doch als sie merkten, wie befangen sie miteinander umgingen, ließen sie es wieder sein.

»Also, der Niki, der hatte Eltern.« Kaum war der Satz heraus, grinste Chili schräg. »Na klar doch, was sonst. Die haben sich scheiden lassen, die Buben blieben bei der Mutter. Nikis Bruder ist neun Jahre älter als er. Der Vater starb jung, und relativ bald danach auch die Mutter. Dann standen die Kirchbichler-Buben auf eigenen Füßen. Aber sie waren total verschieden. Der Jüngere, Niki, war von Beginn an der geborene Künstler. Schlechter Hauptschulabschluss, Gitarrist in Rockbands, frühzeitig hinter Frauen her. Und die hinter ihm. Sein Bruder Karl dagegen machte die Steuerberaterprüfung, feilte an seinem Italienisch und nahm Spanisch dazu. Als er Mitte dreißig war, kam er beruflich nach Südamerika. Zuerst nur befristet, wie üblich. Doch dann bot sich ihm in Venezuela eine Chance, und er übersiedelte dorthin. Heute betreibt er eine Ranch mit Tausenden von Rindern. Sie heißt Hato Matiyure.«

»Südamerika. Mein Traumland«, flüsterte Eva M. mit Sehnsucht in den Augen.

Ihr Weg führte durch herrliches, welliges Hochland. Ein Land wie zu Zeiten Ludwigs II., nichts schien sich verändert zu haben. Sie fuhren an verschneiten Wiesen vorbei, uralten Häusern im Alpenstil, deren Schornsteine rauchten, im Süden die Bergmassive der Hochries und der Kampenwand. Sie sahen einen Rotfuchs, ein kleines Rudel Rehe und in der Luft jede Menge Bussarde.

»Ich hab mit Karl telefoniert, oder Carlo, wie er sich in Venezuela nennt. Und hab ihm die Nachricht vom Tod seines Bruders übermittelt. Das hat ihn ungefähr so getroffen, als wenn ich dir – als wenn ich Ihnen den Skiunfall meines Nachbarsohns ausführlich schildern würde. Er hat auch nie in Erwägung gezogen, zur Beisetzung zu kommen«

»Und? Bestimmt haben Sie Carlo gefragt, was er von seinem Bruder hält.«

»Begabter Angeber«, hat er gesagt. »Seine größte Begabung sei immer schon gewesen, das viele Geld, das er verdiente, auf der Stelle wieder durchzubringen. Man konnte grad mal die Hand umdrehen, hat er gesagt, da war's Geld schon weg.« Es machte Chili traurig, Eva M. Carlos' abschließende Bemerkung wiederzugeben. »Mein Bruder war ein Hochstapler, der die Menschen betrog, und sich selbst.«

Eva M. nickte. »Ich hab mir den Stapel Fanpost angesehen, der heute noch jeden Tag im Hotel eintrifft. Wahnsinn, dass der Mann nicht mehr daraus gemacht hat.«

»Einerseits ein aufwendiges Leben, dauernd Frauen, Spielbank, Devisenhandel, riskante Börsengeschäfte, dicke Autos, das protzige Leben beim Voglwirt …«

»Andererseits«, ergänzte Eva M., als wollte sie beweisen, dass sie verstanden hatte. »Sein nachlassender Erfolg als Künstler.«

»Genau. Das musste ja irgendwann schiefgehen, oder?«

Vorsichtig überholte Chili ein Pferdegespann mit Touristen, die bunte Decken um sich geschlungen hatten. Die Gegend war im Sommer wie im Winter ein Paradies für Ausflügler.

Dann waren sie da. Regen prasselte hernieder.

Vor ihnen erhob sich ein lang gestreckter Bauernhof in L-Form mit umlaufenden Holzbalkonen. Es gab schneefreie Flächen am Dach, wo kleine Lawinen abgegangen waren.

Die Reifen knirschten durch den matschigen Kies, als Chili den schweren Pick-up auf den Hof fuhr. Ein Haufen Hühner sprang entsetzt zur Seite. »Japp. In einer halben Stunde sind wir schlauer.« Sie zog die Handbremse an.

Mehr zu sagen, dazu kam sie nicht, denn der Bauer

blickte feindselig, mit glühenden Augen, durch die Seitenscheibe. Über sein erhitztes Gesicht rann das Regenwasser. Auf der grauen Gummidecke, die die Beine bedeckte, hatte sich eine Lache gebildet. Silbernagls Hände ruhten auf den Greifreifen eines Rollstuhls.

»Oh-oh«, machte Eva M. »Dem daugn mir net.«

* * *

Die aufgebrochene Tür in Morlocks Wohnung gab den Blick in ein mittelgroßes, einfach eingerichtetes Zimmer frei. Ein schmales Bett, ein Tisch, drei Stühle, ein schmaler, halbhoher Schrank, eine Wäschekommode, das war alles. Licht drang durch ein Fenster, vor dem eine weiße Rolljalousie mit mehreren defekten Lamellen hing. Der Duft eines eleganten Parfüms lag in der Luft.

Ottakring pfiff durch die Zähne. »Oh, da ist er ja.«

»Was? Wer?«, fragte Bruni verdutzt und meckerte leise.

»Der Computer. Den ich so vermisst habe. Keine moderne junge Frau kommt ohne Computer aus. Irgendwo musste sie also einen stationiert haben. Und dass es sich hier um Katharinas Zimmer handelt, ist so klar wie die Farbe des Anoraks da.« Er wies auf Jeans, die über einen Stuhl geworfen war, und einen schwanenweißen Anorak mit Goldstickereien, der über der Lehne hing. Unverkennbar der, den Katharina schon an Scholls Beerdigung getragen hatte. Ein dunkler Laptop lehnte neben dem Fenster an der Wand.

Alex war ihnen in den Raum gefolgt. Energisch

drängte Ottakring sie hinaus und schloss die Tür. »Bleiben Sie in Reichweite«, ordnete er an. Dann machte er die Tür wieder auf. »Geben Sie mir Ihr Handy. Und Hände weg vom Festnetz.«

In exakt dreiundvierzig Minuten waren sie durch. Viele Dinge des täglichen Gebrauchs im Leben einer abenteuerlustigen Frau fanden sich in dem Raum. Kosmetika, Cremes, Lesestoff – bevorzugt Oberbayernkrimis –, ein Zweitschlüssel für den Roller, Kleingeld, Tampons, ein paar Packungen Kondome, ein Fön, Unterwäsche. Im letzten Moment fingerte Bruni einen Stapel Briefe aus der hintersten Ecke des obersten Ablagefachs im Schrank. Ein grünes Gummiband hielt das Bündel zusammen. Ottakring hatte erwartet, Gegenstände aus dem Besitz von Niki Kirchbichler vorzufinden. Doch offenbar hatte er sich in diesem Punkt geirrt. Er nahm den Laptop an sich und reichte ihn Bruni.

»Der geht mit. Sein Inhalt wird uns weiterhelfen. Und die Klamotten natürlich. Und ihre Zahnbürste aus dem Badezimmer.« Auf Zehenspitzen schlich er zur Tür. »Und den Stapel Briefe«, sagte er im Umdrehen, »den will ich auf meinem Schreibtisch sehen.« Dann gab er Bruni zu verstehen, sich in Luft aufzulösen, und zog die Tür vorsichtig auf.

»... du glaubst es nicht, ja, er ist hier. Leibhaftig, der wahre Ottakring. Er hat noch so einen Typen mit wie aus einem alten Film, aber er, der *real man,* ist einfach geil. Kommt her und zieht's euch rein. Also gib Sabine Bescheid und ruf Lea an. Nehmt eine Digi mit, dann machen wir ein Gruppenfoto. Ach, ist das geil!«

Der erste Anflug von Wut verwandelte sich im Nu in glucksende Belustigung. Ottakring grinste bitter. Wenigstens drei junge, weibliche Fans hatte er in dieser Stadt, die über ihn herfallen wollten. Nicht so viele wie Mick Jagger oder dieser grässliche Maddin, aber immerhin. Ernsthaft bleiben, Ottakring!

»Ich hatte Ihnen doch verboten, zu telefonieren!«

Alex kicherte. »›Festnetz‹, haben Sie gesagt. Und mein eines Handy ist in Ihrem Besitz. Ich hab aber ein zweites. Hihi.«

Ottakring verzog das Gesicht. Er konnte dieser dreisten Alex nicht wirklich böse sein. Übers Knie legen, ja. Aber mit Bruni als Zeugen?

»Vernehmen Sie mich jetzt, Herr Kriminalrat? Es wär wahnsinnig cool, von Ihnen befragt zu werden. Vielleicht weiß ich ja noch etwas mehr über Catrin als Sie.«

Catrin also. Hier nannte sie sich wieder Catrin. Es wäre tatsächlich hilfreich gewesen, mehr über die Person zu erfahren, die da in U-Haft saß.

»Darf ich rauchen?«

Nein!, wollte er sie abblitzen lassen. »Ja. Mir macht es nichts aus«, log er sanft.

»Wollen Sie nicht ›Du‹ zu mir sagen? Sie könnten doch mein Großvater sein.«

Peng! Er schluckte heftig.

Ausgesprochen alt kam er sich nie vor. Wären nicht seine ständigen Kreuzschmerzen, würde er den Begriff »Altern« gar nicht in den Mund nehmen. Aber das war wohl sein Hauptproblem beim Älterwerden. Das Bild, das er von sich selbst hatte, hinkte der Realität hinterher.

Alex senkte den Kopf und steckte die Zigaretten wieder in die angebrochene Schachtel.

»Wie gut kennen Sie Katharina, kennst du sie?«

»Katharina?«

»Oder Catrin. Hat sie sich bei euch so genannt?

»Catrin, ja. Was soll ich sagen. Ja mei. Nicht übel, die Frau. Meist hab ich's an den Flecken im Bett von meinem Professor gesehen, dass sie da war. Und nicht nur in der Nacht.«

Die weitere Befragung war ähnlich nutzlos. Nichts Neues.

Alex zog die Stirn in Falten. »Und wenn Sie Catrin sehen, sagen Sie ihr, ich krieg noch fünfzig Euro von ihr.«

»Macht drei Euro vierzig.« Der Kellner hatte helle, wässrige Augen und einen Stoppelbart.

Sieben Jahre nach Einführung des Euro als Bargeld kostete ein Weißbier umgerechnet knapp sechs Mark. Doppelt so viel wie zuvor. Ottakrings Kinnladen mahlten. Er rundete auf drei Euro fünfzig auf.

Lola mochte diese Kleinkariertheit nicht. »Wichtigtuerisches Gerede«, hatte sie einmal gesagt. »Du kannst's eh nicht ändern. Dann trink halt kein so teures Luxusgetränk.« Aber was soll's? Wasser oder Tee waren grad so teuer. Eigentlich sollte man bei diesen Preisen nur mehr Gletscherwasser trinken.

Lola. Er hatte Sehnsucht nach ihr. Vor lauter Morlock und Silbernagl hätte er fast vergessen, welcher Tag heute war. Sie hatten sich seit seinem Besuch in München nicht gesehen.

Es war eine vertrackte Situation. Die Tage flossen ineinander, und was hatte er vom Leben? Mehr oder weniger freiwillig hatte er diesen Job angenommen, war auch prompt in einen aktuellen Fall hineingerutscht, ärgerte sich mit diesem Specht herum und bekam womöglich auch noch Ärger mit Schuster deswegen. Keine geregelte Dienstzeit, jede Menge Nervenaufwand, kaum Anerkennung.

Auf der anderen Seite hätte seine Partnerin in ihrer Lage bestimmt mehr Beistand gebraucht als nur seine spärlichen Anrufe.

»Nein, nein, ich komm selbst zurecht. Es geht um *mein* Auge, nicht um *deines*«, hatte sie betont. Der berufliche Zwang, stark sein zu müssen, hatte sich auch in ihr Privatleben eingenistet.

»Wann kommt dein Zug in Rosenheim an, Liebes?«

Er rief sie an. Lolas Stimme war weich und dunkel. Sie war soeben vom Einkaufen zurückgekommen und bestens gelaunt. Ihre Sorgen waren ihr nicht anzuhören. »Wenn ich den Zug um 17:59 Uhr nehme, bin ich um 18:36 Uhr bei dir. Kannst du mich abholen?«

Ottakring lachte vergnügt. »Ach, woher denn. Du kannst mich doch im Wirtshaus einsammeln. Kaum zwanzig Minuten Fußweg vom Bahnhof.«

Kurze Pause. »Komm du mir nach Hause! Du wirst's nicht überleben! Ich werd dich am Bettpfosten festbinden.«

Amüsiert grinste er vor sich hin

»Wir könnten uns einen schönen Abend machen und am nächsten Morgen gleich in der Früh losfahren.«

»Klaro. Vielleicht gibt's auch noch eine andere Version des Ablaufs. Komm erst mal her. Nur…« Er zögerte. »… ich bin noch mitten in dieser Voglwirt-Sache und nicht sicher, ob ich bis dahin fertig werde. Geht's eine halbe Stunde später? Das kann ich mir sicher einrichten.«

Sie einigten sich auf eine Ankunftszeit von Viertel nach sieben. »Ich freu mich riesig. Hoffentlich erkennst du mich noch in meinem Piratenlook.«

Schuster. Er musste mit Schuster reden. Er verabscheute es zwar, jemanden wie ein einfacher Streifenpolizist um Genehmigung bitten zu müssen. Doch es musste sein.

In diesem Augenblick meldete sich sein Handy. Chili.

»Wir sind bei Katharinas Vater, Eva M. und ich. Bei Herrn Silbernagl. Ein Mann, so krass wie sein Hof. Du glaubst ja nicht, wie der uns empfangen hat. Ich hab gedacht, wir müssen sterben…«

»Sorry, Chili, ich bin in Eile. Habt ihr was Neues rausgefunden?«

»Ich denk, ich verfolge eine ziemlich heiße Spur. Aber das wird sich herausstellen. Ich bleib jedenfalls dran. Übrigens, die Eva M., die macht sich gut, die Kleine!«

»Chili, pass auf. Ich möchte ein Wochenende mit Lola verbringen. Sie kommt heute mit dem Zug an. Kannst du solange den Fall übernehmen? Ich werd dir kurz den Stand schildern. Das Wichtigste: Katharina scheint ein eigenes Zimmer bei Morlock zu haben. Wir haben einen Laptop sichergestellt, vermutlich ihren. Den werden wir auswerten. Bruni macht das.«

»Roger. Alles klar, Chef. Ich hab mir das sogenannte Weekend eh freigehalten. Verbringt ihr beide eine gute Zeit. Das wird Lola frischen Mut geben.«

»Ich werd Schuster informieren. Und wenn was ist, du weißt ja, wie du mich erreichen kannst. Ciao, Chili, mach's gut.« Immer noch schwang ein eigentümliches Gefühl mit, wenn er sich so von ihr verabschiedete. So, als ob sich ganz hinten unten links in seinem Herz noch ein Rest Verliebtheit verbarg.

Schuster war da. Schuster war eigentlich immer da, soweit Ottakring das mitbekam. In seinem Dienstzimmer mit all den Urkunden und den Pokalen. Er musterte den Chef der Rosenheimer Mordkommission. Den Universitätsabsolventen nahm man ihm ab. Aber den früheren Boxchampion? Weder hatte er ein schiefes Gesicht noch eine besonders platte, knochenfreie Kartoffelnase. Als einen Charakterkopf hätte man ihn bezeichnen können. Er hätte auch als amerikanischer Senator durchgehen können.

»Klar, Herr Ottakring«, sagte Schuster. »Selbstverständlich bin ich einverstanden. Toledo überblickt den Fall und wird das schon meistern. Es wär ja nicht das erste Mal.« Im Stehen kreuzte er die Arme vor der Brust und legte einen Zeigefinger an die Unterlippe. »Übrigens, die Gschicht neulich, die mir Specht aufgetischt hat, das mit Ihnen und Toledo, das tragen Sie mir doch nicht nach, oder? Von meiner Seite ist alles geklärt.«

Ottakring winkte ab. »Aber was andres ist mir zu Ohren gekommen«, sagte er. »Kollege Specht soll eine recht eigenwillige Version des Falles Kirchbichler auf den Markt geworfen haben. Wie ich den Laden kenne, spiele ich sicher wieder einmal eine zweifelhafte Hauptrolle darin.« Er überlegte kurz. Dann fragte er: »Wo ist der Specht eigentlich? Immer, wenn ich da bin, ist er weg. Ich würde ihn gerne ein paar Dinge fragen. Dringend eigentlich.«

Schuster wiegte bedächtig den Kopf. »Unterschätzen Sie seine Aufgabe nicht. Einen Feuerteufel zu fassen ist kein Zuckerschlecken. Fast so verzwickt, wie einen Mord aufzuklären.«

Ottakring hörte kaum mehr hin. In Gedanken war er schon bei Lola.

»Ist eine Frau einmal pünktlich, hat sie sich in der Zeit geirrt.« Diesen Spruch hatte er einmal irgendwo aufgeschnappt. Er fand allerdings, er traf viel besser auf die Bahn zu.

»Achtung an Bahnsteig sieben. Bitte zurücktreten. Zug fährt gleich ein.« Es war kurz nach halb acht. Um 19:15 Uhr hätte die Bahn da sein sollen. Ein schräger Wind trieb dünne Flocken vor sich her. Mit krummem Rücken schlurfte Josef »Joe« Ottakring in kleinen Schritten über den Bahnsteig. Ihn fror. Er brauchte ein Bett. Zugegeben nicht nur, weil er fror.

Elegant, mit einem Köfferchen in der Hand, stieg Lola aus. Sie war eine große, prächtige Frau, die jedem Mann den Kopf verdrehen konnte und bei jeder Frau eine Spur von Neid auslöste. Eine selbstbewusste Dame mit sicherem Auftreten. Daran änderte auch der schwarze Augenschutz nichts. Im Gegenteil, die Klappe verlieh ihr einen verwegenen, geheimnisvollen Touch.

Mit einem leicht provozierenden Lächeln musterte sie ihren Partner von oben bis unten. »Mei«, sagte sie, »recht viel Verführungskunst wird bei dir wirklich nicht nötig sein.«

Die folgende Nacht gab ihr recht. Nebel der Zärtlichkeit umfingen Berge der Sehnsucht und Lust.

Neunter Tag

Es war ein Supertag zum Skifahren. Pralle Sonne und eine Kälte, die einen glauben machte, man würde Eiskristalle statt Luft atmen.

Auf halbem Weg zwischen Kufstein und Scheffau in Tirol wechselten sie das Steuer. Ottakring wäre beim Überholen in einer scharfen Kurve beinahe eingeschlafen, denn sie hatten die ganze Nacht kaum ein Auge zugemacht. »Der Hansi hat die besseren Leih-Ski«, war Lolas Argument gewesen, in Scheffau anstatt am Sudelfeld zum Skifahren zu gehen.

Zwanzig Minuten in der Brandstadlgondel, dann standen sie oben in der gleißenden Sonne, umgeben von Holländern und Slawen. Bei jeder Abfahrt blieb Ottakring wie ein besorgter Vater dicht hinter Lola. So kämpften sie sich über drei, vier Lifte durch bis zum Cabriohang.

»Kein Skitag ohne Sturz«, rief Lola, bevor sie jubelnd in einer Wolke von Schnee verschwand. Lachend richtete sie sich wieder auf.

Ottakring ruckelte ihr die verrutschte Augenklappe zurecht. »Wär ein Supertraining für CSU-Vorsitzende und Ministerpräsidenten«, sagte er.

»Wie meinst du das?«

»Sie würden lernen, wie man stürzt.«

In Oberbayern leben durchschnittlich zweihundertvierundvierzig Einwohner auf einem Quadratkilometer. An einem Skilift dagegen stehen zweihundertvierundvierzig Verrückte auf einem Meter im Quadrat. Live. Das macht es so interessant. Man erfährt die letzten Neuigkeiten, lernt fremde Sprachen und befindet sich kostenlos mitten in einer Modenschau. Auf den Hütten wird man mit den Köstlichkeiten der einheimischen Küche vertraut, dazu der eintönigen Bergeinsamkeit entwöhnt, und die Damen finden Alternativen zu hoffnungslos überfüllten Toiletten. Sie rennen aufs Herrenklo.

»Brrr, bin ich froh«, sagte Lola, als sie gegen vier Uhr ihre Ski und Stiefel beim Hansi wieder entsorgt hatten. Im Apres-Ski-Zelt nuckelten sie noch an einem zuckersüßen Jagatee herum und schauten zu, wie ihre gequetschten und gequälten Füße allmählich wieder die Ursprungsform annahmen. Dann fuhren sie inmitten von Kolonnen von Holländern und Slawen entspannt ins Rosenheimer Land zurück.

»Paul Silbernagl hat gestanden, Kirchbichler getötet zu haben!«

Chilis Anruf riss beide aus dem Schlaf. Mühsam hatte Ottakring sich aus Lolas nächtlicher Umarmung gelöst. Er bereitete Kaffee vor und presste Orangen aus. Dann zog er sich warm an.

Sie hatten ein Geständnis! Das konnte er nicht allein Chili überlassen. Das musste er selbst übernehmen.

»Und was mach dann ich?« Es war, als stünde Lola schlagartig unter Strom. Sie riss ihr eines Auge weit auf, versuchte zu sprechen, brachte aber kein Wort heraus.

Eigenartig, dachte er. Wie im Film. Es passt alles zusammen. Insgeheim hatte er nicht wirklich daran geglaubt, dass nichts dazwischenkommen würde. Dass er dieses Wochenende mit Lola vollkommen ungestört verbringen könnte. Unerwünschte Anrufe und plötzliche Meldungen hatte er zwar auf seiner Rechnung gehabt. Aber dass es so abrupt enden musste …

Seltsam. Rauschen, Flüstern, Atmen. Ihr lachendes Gesicht mit den blitzenden Augen, ihr Haar, das seine Brust kitzelte, und ihre Liebeskraft. Nicht aufgeben, dachte er. Bloß nicht aufgeben. Ich muss auf Lola Rücksicht nehmen.

Doch wie? Was war in dieser Situation wichtiger? Wenn jemand einen Mord gesteht, ist das für die Kripo wie ein Sechser im Lotto. Als Leitender Kommissar konnte er da schlecht sagen: »Tut mir leid, ich hab gerade Urlaub. Erledigt den Fall ohne mich.«

Zehnter Tag

Er starrte ihr aus dem Fenster nach, wie sie in das Taxi stieg. Sie winkte nicht. Es war stockfinster und es regnete. Eisiger Dezemberregen. Die Stadt kam ihm kalt und feindlich vor. In seinen Augen standen Tränen.

Dann holte er den Porsche und raste wie ein Verrückter nach Kohlstattberg. Diesen Ort im flachen Chiemgau, in dem ein uraltes oberbayrisches Klischee noch galt: Hier war der Stammtisch nach wie vor der wahre Umschlagplatz für Vieh und Bräute.

Chili winkte ihn mit einer müden Funzel auf den Hof. In wenigen Worten schilderte sie den Status.

Paul Silbernagl saß in seinem Rollstuhl in der großen Stube, die Hände am Greifrad. Er trug eine borstige Tweedjacke in der Farbe von welkem Moos mit passender Schirmmütze. Der Mann war um die fünfzig, untersetzt, gut geschnittenes Gesicht, große, rote Ohren. Schweißperlen standen auf seiner Stirn.

Ottakring zog einen Stuhl heran und setzte sich Silbernagl rittlings gegenüber. »Wann haben Sie Katharina zum letzten Mal gesehen?«

»Vor vierzehn Jahren.«

»Das ist lange her. Wie kommt's?«

Silbernagl zuckte mit den Schultern. »Sie ist damals

abgehauen. Da war sie gerade vierzehn geworden und hatte ihren Quali gemacht. Ich hab nach ihr gesucht. Aber ich hab sie nicht gefunden. Und sie hat sich nicht gemeldet.« Er war blass, hatte Ringe unter den Augen und wirkte müde.

Volle Stimme. Dialekt, den man versteht. Sein Blick, dachte Ottakring, ist ruhig. Trotzdem ist er nervös.

»Kurz vorher ist Frau Silbernagl bei einem Betriebsunfall ums Leben gekommen.« Chili warf Ottakring einen wachsamen Blick zu.

Der nickte kaum wahrnehmbar. Er würde langsam vorgehen. Geduldig und zäh, wie es normalerweise seine Art war.

»Warum sitzen Sie im Rollstuhl?«, fragte er unvermittelt.

»Vom Dach gefallen. Selber schuld. Vor zwei Jahren.« Er betrachtete seine Fingernägel, als wunderte er sich, dass sie existierten. »Warum wollen Sie das alles von mir wissen?«

Nun hob Ottakring die Schultern. »Weil ich mich frage, wie sich ein Rollstuhlfahrer unbemerkt durch den Voglwirt bewegen kann Sie können zwar mit dem Aufzug ins Untergeschoss fahren. Aber wie zum Teufel haben Sie mit Ihrer Behinderung die diversen Ebenen im Wellnessbereich bewältigt, um den Kirchbichler umzubringen, wie Sie behaupten?«

»Genau«, sagte Silbernagl eifrig. »Genau.«

»Und warum?«

»Was, warum? Warum ich es behaupte oder warum ich ihn umgebracht hab?«

Ottakrings Augen blitzten. »Beides!«

»Er hat mir Geld geschuldet, darum.«

»Aha. Und warum rücken Sie so grundlos mit einem Mordgeständnis heraus?« Dieser Mann im Rollstuhl war ungewöhnlich. So ungewöhnlich, dass Ottakring sich sehr bemühen musste, ihn nicht unentwegt anzustarren.

»Weil ich nachts nicht mehr schlafen hab können mit der Belastung. Ich hab noch nie einen Menschen umgebracht, wissen Sie. Da geht einem das ganz schön nach. Einfach loswerden hab ich's wollen, deshalb.« Wie ein Priester bei der Segnung hob er die Hände. »Dauernd hab ich das Gsicht von dem toten Kirchbichler vor mir ghabt.« Sein Seufzen klang gekünstelt. »Jetzt, wo ich die Tat gstanden hab, ist mir wohler.«

Ottakring sprang auf. Sein Stuhl fiel polternd um. Er machte eine grimmige Handbewegung hin zu Chili, die auf der Ofenbank saß. »Und so einen Blödsinn nimmst du für bare Münze?«, polterte er. »Und schmeißt mich deswegen mitten in der Nacht aus dem Bett?« Und sorgst dafür, dass Lola mich wieder einmal verlässt, hätte er am liebsten noch hinterhergeschossen.

»Und nun zu Ihnen, verehrter Herr. Ich sag Ihnen, was Ihr sogenanntes Geständnis wert ist. So viel wie ein abgebrannter Bauernhof. Sagen Sie mir: Wie haben Sie erfahren, dass Ihre Tochter im Gefängnis ist?«

Silbernagl schüttelte heftig den Kopf. »Keine Ahnung. Ich weiß gar nichts von meiner Tochter. Wie gsagt …«

»Ach, hören's doch auf. Irgendeine Verbindung müssen Sie doch gehabt haben, die Ihnen die Nachricht brühwarm getrommelt hat. Nicht umsonst haben Sie ihr sogenanntes Geständnis ausgerechnet heut Nacht abgelegt …«

»In der Zeitung hab ich's gelesen«, unterbrach Silbernagl.

»Aber …«, platzte Chili heraus.

Ottakring brachte sie mit einem strengen Blick zum Schweigen. Chili presste die Hand auf den Mund.

»In der Zeitung. Soso, in der Zeitung. Ihre Tochter ist vorgestern Nachmittag in U-Haft gewandert. Dann muss wohl eine Chiemgauer Spezialausgabe existieren, wo ihre Inhaftierung dringestanden hat. Die üblichen Zeitungen haben kein Wort davon berichtet.« Er wandte sich zum Gehen. »Fakt ist: Durch diese völlig untaugliche und undurchdachte Maßnahme wollten Sie Ihre Tochter von dem Mordverdacht befreien. Sie haben einen Riesenfehler gemacht, Herr Silbernagl. So ein Schwachsinn ist mir noch selten zu Ohren gekommen. Ach, was sag ich. Noch überhaupt nie!« Dieser Silbernagl hatte sich in eine Lage hineinmanövriert, so dilettantisch und lächerlich, dass das Ganze schon wieder eine gewisse Ironie besaß.

Ein Mundwinkel zuckte in Ottakrings Gesicht. »Kommissarin Toledo! Gehen Sie und legen Sie diesen Mann in Ketten!«

Er schaute Silbernagl aus harten Augen an. »Wissen Sie eigentlich, dass das strafbar ist, was Sie getan haben?« Er fühlte einen kräftigen Impuls, dem Mann eine zu watschen.

Der Bauer blieb ungerührt. Er drehte am Laufrad und rollte auf Ottakring zu. »Sie glauben mir also nicht?«, sagte er mäßig interessiert.

»Erst, wenn Sie mir beweisen, wie Sie still und leise in den Voglwirt gelangt sind. Auf welche Weise Sie Kirchbichler getötet haben wollen und welches Motiv Sie gehabt haben.« Ottakring stand breitbeinig vor dem Mann und sah auf ihn hinunter. »Ich fürchte, diesen Beweis werden Sie uns schuldig bleiben.«

»Warten Sie's ab, warten Sie's ab.« Silbernagl verzog das Gesicht. Es sollte wohl rätselhaft wirken. Es wurde eine hässliche Grimasse.

Ottakring sah sich um. »Wo ist eigentlich Eva M.?«, fragte er Chili.

»Die hab ich losgeschickt ins Dorf. Sie hört sich ein bisschen im Ort um.«

»Gut mitgedacht. Jedes Dorf hat eigene Augen und Ohren.«

Silbernagl rollte auf den Ausgang zu. »Ich hätt da noch ein schönes Stück Speck«, sagte er. »Vielleicht kann ich damit ein bisserl was wiedergutmachen. Mir hammer die Sau ausschließlich mit Kartoffeln, Eicheln und Gmüasabfällen aus der Kuchl gemästet. Sie hat sich im Weiher gsuhlt und 's Fleisch is gaanz langsam in der Kammer greichert worn.« Silbernagl machte nicht den Eindruck, als fühle er sich bloßgestellt oder als sei ihm der Vorfall peinlich.

Er wirkte, als wolle er den Einsatz für ein verlorenes Kartenspiel hinblättern.

»Nein danke«, sagte Ottakring und verließ die Stube. Er war wütend. Wütend auf den Mann im Rollstuhl, wütend auf Chili und wütend auf sich selbst. Als er draußen war, klopfte er allerdings entschlossen ans Fenster.

»Kommissarin Toledo, führen Sie ein Kilogramm von dem verdammten Speck ab!«

Er fand sich mitten in einem riesigen Haufen Hühner wieder, mindestens hundert Stück, schätzte er. Hühner, die scharrten, pickten, wieder scharrten, wieder pickten. Entweder lebt er von Brathendln oder ihn beherrscht die Eiersucht, ging es Ottakring durch den Kopf.

Um halb acht war er auf den Hof gefahren. Um Viertel vor neun steckte er sich eine Zigarette hinters Ohr und verließ ihn wieder. Zu seiner Überraschung hatten sich die Wolken verzogen, der Mond verschwand am Horizont. Verschwommener Morgendunst lag über den weißen Wiesen zur Linken und um die Berggipfel in der Ferne. Darüber breitete sich ein Himmel aus mit einer Strahlkraft, wie er sie nur von der Ostseeküste und vom Mittelmeer kannte. Als er Lolas Nummer eintippte, spürte er eine leichte Leere in der Magengrube vor Aufregung. Er ließ es läuten, bis der AB ansprang. Dann probierte er es am Mobiltelefon. Auch hier keine Antwort. Er konnte sich in Lolas Gemütszustand gut hineindenken. Wie würde er sich fühlen, hätte sie sich aus einem wunderschönen Wochenende heraus urplötzlich verabschiedet?

Von einer Sekunde auf die andere wurde sein schlechtes Gewissen von einem anderen Gefühl überlagert. Eine innere Uhr in ihm begann zu ticken. Schlagartig hatte er es eilig. Er gab Gas und fuhr ins Büro.

»Meine Welt wird bald enden. Ich werde euch verlassen. Aber nicht freiwillig. Jemand anders, jemand, der uns nahesteht, wird das in die Hand nehmen.«

Der Brief war mit Tinte geschrieben. Die Handschrift war ungeübt und altmodisch. Er las ihn zehnmal hintereinander. Später kannte er jede Formulierung, jedes Wort, jeden Buchstaben auswendig. Trotzdem las er ihn noch fünfmal.

Schön, dass es noch junge Menschen gab, die Briefe schreiben, dachte Ottakring. Aus neun Briefen bestand der Stapel aus Katharinas Zimmer in Morlocks Wohnung. Briefe von und an Menschen in ihrer Umgebung, zu denen vorerst kein Bezug herzustellen war. Dieser Brief war der letzte, den er las. Er löste in Ottakring auf der Stelle einen Alarm aus.

Bruni hatte eine Notiz hinterlassen, aus der hervorging, dass das durchsuchte Zimmer zu bestimmten, unregelmäßigen Zeiten von Katharina Silbernagl bewohnt wurde. Zeugenaussagen bestätigten es zusätzlich. Offenbar wusste alle Welt in diesem Viertel, dass Katharina Silbernagl in Morlocks Wohnung ein- und ausging.

Sonntag. In der Polizeidirektion war es totenstill, und auch die Kaiserstraße draußen wirkte noch recht verschlafen. Ottakring legte die Füße auf die unterste Schublade, hielt den Brief zwischen beiden Händen und dachte nach. Das Papier war leicht vergilbt, auch die Tinte war verblasst. Ihn fror. Offenbar war am Wochenende in diesem Betonklotz die Heizung so eingestellt, dass nur Tote überleben konnten.

Verzweiflung klang aus diesem Brief. Abgrundtiefe Verzweiflung, die sich, wenn er es richtig deutete, an konkreten Tatsachen orientierte. Der Verfasser – auf den ersten Blick war es eine herbe, männliche Schrift – fürchtete nicht etwa, an einer Krankheit zu sterben. »Jemand wird es in die Hand nehmen.« Was war damit gemeint? Ottakring fragte sich aber auch, ob er nicht einfach dramatisch verbohrt war, ständig gleich das Schlimmste zu befürchten. »Nicht freiwillig«. Wie war das zu deuten? Er beschloss, den Brief gleich morgen früh – auch grafologisch – untersuchen zu lassen.

Und wenn er schon einmal dabei war: Warum suchte er nicht die Besitzerin des Briefs in ihrer U-Haft auf und zeigte ihr das Stück Papier? Er hatte eine Reihe Fragen an sie. Es waren nur einige Schritte bis zum Backsteinbau, in dem sie einsaß.

Zehn vor elf. Lola war entweder in der Kirche oder hatte die Hörer auf und lernte Italienisch. Er ließ es lange klingeln, versuchte es erneut am Handy – wieder ohne Erfolg. Sind wir schon an einem Punkt angekommen, von dem aus es kein vernünftiges Zurück mehr gibt? Muss es immer so schwierig bleiben mit uns? In solche Gedanken vertieft schritt er die Treppe hinab.

Jemand machte sich mit dem Rücken zu ihm in der gläsernen Sicherheitszone vor dem Pförtnerraum zu schaffen. Als der Mann sich umwandte, erkannte Ottakring seinen Intimfreund Kevin Specht. Obwohl er sich in den letzten Tagen gewünscht hatte, auf Specht zu treffen, hatte er zu diesem Zeitpunkt wenig Appetit auf eine Auseinandersetzung. Nur – ein Ausweichen war unmöglich. Specht hatte ihn schon erspäht.

»Grüß Gott, Herr Ottakring!« Specht schwenkte ihm eine pralle Aktentasche entgegen. »Schön, Sie hier so früh zu treffen. Es ist immer angenehm zu wissen, dass andere auch von der Arbeit geplagt sind. Wussten Sie übrigens«, fügte er auf Sächsisch mit einem undefinierbaren Blick unter seinen buschigen Brauen an, »dass Arbeit die Hauptursache aller Betriebsunfälle ist?« Dann schüttete er sich aus vor Lachen über seinen Witz.

Auf Ottakring wirkte er wie Falschgeld. Die Atmosphäre war von Beginn an vergiftet. Specht hatte mit seinen wie immer auf Hochglanz polierten Schuhen und dem aufgepeppten Sonntagsgwand die Ausstrahlung eines Kirchgängers, der sich verirrt hat.

Ottakring überkam mit einem Mal die Lust, es diesem Gecken heimzuzahlen. Warum nicht? An einem Feiertag einen Zweikampf auf der Treppe der Polizeidirektion austragen? Bitte schön! Er vermied jede Höflichkeitsfloskel und holte tief Luft.

»Specht, Sie intriganter Quertreiber!«, rief er die Treppe hinunter. »Wissen Sie, was Gerüchte sind? Die Lieblingswaffe des Rufmörders. Sie erfinden Gerüchte und verbreiten sie weiter. Plump, ohne Witz, ohne Raffinesse. Einfach nur, um mir zu schaden. Weil Sie aus eigener Kraft nicht fähig waren, selbst Leiter dieses Kommissariats zu werden. Wahrscheinlich, weil Sie immer schon solch ein gnadenloser Intrigant waren.« Hätte Ottakring später wiedergeben sollen, was aus ihm herausgesprudelt war, er hätte es nicht vermocht. Heftig schnaufend hielt er kurz inne.

Spechts Gesicht, entstellt vor Erregung, bot keinen besonders gefälligen Anblick.

Das brachte Ottakring noch mehr in Rage. »Wie war

das mit meinem Verhältnis zu Kommissarin Toledo? Wie kommen Sie dazu, so etwas zu behaupten? Und noch dazu öffentlich!«

»Kommen Sie, Ottakring, lassen Sie uns das doch nicht auf der Treppe austragen. Gehen wir in mein Büro.«

Der riss sich los. »In diesem Bau ist zurzeit kein Schwein. Das, was ich Ihnen zu sagen habe, kann genauso gut auch hier passieren.«

»Aber das, was ich Ihnen zu sagen habe, nicht.« Spechts Schnurrbart, schwarz wie ein dicker Asphaltspritzer, zuckte. Der ganze Kerl wirkte kantig und verkrampft.

In der Nachtschwärze seiner verbrecherischen Gedanken griff Ottakring mit beiden Händen nach Spechts faltenfreiem, in einen sauberen Hemdkragen gehülltem Hals und würgte ihn. Zusätzlich gab er ihm einen harten Stoß vor die Brust und ließ ihn wirbelnd und sich überschlagend die Treppe hinabstürzen. Zu guter Letzt überlegte er kurz, ob er ihm nicht doch in sein Büro folgen sollte, dort den Brieföffner mit der Faust umschließen und die Spitze bis zum Schaft …

Er tat nichts von alledem.

Er drohte nur. »Wenn Sie mir noch ein einziges Mal so schräg kommen, oder ich nur den Hauch einer Verleumdung aus Ihrem Mund erlebe, dann … wehe Ihnen!«

Specht lupfte eine Augenbraue. Sein Mund bearbeitete energisch einen Kaugummi. »Dann … was?«, brachte er heraus.

Wenn er ehrlich war, hatte sich sein Zorn gelegt. Ottakring hatte seinem Widersacher die Meinung gesagt, sein Gleichgewicht war beinahe wiederhergestellt.

Doch – hätte er nun die Hand ausstrecken und den Krieg mit einem fröhlich-sächsischen »Freundschaft!« beenden sollen? Sonntägliche Vernunft machte sich breit. Die gute Tat des Tages stand kurz bevor.

»Haben Sie eigentlich selbst ein Alibi?« Die Worte bröckelten wie Eisklumpen aus Spechts Mund, und mit jedem Wort nahm er eine weitere Stufe nach oben. Er sah verschlagen aus.

»Ha?«, machte Ottakring.

»Na, für den angeblichen Mord, den Sie da untersuchen. Mit Ihrem Gspusi, der Toledo …«

Eine Sprengladung zerplatzte in Ottakrings Gehirn. In zwei langen Sätzen stand er eine Stufe unter Specht. Mit einem mörderischen Uppercut in sein Gehänge entlud er die erste Wut.

Ein Schrei hallte von den Wänden wider. Wie vom Blitz gefällt sackte Specht in sich zusammen. Ein Bein gab nach, und der Körper kippte zur Seite. Dann folgte ein Erstickungsanfall unter Kaugummieinfluss.

Zwanzig Sekunden blieb Ottakring stehen und nahm an Spechts Leiden teil. Er lächelte milde. »Wohl bekomm's«, sagte er dann und sprang fröhlich pfeifend die Stufen hinab. Er war ja eh auf dem Weg zum Ausgang gewesen.

»Halt!«, kam es gequetscht von oben.

Er ahnte schon, was folgen würde, und griff zur Tür.

»Bleib stehen, du Hund! Ich schieß dich nieder!«

Ohne sich umzudrehen, sah Ottakring das Bild vor sich, das sich hinter ihm abzeichnete. Specht lag mit schmerzverzerrtem Gesicht auf der Seite und zielte mit der Dienstpistole auf ihn. Entsichert war sie nicht, das hätte Ottakring gehört. Seelenruhig zog er die Tür auf und durchquerte die gläserne Sicherheitszone. Mit der Souveränität eines oberbayrischen Kreistagsabgeordneten winkte er über die Schulter zurück, bevor die Außentür ins Schloss fiel.

Ein Spatz mit einer enormen Krume im Schnabel flog vom Gehsteig auf, wurde von einem anderen angegriffen und verlor die Beute.

Es war elf Uhr zweiunddreißig.

Den Gedanken, Katharina Silbernagl im Backsteinbau zu besuchen, gab er auf. Er hatte das sichere Gefühl, dass Chili mit dieser Person besser umgehen konnte als er. Morgen nach der Morgensitzung würde er sie beauftragen, mit ihr zu sprechen. Nach dem Stress mit Specht und der Anspannung mit Lola war er eh nicht in der richtigen Stimmung. Ein paar Stunden Pause, ein Spaziergang durch die menschenleere Stadt würden ihm guttun und ihn wieder in die richtige Spur bringen.

Er trabte zum Wirtshaus Zum Johann Auer. Für die Raucher hatte der Wirt, der früher das Santa betrieben hatte, auf der Terrasse über dem Bach Heizschwammerl aufgestellt. Eine Frau von dreißig Jahren mit kunstvoll gewelltem, dunklem Haar, bernsteinbraunen vorstehenden Augen und üppigen Lippen stand über einen der Bistrotische gebeugt und schluckte Zigarrenrauch. Sie trug riesige Ohrringe, wie man sie von Zigeunern in Operetten kennt. Ottakring musste sich zwingen, nicht hinzuschauen, um nicht wieder dem Tabakwahn zu verfallen. Er aktivierte sein Handy. Wieder einmal erfolglos klingelte er bei Lola durch, bestellte Chili und Eva M. für morgen früh um neun Uhr ins Büro, und erklärte dem Huawa seine Sehnsucht nach Herrn Huber.

Eine Viertelstunde später bogen beide Hubers um die Ecke. Zuerst der schlanke, schwarzbraune Körper des Tiers, dann Huawas Bauch und sein überentwickeltes Hinterteil. Der Hund turnte um seinen Herrn herum, als hätte er ihn ein Jahr lang nicht gesehen. Nachdem er dem Pflegevater versprechen musste, Herrn Huber wieder bei ihm abzuliefern, bevor er sich am nächsten Tag zum Dienst begab, hatte Ottakring den Rest des Tages frei, die Stunden, die eigentlich für Lola reserviert gewesen waren.

Die Sonne stand so hoch sie konnte. Sie teilte den Max-Josefs-Platz in zwei tunnelartige Hälften. Die eine war in leuchtendes Licht getaucht, die andere lag in tiefem Grau. Im Sommer würde dieser nachmittägliche Schatten wieder ein grandioses Geschenk für die vielen Touristen sein. Weithin glänzende Buchstaben markierten pompöse Boutiquen am Ludwigsplatz. Ottakring durchblätterte ihre Auslagen in der Hoffnung, eine Winzigkeit für Lola zu finden. Doch die kleinen Spielzeuge wie Sonnenbrillen, Handtaschen, Tücher, die Frauen für ihr Ego brauchen, waren entweder zu teuer oder zu abgehoben. Erstaunlich, wer einem an einem ruhigen Sonntagnachmittag in Rosenheim über den Weg lief. In Mäntel und Schals gehüllte Frauen mit und ohne Kinderwagen, Horden von grün-weiß beschalten Starbull-Fans mit dem Emblem von Auto-Eder auf der Brust, hundertjährige Jogger ohne Haare und Zähne, rumänische Betteltrios mit zwei Geigen und Akkordeon, Fachhochschulstudenten und ehemalige Sträflinge, die als Kellner verkleidet arbeiteten, hochgetunte Spoilergeschosse mit dröhnender Gothic Music aus dem offenen Fenster, langgliedrige Mädchen mit schrägen Harlekinsbrillen, Chihuahuas an der Leine, spitzen Brüsten und großem kirschrotem Mund. Drei Frauen gingen vorbei, die sich eingehängt hatten. Sie sprachen eine Sprache, die Ottakring nicht verstand, und trugen Kopftücher.

In der Städtischen Galerie lernte Ottakring, nachdem er den Hund an der Garderobe abgegeben hatte, Werke des bemerkenswerten zeitgenössischen Malers Victor Kraus kennen. In Raum VI stieß er auf die Oberbürgermeisterin, auf Gabriele Bauer, und ihre Stadtratskollegin Eleonore Dambach, beide in elegant-sportlichem Outfit. Sofort kamen sie auf den rätselhaften Todesfall im Voglwirt zu sprechen.

»War das wirklich Mord?«, fragte die OB. Sie sprach das Wort aus, als hätte sie puren Limonensaft geschluckt. »Dann wäre es ja fast ein perfekter geworden, wenn ich das richtig verfolgt habe.«

Ottakring verkniff sich einen Kommentar. Die Frau fiel ihm ein, die sich gleich zu Beginn am Telefon als Gabriele Bauer gemeldet hatte. Vorgestern hatte Eva M. sie identifiziert. Eine Kellnerin aus der Innenstadt, die Kirchbichler tatsächlich eine kleine Summe Geldes geliehen hatte. Warum sie sich denn ausgerechnet hinter dem Namen der Oberbürgermeisterin versteckt hatte? »Mei, die is ja so populär, die Frau«, war die Antwort gewesen. »Mir ist grad koa andrer Name net eigfalln.«

»Anständige Menschen begehen einen Mord nur in ihren Träumen«, bemerkte die Stadträtin. »Nicht sehr verlockend für unseren Tourismus.«

Als er gerade im Begriff war, mit Herrn Huber nach Hause zu fahren, traf er seinen alten Spezi Pauli aus München. Pauli war inzwischen Mitte vierzig, ein liebenswerter Schlawiner und jahrelang Ottakrings V-Mann fürs Grobe in München gewesen. Kahlrasiert am Kopf, mit einem Indianeramulett am Hals, »um böse Blicke abzuwehren«, wie er erklärte. Ohne Paulis Hilfe wäre der Fall der Toten im Boot vielleicht heute noch nicht gelöst. Auch er war in der Victor-Kraus-Ausstellung gewesen. Draußen, auf einem grauen, matschigen Grasstreifen, stand seine frisierte Harley.

»Was machst du heute so, Pauli?«, fragte Ottakring.

Statt einer Antwort zog sein Spezi einen Ärmel seiner Lederjacke hoch. Der Arm war über und über mit eigenartigen Tätowierungen überzogen.

»Ich arbeite für die OK-Dienststelle in München«, flüsterte er geheimnisvoll. »In Ingolstadt gibt's fünfzehntausend Russen. Augsburg hat fast ebenso viele. In Nördlingen sind's zehn Prozent der Einwohner, zweitausend. Da hab ich reichlich Futter; um mich zu ernähren.«

Ottakring schaltete sofort. Pauli war demnach Zuträger für die Gruppe gegen Organisierte Kriminalität. Wahrscheinlich als verdeckter Ermittler.

»Hast ja immer scho ausgschaugt wia a wuida Husar«, sagte Ottakring und hämmerte Pauli gegen den Brustkorb.

Etliche Wirtshäuser, nicht wenige Biere, bestimmt eine

halbe Flasche Wodka und zwei Weißwürscht für den Hund mussten dran glauben, bevor Herr Huber und Ottakring sich nach lärmendem Abschied von Pauli auf den Heimweg machten. Mit dem Resultat, dass der Hund mit Schüttelfrost und sein Beschützer trunken und sterbend im Bett lagen und der Morgengong sich anhörte wie der Weckruf zum Schafott.

Elfter Tag

»In Kohlstattberg herrscht heute noch eine Stimmung wie seinerzeit in Hinterkaifeck, wo in einer Nacht sechs Menschen mit einer Spitzhacke umgebracht wurden.« Eva M.s durchsichtiger Teint begann schwach zu leuchten, ihre Wangen färbten sich rosa, während sie erzählte. Ottakring hatte erwartet, dass sich wegen der gestrigen Szene mit Specht etwas in der Direktion abspielen würde. Dass Schuster und Specht vereint am obersten Treppenabsatz auf ihn warten würden. Dass er eine brennende Lunte unter der Wandleiste entdeckte. Dass er in die Luft flog, wenn er eine Schublade aufzog.

Nichts.

Punkt neun Uhr klopfte es an seiner Bürotür.

Specht? Nein, der hätte nicht geklopft.

Natürlich. Sein Morgenmeeting. Nacheinander legte er Chilis und Eva M.s Hand in seine Gorillapfote und schüttelte sie.

Seinen Kater, Resultat der Zecherei mit Pauli, hatte er noch nachts mit zwei Alka-Seltzer zu vertreiben versucht. In der Früh war er leider nicht imstand gewesen, sein Apfel-Bananen-Jogurt-Müsli zu behalten. Dieses Phänomen nahm er jedoch als unvermeidliches Missgeschick hin, wischte seinen Mund mit dem Badetuch ab und erholte sich bei einem langen Spaziergang mit

Herrn Huber. Endgültig hatte er den Kopfschmerz mit Aspirin C betäubt.

Sie hatten in der Besucherecke unter der riesigen Landkreiskarte Platz genommen. Sie war die einzige Dekoration, die Ottakring seinem Dienstraum gestattete. Beim Stichwort »umgebracht« in Eva M.s Bericht wurde er hellhörig.

»Ich hab mich in Kohlstattberg rumgetrieben und das halbe Dorf befragt«, fuhr die Rolliererin aus dem BKA fort. »Ich hab alte Zeitungen studiert und im Netz recherchiert. Heut in aller Herrgottsfrüh bin ich noch die Polizeiakten von damals durchgegangen. Fakt ist, dass vor vierzehn Jahren Frau Magda Silbernagl bei einem Traktorunfall ums Leben gekommen ist. Der Traktor hat sie im Geräteschuppen im Rückwärtsgang gegen die Wand gepresst. Sie muss einen raschen Tod gehabt haben.«

»Wie, Traktor?«, hakte Ottakring nach. »Hat der sich selbstständig gemacht und ist rückwärts gefahren?«

»Oje«, sagte Eva M., »hab ich vergessen zu erklären. Auf dem Traktor ist Paul Silbernagl gesessen. Ihr Mann.« Eva M. lehnte sich zurück, verschränkte die Arme vor der Brust und ließ die Information wirken.

Ottakring bekam mit, wie Chili ihn aus ihren Zwielichtaugen unverhohlen musterte. Sein Kopfinhalt schlingerte wie ein alter Porsche auf Glatteis. Die Witterung, der er folgte, war so kümmerlich, das sie von der Fantasie eines Spinnerten nicht zu unterscheiden war. Er wählte seine Worte sorgfältig. »Ein Traktorunfall. Sie haben – du hast gesagt, du hast die Akten geprüft? Was sagen diese Akten?«

Eva M. wedelte mit dem Blondzopf. »Unfall. Nichts anderes konnte nachgewiesen werden.«

»Und die Leute?«, schaltete Chili sich ein. »Was reden d' Leut im Dorf so? Die wissen oft mehr, als die Polizei erlaubt.«

Offenbar hatten Ottakrings Untergebene noch wenig Gelegenheit gehabt, sich auszutauschen.

Eva M. hielt beide Handinnenflächen gegen die glühenden Wangen. Ottakring fürchtete schon, sie würden verkohlen. »Ja, diejenigen, die vor vierzehn Jahren schon denken konnten, haben sich eine eigene Meinung gebildet. Sie gilt bis heute.« Eva M. schaute vom einen zum anderen. »Es war Mord, glauben sie. Er hat sie umgebracht. Dass der heute im Rollstuhl sitzt, das erachten sie als gerechte Strafe Gottes. Volkes Stimme taucht natürlich auch in den Akten auf. Die Polizei von damals konnte aber nichts nachweisen.«

Ottakring dachte nach. Vor vierzehn Jahren war Katharina vierzehn Jahre alt gewesen. »Wann hat das BKA seine zentrale DNA-Analysedatei eröffnet?«, wandte er sich an die Beamtin im Bundeskriminalamt.

»Vor ziemlich genau zehn Jahren«, sagte Eva M. pfeilschnell.

»Stimmt«, pflichtete Chili bei. »Das DNA-Zeitalter hatte vor vierzehn Jahren noch nicht begonnen. Aber ehrlich gesagt hätte das in diesem Fall wahrscheinlich auch nicht weitergeholfen.«

»Und«, sagte Eva M., die Worte rasselten nur so aus ihrem Mund, »und das ist aber noch nicht alles. Die Theorie reicht noch weiter. Der Silbernagl war ein Wirtshausgänger, erzählt man sich. Damals, bis seine Frau unter der Erde war. Und er hatte ein Lieblingswirtshaus, den Goldenen Hirsch. Dorthin soll er aber nicht nur wegen dem guten Bier und den knusprigen Haxn gegangen sein. Sondern wegen der feschen Kellnerin, die im Hirschen bedient hat. Das hat mir die heutige Wirtin selbst erzählt. Sie hat den Betrieb von der Mutter übernommen, hat aber als Jugendliche noch alles mitgekriegt. Das ganze Dorf hat sich damals über den Bauern lustig gemacht, hat sie gesagt.«

Ottakring sah wie ein geschnitzter Alm-Öhi aus, wie er so dasaß, die riesigen Hände auf den Knien, und auf die Tischplatte starrte, als hätte er eine Leiche vor sich. »Muss ich mir die Wirtin selber vornehmen?«, fragte er tonlos. Sein Magen begann wieder zu rebellieren.

»Nicht nötig. Alles gecheckt.« Eva M. richtete die Augen zur Decke. »Sie hat eine merkwürdig heisere Stimme, als ob sie zu viel raucht, dunkles Haar, vorstehende Augen und sie hat riesige Ohrringe getragen. Warum?«

Es klickte in Ottakrings Gehirn. »Ach, nur so«, sagte er und fühlte plötzlich wieder diese Gier nach einer Zigarette aufsteigen. Die gleiche, die er gespürt hatte, als er der Frau auf der Terrasse vom Wirtshaus Zum Johann Auer begegnet war. »Hast du nicht die Mutter befragen können? Die die Gschicht damals selbst erlebt hat? Wir hätten eine rechtskräftige Augenzeugin.«

Eva M. warf die Unterlippe auf. Sie sah aus wie ein abgelecktes rotes Guadl. »Die ist tot, die Mutter. Deswegen hat die Junge ja übernommen. Hab ich extra nachgefragt.«

Er hatte es geahnt. »Das ganze Dorf hat sich lustig gemacht, sagst du. Hoffentlich war das kein Geschwätz. Hat man dir denn gesagt, ob der Silbernagl in die Kellnerin verliebt war? War es was Ernsthaftes? Gibt's diese Kellnerin denn noch?«

»Es war mehr als Verliebtheit, hab ich das Gefühl. Die Michi war für ihn zu einer Passion geworden. Sie haben ihn schon für richtig deppert gehalten deswegen.«

Chili rollte mit den Augen und schnalzte mit den Fingern. Auch sie schien zu verstehen, dass die Schilderung an einen entscheidenden Punkt gelangt war. Ottakring spürte, dass sie nicht dazwischenfahren und der Kollegin vom BKA die Schau stehlen wollte.

»Aber das Wichtigste ist eigentlich der Kenntnisstand im ganzen Dorf.«

»Und? Zieh doch nicht so eine Schau ab«, rief Chili.

»Ist aber eine Schau«, sagte Eva M. fast stoisch. »Die Michi hat ein Kind zur Welt gebracht. Und ratet mal, von wem?«

»Michi?«, fragte Ottakring ebenso cool zurück. »Hat die Kellnerin auch einen richtigen Namen?«

Ungerührt setzte Eva. M. ihre Schilderung fort. Der Brief. Der Gedanke an den Brief vagabundierte die ganze Zeit durch Ottakrings Kopf.

»Komm«, sagte er zu Chili, als die Rolliererin geendet hatte. »Wir suchen Katharina auf. Beide. Sofort.«

»Ach übrigens«, sagte Chili und hielt vor dem Backsteinbau an. »Sie heißt Speckbacher.«

»Ha?«, fragte Ottakring verständnislos.

»Na, die Kellnerin in Kohlstattberg. Die Michi mit dem Silbernagl. Speckbacher heißt die.«

Es war nicht einfach, die Beamten im Gefängnis zu überzeugen, doch sie schafften es. Sie wurden zum weiblichen Häftling Silbernagl geführt.

Chili sollte das Wort führen.

Hände, wie Klavierspieler sie haben. Der samtene Teint, das dunkle Haar, die leicht gerunzelte Stirn – Katharinas Erscheinung wollte so gar nicht zu der Gefängniskluft passen, die sie anhatte. Doch was soll's, dachte Ottakring, Katharina Silbernagl hat gestohlen, ihr Leben ist eine einzige Lüge. Sie steht unter Bewährung und unter Mordverdacht. Wahrheit ist für diese Frau nur eine Halluzination oder, vorsichtig umschrieben, für sie ein so wertvolles Gut, dass sie äußerst sparsam damit umgehen sollte.

* * *

Katharina Silbernagl schlang frierend die Arme um den Oberkörper. Sie war auf den einzigen Hocker in der Zelle gestiegen und sah durch das schmale, vergitterte Fenster zum Himmel hinauf. Eine weiße Wolke aus Atemluft hatte sich vor ihrem Mund gebildet, als zur selben Sekunde der Sperrriegel zurückgeschoben wurde und die Tür aufging.

Ah – ah – ah, machte die Tür.

Die beiden von der Kripo. Ottakring und … und …

»Chili Toledo. Alles klar, Frau Silbernagl? Wie fühlen Sie sich?«

Wie sollte sie sich schon fühlen. Hinterfotzigs Weiberleit, hinterfotzigs. Ein ganzes Wochenende schon in diesem Loch mit der Aussicht auf weitere Tage. Unter Mordverdacht. Eine Insassin war sie. Eine Zellenfrau. Dass die beiden hier waren, konnte kein gutes Zeichen sein. Kathi bemühte sich, ruhig zu bleiben und sich nichts anmerken zu lassen, auch wenn sie am liebsten laut schreiend durch die immer noch offene Tür gelaufen wäre.

»Hier«, sagte die Toledo. Sie schmiss die Tür mit dem Hinterteil zu, trat vor und streckte ihr einen Brief entgegen. »Wissen Sie, wo der her ist?«

Sie hatten den Brief gefunden. Also kannten sie auch das Versteck bei Charly. Also hatten sie auch den Rechner entdeckt und konnten praktisch alles über sie herausfinden. Sie fühlte sich wie eine Delinquentin vor der Hinrichtung.

Der Mann hielt sich im Hintergrund. Was Kathi wunderte, denn er war doch der Boss. Was führten sie Schräges im Schild?

Kathi wollte um alles in der Welt cool bleiben. Obwohl sie merkte, wie ihr der Schweiß durch alle Poren drang. »Ey. Wo habt ihr den Brief her?« Das oberbayrische Plural-Sie zu verwenden war ihr in Fleisch und Blut übergegangen.

»Aus deiner Wohnung«, sagte Chili und verbesserte gleich. »Aus Ihrer Wohnung.«

»Stimmt nicht«, rief Kathi energisch. »Da hab ich keine Briefe.«

Ottakring trat vor. »Richtig. Dort ist ja auch kein

Computer. Aber wir meinen Ihre Wohnung bei Professor Morlock.«

Also lag sie richtig. Sie waren bei Charly gewesen. Katharina Silbernagls Mund und Augen wurden hart. »Ich sag nichts mehr. Nichts mehr ohne einen Anwalt.« Abrupt wandte sie sich um.

Sie sah nicht, wie Chili Ottakring ansah und die Schultern zuckte.

Sie sah nicht, wie Ottakring hinter ihrem Rücken eine aufmunternde Rechte schlug.

»Ey. Ihr Zimmer bei Morlock«, sagte der Mann. »Ihre Zweitwohnung. Da gibt's nichts dran zu rütteln. Ein Verhältnis mit einem Fachhochschulprofessor zu haben ist ja nicht strafbar. Aber wenn er Ihnen die Miete für Ihre Wohnung am Ludwigsplatz bezahlt und es in seiner eigenen Wohnung ein Geheimzimmer für Sie gibt … finden Sie nicht auch, dass das etwas viel auf einmal ist? Wir werden auch noch herausfinden, was sich da alles auf Ihrem Computer befindet. Und … was diesen Brief betrifft … der stammt nicht zufällig aus Kohlstattberg?«

Sein Blick war aus Stahl. Ließ kein Leugnen zu. Sie waren auf der Spur des Briefs.

»Wie gesagt. Nicht ohne Anwalt.«

»Also haben Sie Dreck am Stecken.« Die Toledo stand plötzlich eine halbe Ellbogenlänge von ihr entfernt. Kathi mochte das nicht. Sie brauchte Abstand.

»Warum sind Sie überhaupt durchgebrannt? Sie waren eindeutig zur Todeszeit Kirchbichlers in der Nähe der Sauna. Und plötzlich verschwunden. Dann haben wir

Sie schließlich bei Ihrem Onkel ausgegraben.« Die Kommissarin streckte den Zeigefinger vor. »Warum sind Sie eigentlich nicht zu ihrem Vater geflüchtet?«

Kathi fühlte sich mehr und mehr eingeengt. Es schnürte ihr die Luft ab. Sie warf die Arme nach vorn und stieß die Kommissarin von sich weg. Etwas ruppig vielleicht, denn die Frau flog zwei, drei Meter gegen die Zellenwand. Ottakring sprang vor und riss Kathis Arme auf den Rücken. Handschellen schnappten.

Federnd stieß Toledo sich von der Wand ab. Eine Hand war aufgeplatzt. Blut lief über die offene Handfläche. Sie lächelte Kathi an. Dann, ohne auszuholen, schlug sie Kathi die Hand ins Gesicht. Kathi meinte, feuchtes, warmes Blut an ihrer Wange zu spüren.

»Entschuldigung«, sagte Toledo mit einem weiteren, etwas angeschlagenen Lächeln.

»Nix passiert«, sagte Kathi. Die Schadenfreude überwog.

»Na, dann ist ja alles gut«, sagte Ottakring. »Überlegen Sie sich's, Katharina. Wir brauchen von Ihnen zweierlei: Erstens wollen wir wissen, welche Bedeutung dieser Brief hat. Und zweitens eine klare Aussage drüber, warum Sie den Tatort verlassen haben. Wenn Sie so weit sind, lassen Sie es uns wissen. Sie wissen ja, wo wir zu erreichen sind. Bis dahin viel Freude in Ihrer Drittwohnung. Der Haftbefehl reicht länger, als Sie's aushalten werden. Absolut.«

Ottakring war schon nahe am Ausgang. Da drehte er sich um und beugte sich vor. »Ach, noch was. Kennen Sie Robert Speckbacher?«

Kathi erwiderte Ottakrings zweideutiges Lächeln. »Robert? Der vom Voglwirt? Klar. Was ist mit dem?«

»Ich wollt's nur wissen.«

Du bist und bleibst a kloans Schlamperl, konnte Kathi in seinem Blick lesen. Leider ein sympathisches.

Ah – ah – ah, machte die Tür.

* * *

Kaum waren sie draußen, ertönte der Radetzky-Marsch. »Ja? Ottakring!«

»Hallo, Joe!« Ein zartes Stimmchen. Lola.

»Ja, Liebes? Wo bist du? Wo warst du? Was machst du? Ich hab dauernd versucht ...«

»Ach, hast du? Gemerkt hab ich davon nichts. Tag und Nacht ...«

»Komm, hör auf. Ein Missverständnis, wie so oft mit uns. Wie geht's dir? Ich muss dich sehen.«

»Dann komm doch her. Übermorgen kommt der Verband herunter. Dann weiß ich, ob ich blind bin oder ...«

»Na, ganz blind ja nicht gleich. Nur auf einem Auge«, hätte Ottakring beinahe erwidert. Doch gerade noch rechtzeitig kriegte er die Kurve und log: »Schrecklich! Du glaubst ja gar nicht, wie gern ich bei dir wär.«

Er fing sich einen schrägen Blick von Chili sowie ein blechernes Lachen am anderen Ende ein. Das Ende vom Lied: Er musste versprechen, sofort zu Lola nach München zu kommen. »Bloß vorher muss ich noch ein paar Sachen aufräumen. Bis nachher, Lola!«

Er wandte sich Chili zu. »Du hast's ja mitgekriegt.

Ich fahr zu ihr. Ich kann nicht anders. Sie braucht mich. Morgen bin ich zurück. Was ist mit deiner Hand? Lass sehen.«

Chili wehrte ab. Statt einer Antwort schob sie eine neue Schote nach und winkte ab.

»Du kümmerst dich bitte heut Abend noch um den Fall«, bat Ottakring. »Den müssen wir jetzt zu Ende bringen, Kreuzdonnerwetter.« Er nahm die Zigarette vom Ohr und steckte sie in den Mund.

Chili griff zu und packte sie in ihre Jackentasche.

»Danke«, sagte Ottakring mit großen Augen. »Hab ich gar nicht bemerkt.«

»Bitte. Weiter.«

»Dass die Kellnerin Michi mit Nachnamen Speckbacher geheißen hat und einen unehelichen Sohn vom Silbernagl hat, wissen wir nun. Weiter will ich das gar nicht kommentieren. Dieser Spur gehst du als Erstes nach. Wenn ich morgen zurück bin, brauch ich ein Ergebnis. Geht ins Hotel, du und deine Assistentin. Knöpft euch den Morlock noch mal vor und kümmert euch um den Laptop von der Silbernagl. Ich will wissen, was dem sein Innenleben hergibt. Und wenn ihr die ganze Nacht dafür braucht. Solltest du von Specht was hören – vergiss es.«

»Hab schon was gehört.«

»Was?«

»Vergiss es.«

»Bedrückt dich etwas?«, fragte Lola, nachdem sie sich geliebt hatten.

»Ja. Du. Du machst mir Sorgen.«

»Das wird schon gut gehen mit mir. Und sonst? Was hast du noch für Geheimnisse? Hast du jemanden ermordet?«

Er lachte, hörte aber selbst, wie falsch es klang. Die Gschicht mit dem Specht, die bedrücke ihn doch sehr. Und die Kathi, die täte ihm leid, irgendwie. Außerdem glaube er persönlich nicht, dass sie mit Kirchbichlers Tod etwas zu tun habe. Trotzdem, den Verdacht halte er aufrecht. Also müsse sie weiter sitzen.

»Und wer ist dann wirklich der Täter? Oder die Täterin?«

»Ach, geh weiter.« Wer seine lieblingsverdächtige Person war, hütete er wie ein Staatsgeheimnis.

»Wer ist es? Yousonofabitch, ich will es wissen.«

»Absolut«, sagte Ottakring und drängte sie augenblicklich wieder in die Kissen.

* * *

Chili war stolz. Stolz über den ersten Fall, den sie selbst leiten durfte. Ohne Chef.

»Eva M.«, sagte sie, »das müssen wir packen. Bis morgen.«

Eva M. hatte ihr Haar heruntergelassen. Sie trug eine weite, olivfarbene Hose mit Taschen, Strippen und Reißverschlüssen an den unglaublichsten Stellen. Wie eine leicht verunglückte Protagonistin aus GZSZ sah sie aus.

»Mach dir den Zopf«, sagte Chili. »So können wir mit dir nicht zum Voglwirt.«

Sie hatten sich darauf geeinigt, dass sie beim Sie blieben. Nur Chili als die Ranghöhere, die durfte Du sagen. Im oberbayrischen Handwerk war das auch so üblich.

»Pass auf. Der Ottakring und ich gehen davon aus, dass der Speckbacher im Hotel der uneheliche Sohn von der Kellnerin Speckbacher in Kohlstattberg sein könnt. Also, ich befrag den Speckbacher. Und du kümmerst dich um die alte Frau Riemerschmid. Die wird begeistert von dir sein. Die weiß bestimmt noch mehr, als sie uns bisher verraten hat.«

»Jawoll, Chefin«, sagte Eva M.

So muss es sein, dachte Chili. Sie beherrschte sich und ließ den Kinderwagen unberührt, der in einer Parkbucht an der Rezeption stand. »Den Herrn Speckbacher bitte«, forderte sie den Flugbegleiter auf. »Und die Frau Riemerschmid«, sagte sie mit einem Blick auf die Kollegin.

»Also das halbe Hotel?«, bemerkte der Angestellte schnippisch.

Chili wusste auch so, dass seit dem Todesfall nichts mehr ging in dem Nobelschuppen.

Robert Speckbacher war aufgeregt. Er zupfte an seiner grünen Krawatte, zog die Bügelfalten der grauen Gabardinehose glatt. »Mei Händi is weg«, sagte er. Er war einer der Menschen, die berufsbedingt hochdeutsch sprechen müssen. In seinen Dialekt verfiel er gewöhnlich nur, wenn er an etwas anderes dachte als an das, worüber er gerade redete.

»Wissen's scho, was die Grundbedürfnisse vom modernen Menschen san? Naa? Des san Essn, Trinka, die Liab – und a Händi! Auf de erschdn drei kannt ma zur

Not vazichtn! Aber aufs Händi? Unmöglich. Des waar absolut krass!«

»Dann nehmen Sie meines«, sagte Chili. »Wen wollen Sie denn so dringend anrufen? Sie stehen in diesem Moment vor ungefähr acht hoteleigenen Festnetztelefonen mit doppelt so vielen Leitungen.«

»Des is halt a Brinzib von mir is des halt.«

Sie folgte Speckbacher zur hintersten Ecke der Halle. Ein trendiger Paravent schirmte die Nische ab. Obwohl es niemanden gab, der mitgehört hätte. Sie nahmen übers Eck Platz.

Im Augenwinkel bemerkte Chili, wie Frau Riemerschmid auf ihren Stock gestützt und in violette Schleier gehüllt die Stufen zur Halle herunterkam. Sie auszuquetschen war Eva M.s Part.

»Sie wohnen hier im Hotel, Herr Speckbacher. Und sind gelernter Hotelkaufmann. Wo stammen Sie eigentlich her?«

Speckbacher wusste offenbar nicht, wohin mit den Händen. Also verschränkte er sie im Nacken und sah zur Decke. »Haben Sie doch längst nachgeprüft. Oder?«

»Klaro. Aber ich wollt's von Ihnen selber hören.«

»Aaalsoo – ich stamme aus einem kleinen Dorf im Chiemgau. Einem Chiemgaudorf, ja.«

»Hat dieses Dorf auch einen Namen?« Chili rutschte an die Vorderkante ihre Sessels. »Drucksen Sie nicht so rum, Mann. Im Übrigen: Alles, was Sie hier sagen, wird natürlich überprüft.«

»Kohlstattberg. Ich bin aus Kohlstattberg.«

»Und? Aus welcher Familie? Wer sind Ihre Eltern?«

Er nahm die Arme nach vorn und verschränkte sie vor der Brust. »Meine Mutter. Ich hab nur eine Mutter. Frau Speckbacher heißt sie.«

Nun kamen sie der Sache schon näher. »Michaela Speckbacher? Kellnerin von Beruf?«

Er tat erstaunt. »Ja.«

»Sagen Sie mal, Herr Speckbacher, warum sind Sie so reserviert? Sie sind doch sonst immer ein recht aufgewecktes Bürschchen. Und hier muss ich Ihnen jeden verdammten Wurm einzeln aus der Nase ziehen. Was müssen Sie denn verheimlichen?«

Speckbacher stützte sich mit beiden Händen auf seinem Sitz ab. »Verheimlichen? Nichts. Aber wie würden Sie sich fühlen, wenn ich so in Ihren privaten Dingen herumschnüffeln würde?«

»Hey, Mann. Ich ermittle hier in einem Mordfall! Mord – das ist kein Spiel. Wir können auf der Stelle in die Direktion fahren. Dort werden Sie genügend Zeit erhalten, sich zu äußern.«

Sie musste ihre Erregung dämpfen. Chili schnaufte tief durch und setzte sich wieder. »So. Noch mal von vorn. Ich weiß, wer Ihre Mutter ist. Kennen Sie auch Ihren Vater? Sind Sie ihm je begegnet, hat er sich je um Sie gekümmert? Spielen Sie jetzt bloß nicht den Unwissenden!«

Kleine Tropfen hatten sich auf Speckbachers Oberlippe gebildet. »Sie werden sich ja umgehört haben. Dann werden Sie auch das Gerücht aufgeschnappt haben, dass der Bauer Silbernagl mein Vater sein soll – sagen Sie, warum interessiert Sie das alles so stark? Ich bin ein tüchtiger

Assistent im Voglwirt, leite momentan das Hotel sogar allein, hab nichts mit dem Tod von Herrn Kirchbichler zu tun. Also was wollen Sie eigentlich von mir?«

Chili musste ihm im Grund ihres Herzens recht geben. Doch an der Art Speckbachers irritierte sie etwas, das sie nicht in Worte hätte kleiden können. Eva M. hatte gesichert herausbekommen: Robert Speckbacher war tatsächlich der leibliche Sohn aus einer Verbindung Paul Silbernagls mit der Kellnerin Michaela Speckbacher. Viele Jahre nach der Geburt hatte der Landwirt den unehelichen Sohn anerkannt. Robert Speckbacher musste demnach seinen Vater auch kennen, vermutlich sogar recht gut. Dass er sich vor ihr so anstellte, musste Gründe haben.

»Kreizhimmeldonnerwetter, Speckbacher. Sie wissen, dass Sie ein Silbernagl sind. Dann wissen Sie auch, dass Sie ein Halbbruder von Katharina sind, Silbernagls Tochter. Die er verstoßen hat – oder die ihn verlassen hat, wie man's nimmt. Haben Sie das die ganze Zeit schon gewusst? Schon als sie anfing, Rosen im Voglwirt zu verkaufen?«

Chili bot sich ein seltsames Bild. Der Mann, der soeben noch triefte vor Selbstbeherrschung, brach zusammen. Speckbacher schlug die Hände vors Gesicht und fing an zu jammern, wobei er seinen Oberkörper hin und her wiegte. Er wimmerte und grunzte unverständliches Zeug. Ruckartig hörte er nach kurzer Zeit damit auf und starrte aus dem Fenster. In die Stille hinein ertönte ein Magenknurren. Chili war sich nicht sicher, ob es von ihm stammte oder von ihr selbst.

»Und ich hätt mich fast verliebt in sie«, murmelte er immer noch weinerlich. »Aber der Niki, der war schneller.« Zaghaft schüttelte er den Kopf. »Naa, so was. Meine eigene Schwester.«

Sein furchtsamer Tonfall irritierte Chili. Und abgenutzt sah er aus, fand sie. Abgenutzt und verbeult.

Dann erschien Eva M. auf der Bildfläche.

Fast unbemerkt war sie um die Ecke gehuscht und hatte sich zu den beiden gesetzt, Chili gegenüber. Ihre Miene sprach Bände. Evas Gespräch mit Frau Riemerschmid war augenscheinlich erfolgreich gewesen, las Chili aus ihren Augen.

»Sind Sie ab und zu traurig, Herr Speckbacher?«, begann Eva M. »Niedergeschlagen? Antriebslos? Leiden Sie unter Schlafstörungen?«

Aha, dachte Chili Sie spielt auf eine Depression an. Vielleicht lutscht der liebe Robert ja am Daumen.

Speckbacher richtete sich auf. »Was soll das denn nun schon wieder?«

Eva M. zog ein Röhrchen Fluopram – gelbe Hülle mit rotem Kreis – hervor und hielt sie ihm hin. »Kennen Sie die?«

Flammende Röte überzog Speckbachers Gesicht. Er sackte in sich zusammen. Wie konnte sich ein Mensch in Sekundenschnelle dermaßen verändern? Vom Hotelmanager zum Glöckner von Notre Dame. Er verfiel wieder in dieses unverständliche Grunzen.

Chili hielt sich nicht lang damit auf. Sie erhob sich, trat zur Seite und wählte Ottakrings Nummer. Sie hatte keine Gewissensbisse, ihn in seiner Münchener Zweisamkeit zu stören. Sie waren in ihren Ermittlungen an einem Punkt angelangt, an dem der Chef hermusste.

Eine gute Stunde später war er da.

* * *

»Hören Sie, Speckbacher. Nun ist Schluss mit gemütlich. Rücken Sie raus mit der Sprache.« Er war im Bild. Die Kolleginnen hatten ihn kurz über den Sachstand informiert. Sofort knöpfte er sich Speckbacher vor.

»Zwei Dinge interessieren uns. Erstens: Sie behaupten, nichts davon gewusst zu haben, dass Katharina Silbernagl Ihre leibliche Schwester ist. Wie aber ist ihre Verbindung zueinander in Wirklichkeit? Und zweitens: Sie haben uns bisher verschwiegen, dass Sie an Depressionen leiden. Na gut, niemand gibt das ohne Not preis. Aber zufällig nehmen Sie dasselbe Präparat wie Niki Kirchbichler ein. Ich hab Sie persönlich gefragt, ob Sie die Bezeichnung Fluopram schon einmal gehört haben. Und ob Sie gewusst haben, dass Herr Kirchbichler unter Depressionen gelitten hat. So eng, wie Sie befreundet waren, gehe ich davon aus, dass es auch da einen Zusammenhang gibt. Also, noch ein letztes Mal, Herr Speckbacher: Raus mit der Sprache!«

Seine Stimme klang scharf. Er spielte kurz mit dem Gedanken, den Mann mitzunehmen und in der Direktion zu verhören. Doch im selben Augenblick ließ er die Idee wieder fallen. Denn es galt, eine Reihe von Dingen zu erledigen, die keinen Aufschub duldeten. Er tauschte einen flüchtigen Blick mit Chili. Sah, dass sie seiner Meinung war.

»Bitte fragen Sie weiter, Toledo«, sagte er mit Nachdruck. Und zu Speckbacher gewandt: »Sie haben Glück, Herr Speckbacher. Eine Frau nimmt sich Ihrer an.«

Mit wenigen Schritten war Ottakring im Musiksalon. Er setzte sich hinter den Flügel und ließ die Atmosphäre auf sich wirken. Wir werden diese Geschichte nie lösen, dachte er, wenn wir nicht herausfinden, wo die Verbindungen bestehen und was hinter ihnen steckt. Eine Verdächtige saß in U-Haft. Er drückte ein paar schwarze Tasten. Es klang kläglich. Wie aber war Kirchbichlers Beziehung zu Katharina? Die von Kirchbichler zu Speckbacher? Welche Rolle spielte Vater Silbernagl in Bezug auf seine Tochter? Welche in Bezug auf seinen Sohn? Und umgekehrt? Was war mit Katharina und Morlock? Und – war die Riemerschmid tatsächlich so naiv, wie sie vorgab? Man hatte schon Pferde kotzen sehen. Der Specht bildete sich ja sogar ein, ihm, Ottakring, fehle ein Alibi für die Todeszeit. Ein misslungener Lauf mit der rechten Hand endete in einer schmerzenden Dissonanz.

Langsam begannen sich die Dinge am Firmament seiner Schädeldecke zu ordnen.

»Hallo, Dr. Vach. Könnte es sein, dass Sie einen Patienten namens Robert Speckbacher haben? … Nein, selbstverständlich rufe ich dienstlich an … Ja? Irrtum ausgeschlossen? … Na gut, versteh ich … am Telefon … ich komm vorbei.«

Es war achtzehn Uhr siebenundvierzig, als Kriminalrat Josef »Joe« Ottakring die Mangfallbrücke im Auto stadteinwärts überquerte. Wieder hatte dieser scheußliche

Regen eingesetzt. In Bayern 1 kam Blasmusik und auf Radio Charivari ein seltsam stampfender Lärm, den kein Mensch über dreißig deuten konnte. Müdigkeit überfiel ihn hinterrücks. Als der Porsche anfing zu ruckeln, sprang sein Blick auf die Spritanzeige. Leer! Klar, als er in München weggefahren war, war der Tank nur mehr viertel voll gewesen. Gegenüber von McDonald's, in Sichtweite der Eisenbahnunterführung und den nächsten Tanksäulen, streikte der Motor. Ottakrings Schlappheit war wie weggeblasen, als er im Regen, ohne Schirm, zur Tankstelle marschierte.

Es war zehn nach sieben. Er musste Dr. Vach verständigen. Zwar galt das Prinzip, dass jeder gute Arzt permanent für seine Patienten ansprechbar war. Doch auch ein oberbayrischer Doktor arbeitete nicht ewig.

»Mein Auto springt momentan nicht an.«

»Jaja, ich wart solang«, bestätigte Vach von seiner Praxis aus mit beginnender Ungeduld in der Stimme.

Mit zwei Behältern, orangefarben wie der Porsche, kehrte Ottakring zu seinem Wagen zurück. Er hielt die Kanister in den Tankstutzen. Startete den Motor. Der brachte aber nichts wie ein Geräusch zusammen, das wie eine Herde hämisch kichernder Elche klang.

Nach dem zehnten Startversuch stand plötzlich Dr. Vach neben der offenen Fahrertür. Der Doktor trug ein fichtelnadelgrünes Salzburg-Jackett mit geprägten Metallknöpfen, ein weißes Hemd und eine wild gemusterte Krawatte, vermutlich aus Hawaii.

»Mit Oldtimern gibt's immer Probleme«, sagte er. »Das kenn ich. Was wollten Sie von mir wissen?«

Sie führten ihr Gespräch unterm Tankstellendach im fetten Daimler des Internisten.

»Robert Speckbacher ist also Ihr Patient«, fragte Ottakring. »Warum haben Sie das nicht gleich gesagt?«

Statt einer Antwort kam ein Lachen, das fast die Daimler-Fenster sprengte. »Bin ich die Spürnase oder Sie?«

Um sie herum rollte der abendliche Tankstellenverkehr. Lichtkegel durchwanderten den Innenraum des Wagens. Reifen quietschten, Hupen hupten.

»Also, wir können festhalten«, schloss Ottakring das Gespräch ab. »Speckbacher war ebenso regelmäßig Ihr Patient wie Kirchbichler. Und er litt grad so unter Depressionen.« Er streckte die Beine aus. »Sagen Sie, Doc, hat der eine vom anderen gewusst, dass sie dasselbe Medikament nehmen? Der Kirchbichler vom Speckbacher oder umgekehrt? Die beiden kannten sich ja sehr gut. Haben Sie dazu eine Meinung?«

Vach überlegte kurz. Nachdenklich schüttelte er den Kopf. »Nein, tut mir leid. Nicht dass ich wüsste.«

Ottakring hatte diese Antwort erwartet.

»Soll ich Sie irgendwohin fahren?«, fragte Vach zum Abschluss. »Sie sind ja momentan bewegungsunfähig.« Kraftvoll startete der Motor.

»Nein«, sagte Ottakring. »Ich schaff das schon.«

Er werkelte noch eine Weile am Porsche und holte sich schmutzige Finger. Doch anspringen wollte das Auto nicht. Dann quetschte er sich hinters Steuer, ließ den Kopf nach hinten sinken und verkeilte seinen Nacken in die Kopfstütze. Er wollte telefonieren, doch er drohte einzuschlafen. Selbst das Schnaufen fiel ihm schwer. Er wartete, bis er ruhiger atmete. Dann rief er Chili an und gab ihr seine Position durch.

Sie und Eva M. trafen wenig später ein.

»Ich fühle mich wie ein Eiskunstläufer, der ausgerutscht und gegen die Bande geschlittert ist«, sagte Ottakring zerknirscht. »Mein Porsche ist verreckt. Ich krieg den Karren nicht mehr an. Habt ihr wenigstens den Speckbacher zerlegt?«

»Na ja«, sagte Chili. »Zerlegt ist übertrieben. Eigentlich ist der nur eine traurige Gestalt. Der hat Maß genommen an Kirchbichler, liegt aber selber weit daneben. Vergiss es.«

Eva M. nickte heftig. »Das bestätigt auch die Riemerschmid«, sagte sie. »Ich hab sie gefragt, ob sie sich vorstellen kann, wer Niki Kirchbichler umgebracht haben könnte. Ob sie eine Idee hat.«

»Und?«

»Der Speckbacher jedenfalls net«, sagte Eva M. Sie hatte die Motorhaube des Porsche aufgeklappt und versuchte sich mit einem Streifen Haushaltspapier an dessen Innereien. »Aber die …« Der Rest ging im Aufheulen des Motors unter. Er führte sich auf wie vor dem Start zur Formel 1.

»Abgesoffen«, sagte Eva M. bescheiden. »Zu viel Benzin an den Zündkerzen. Das gibt's nur mehr bei diesen Uraltmodellen. Jedenfalls läuft er wieder.«

Danke zu der jungen Frau zu sagen, war für Ottakring wie der Sprung in einen eisigen Wildbach. In diesem Fall aber war es unumgänglich. »Wenn Ihr Porsche einmal streikt …«, raunzte er mit abgewandtem Gesicht.

Zwölfter Tag

Ottakring wälzte sich die ganze Nacht im Bett, ohne einschlafen zu können. Den Inhalt seines Kühlschranks fand er zu puritanisch, um ihn anzugreifen. Ihm war immer noch kalt.

Er sah das Foto Niki Kirchbichlers aus der Kamera von Dr. Vach vor sich, wie er ausgestreckt auf dem Boden der Sauna lag. Dass es sich beim Tod seines Mitschülers um kaltblütigen Mord handelte, stand mittlerweile fest. Daran glaubten alle. Und Kevin Specht hielt immer noch die Fassung »Ottakring ist der Mörder« in Umlauf.

Katharina war Frau Riemerschmids Täter-Favoritin. Das hatte Eva M. ermittelt. Den Speckbacher dagegen schloss die alte Dame aus.

Was war mit Frau Scholl? Warum log sie?

Welche Rolle spielte Morlock?

Und welche Paul Silbernagl, Kathis Vater?

Eines hatten alle Versionen gemeinsam: Es fehlte ein Motiv. Was hätte Speckbacher, Silbernagl, Morlock, Riemerschmid dazu bringen sollen, den alternden Volksmusikstar um die Ecke zu bringen? Es musste etwas geben, ging es Ottakring durch den Kopf, was sie noch nicht wussten. Etwas in dem Netz der Verbindungen zwischen den Verdächtigen. Doch darüber konnte man, wenn man keine greifbaren Fakten kannte, endlos fabulieren.

Und exakt hier zog er in dieser Nacht einen Schlussstrich. Sei es, weil er solche Abschweifungen ins Nebulöse gar nicht mochte. Oder weil er mit einem Mal einsah, dass die einzige Möglichkeit, Land zu gewinnen und den Fall zu Ende zu bringen, nicht das vage Vor-sich-hin-Brüten war.

Es gab nur den einzigen Weg, wie oft im Leben, sich konsequent mit den verfügbaren Tatsachen auseinanderzusetzen. Als er das begriffen hatte, konnte er endlich zwei, drei Stunden schlafen.

»Um halb acht«, sagte er zu Eva M. »Da will ich euch bei mir haben.«

Um fünf vor halb acht waren sie in seinem Büro. Chili saß in der Besucherecke, Bruni hatte sich vors Fenster gestellt, Eva M. lehnte am Türpfosten und schirmte das Büro ab. Für den Fall, dass Specht unerwartet hereinplatzen sollte.

»Wir müssen der Sache jetzt den letzten Schliff geben«, sagte Ottakring. Er nahm Chili aufs Korn. »Was ist mit Katharinas Laptop? Seid ihr mit dem Analysieren fertig?«

Chili schielte zu Eva M. hinter ihr. Eva M. grinste verlegen und strich ihren Zopf glatt. »Komplett sind die Auswerter noch nicht durch«, sagte Chili. »Aber das wenige, was wir haben, klingt vielversprechend.« Sie lehnte sich zurück und verschränkte die Arme. »Reger Mailkontakt mit Kirchbichler. Aber das war ja zu erwarten. Und das wussten wir natürlich schon aus Kirchbichlers Rechner. Jede Menge Pornoshows. Das Mädchen scheint – na ja, wie soll ich's ausdrücken – ziemlich lebenshungrig zu sein. Die nimmt's mit jedem auf.«

»Scharf auf Sex halt«, merkte Eva M. kapriziös von der Tür her an.

»Ja«, meldete sich Bruni zu Wort. »In ihrem Zimmer bei Morlock ging's auch ziemlich hoch her. Stapelweise DVDs mit diesem Inhalt. Übrigens auch bei ihm. Die scheinen es sich richtig gemütlich gemacht zu haben.«

Ottakring nickte mit hochgezogenen Augenbrauen. »Ist das strafbar?«

»Es wirft ein Licht auf unsere Verdächtige«, sagte Chili.

»Hat sie eigentlich mit Speckbacher Mailkontakt gehabt?«

Schlagartig bekam Chili einen roten Kopf.

Anfängerfehler!, dachte Ottakring, bedachte Chili aber mit einem nachsichtigen Blick.

»Aber das grafologische Gutachten«, spuckte Chili hastig aus. »Der Brief stammt von einer Frau, so viel steht fest. Von einer älteren Frau. Keine Intellektuelle, eher handwerklich begabt. Ängstlich bis depressiv, sucht nach Liebe und Ruhe.«

»Na toll.« Ottakring war anzusehen, was er in Wahrheit von solchen unwissenschaftlichen Aussagen hielt. Es gehörte einfach zum professionellen Geschäft, nichts auszulassen. Früher hatte er manchmal sogar Astrologen befragt.

»Bleibt dran, Mädels! Dieser Punkt ist wichtig. Wenn sich herausstellt, dass sie von ihrer Verwandtschaft wussten, haben beide gelogen. Und Lügen ist nicht nur eine terminologische Ungenauigkeit. Ein Lügner hat immer etwas zu verbergen. Oder will ablenken.«

So lange hatten sie ihn selten reden hören. Sie musterten ihn verwirrt und hielten den Atem an.

»Hört mal her. Was meint ihr, was Kirchbichler und Speckbacher gemeinsam haben? Na?« Er blickte in die Runde.

»Sie sind beide schwul«, sagte Eva M., ohne das Gesicht zu verziehen.

Ottakring griff nach einem Trennblatt, das auf seinem Schreibtisch lag, und streckte es der Rolliererin entgegen.

»Gelbe Karte!«, rief er laut. »Beim nächsten Mal gibt's Gelb-Rot. Ich bitte mir mehr Ernst aus. Deinen Blödsinn kannst du sonst wo veranstalten, aber nicht hier. Nicht in einem Mordfall.« Ottakrings Augen schossen Blitze auf die Rolliererin ab, deren blasse Wangen sich mit sanftem Rosa füllten.

»Eva M. Wo wir schon dabei sind: Ich hatte Ihnen vor ungefähr hundert Jahren einen Auftrag erteilt. Der Auftrag hat gelautet: Finden Sie heraus, warum Frau Scholl leugnet, dass ihr Mann zu seinen Lebzeiten Katharina Silbernagl kannte. Die Gschicht wurde dann noch durch die Tatsache verstärkt, dass Herr Scholl sich mit Katharina regelmäßig in der Pension Blauer Enzian getroffen hat. Ich hab den Auftrag zwar später auch auf Frau Toledo ausgedehnt – aber niemals aufgehoben. Also?« Ganz beiläufig streifte sein vorwurfsvoller Blick auch Chili.

Die sonst so coole Eva M. mit ihrem verschmitzten Charme und ihrer Koboldgrazie suchte den Fußboden nach einem Loch ab, in das sie hineinkriechen konnte. Mei, dachte Ottakring, waren das noch Zeiten, als man sich darauf verlassen konnte, dass etwas ausgeführt wird, was man anordnet.

Chili war anzusehen, was sie dachte: Als wäre Ottakring auf der Karriere zum Henker bei der Kripo hängen geblieben. Wie er das Mädel am ausgestreckten Arm verhungern ließ, das gefiel ihr nicht.

Im Türrahmen erschien ein Arm, der ein Papier in den Raum streckte.

Eva M. nahm es entgegen und überflog die Botschaft. Sie hatte ihre gewohnte Gesichtsblässe wieder.

Der Arm verschwand wieder.

»Das kommt grade rein«, sagte sie und richtete den Blick auf Chili. »Eine Frau steht vor Ihrer Wohnungstür. Sie behauptet, sie sei Ihre Mutter.«

* * *

»Ihre Mutter, Chili? Wenn das stimmt, müssen Sie sofort hin.«

Ottakring hatte sie regelrecht gezwungen, zu gehen. Wenn die Mutter tatsächlich nach so vielen Jahren jetzt vor ihrer Tür stand, hatte er erklärt, konnte das nur zwei Gründe haben: Entweder sie war übermannt vor Sehnsucht oder sie war abgebrannt. Er vermutete Letzteres.

Chili war aufgeregt und ratlos. Schwankend zwischen Trotz und Pflicht. Sie entschied sich für einen Mittelweg. Zuerst die Pflicht und dann schaumermal.

Zu gern hätte sie mehr über diese Gemeinsamkeit zwischen Kirchbichler und Speckbacher erfahren. Ottakring hatte ihr lediglich zugeraunt, dass Dr. Vach auch Speckbacher ein Antidepressivum verschrieben hatte. Mehr zu verraten, darauf hatte er verzichtet. In der Kürze der Zeit, wie er es ausgedrückt hatte.

So war sie nun dabei, Eva M.s unterlassene Hausaufgaben zu erledigen. Vor genau einer Woche war Ottakring mit Katharinas Foto bei Frau Scholl gewesen. Obwohl Klein-Ferdinand die Frau auf dem Foto erkannt hatte, hatte seine Mutter jede Bekanntschaft geleugnet. Warum?

Der Erler Wind wehte aus südlicher Richtung. Er fühlte sich an wie ein Kübel Eiswasser, über die Schultern geschüttet. Trotzdem war es untypisch warm für einen Rosenheimer Winter. Laub und verharschter Schnee bedeckten die Wegränder mit einer glitschigen Schicht.

Zuerst brachte Chili ihren Atem in Ordnung. Ihr Herz stieß an die Rippen. »Grüß Gott, Frau Scholl«, sagte sie dann freundlich.

Da stand Frau Scholl, wie Ottakring sie beschrieben hatte, die Klinke in der Hand. In grau gekleidet, dunkle Augenringe und olivfarbene Haut. Als sie erkannte, wer geschellt hatte, schob sie Klein-Ferdinand hastig in den Flur zurück und versuchte die Tür von innen zuzuziehen.

Doch Chili und ihr rechter Fuß gewannen den Wettbewerb. »Warum tun Sie das?«, herrschte sie Frau Scholl an. »Sie kennen mich. Ich war eine Kollegin Ihres Mannes.«

»Was wollen Sie von mir? Ich bin frischgebackene

Witwe. Ich muss den Schmerz erst verarbeiten. Ich will jetzt niemanden sehen. Auch keine früheren Kolleginnen, äh, Untergebenen.« Sie sprach in einem leicht genervten Quengelton.

Drinnen läutete das Telefon.

Chili merkte, wie der Hörer abgenommen wurde. Eine Spur gereizt, wie sie war, warf sie sich gegen die Tür, nahm Klein-Ferdinand den Hörer aus der Hand und hielt ihm Katharinas Foto vor die Nase.

Der Bub duckte sich.

»Na? Wer?«, sagte sie nur.

»Catrin«, kam es piepsend.

»Also!« Chili fuhr herum. »Was soll Ihr Leugnen? Sie kennen diese Frau doch. Warum lügen Sie, Frau Scholl?«

Wieder läutete das Telefon. In einiger Entfernung hörte Chili, wie sich der Anrufbeantworter einschaltete.

»Diese Frau ist schuld«, sagte Frau Scholl langsam. Kraftlos lehnte sie sich an die Wand. Erst jetzt bemerkte Chili, dass sie barfuß war. Die Füße waren klein und weiß, als sei kein Blut mehr in ihnen.

Frau Scholl holte tief Luft. »Er war ihr völlig verfallen. Und sie ist schuld, dass mein Wasti tot ist.« Keine Tränen, nur kalkweiß.

Wenn eine Frau in Oberbayern einen Sebastian liebt und ihn zärtlich »Wasti« nannte, hatte Chili immer das Bild eines Langhaardackels vor Augen.

»Diese Catrin hatte den Wasti verhext. Sonst wär der nie gegen einen Laster gefahren. Er war schon mit so einem Brass aus dem Haus gerannt und losgeprescht. Eigentlich hatten wir an dem Tag ja zusammen etwas mit dem Buben vorgehabt. Aber nach dem Streit ist er halt abgehauen.«

»Nein, das stimmt nicht«, kam es aus Kindermund. »Wegen seine Tabletten, hast du gesagt.«

Chili neigte den Kopf zurück und schloss die Augen. Tabletten! Ihr stockte der Atem. Als sie die Augen wieder öffnete, schwankte der Ausdruck in den Augen der Frau ihr gegenüber zwischen Verwirrtheit und Angst.

»Was für Tabletten?«, fragte Chili. Sie betonte jedes Wort.

Plötzlich war Frau Scholl so munter wie ein Durstiger im Wirtshaus. »Ach, der Wasti hatte in letzter Zeit immer Kopfweh. An dem Tag haben ihm halt seine Aspirin gefehlt. Dann ist er mit Kopfweh losgefahren.«

Klein-Ferdinand stand im Flur, machte einen Schmollmund und ließ die Flügel hängen. Doch er schwieg. Die Luft zwischen ihm und seiner Mutter hing voller schwebender Staubteilchen.

Chili machte sich ihren Reim darauf und bohrte weiter: »Frau Scholl. Warum ist Katharina schuld, dass Ihr Mann tot ist?«

Frau Scholl tappte müde zu einem Schränkchen in der Ecke. »Hier hat er sich immer die Schuhe geputzt, den Fuß auf eine Schublade gestützt. Er verließ das Haus nie, ohne sich vorher die Schuhe geputzt zu haben. Zum Dienst, meine ich.«

Unbarmherzig bohrte Chili nach. »Warum soll die Catrin schuld sein, dass Ihr Mann tot ist?«

Die Witwe fuhr hoch. »Ach, verdammt noch mal. Wir haben uns geliebt. Und da kommt dieses hergelaufene

Schlamperl und verdreht meinem Mann den Kopf. Ihm, der nie eine andere Frau angeschaut hat. Der wusste ja zum Schluss nicht mehr ein noch aus. Nie hätt's das gegeben, dass der mich oder den Ferdi da vernachlässigt hätt.«

Ihre Miene klarte auf wie der Himmel nach einer Düsternis. »Ferdi«, sagte sie zärtlich, »geh du doch bitte nach oben in dein Kinderzimmer. Ich hab mit der Frau noch was zu besprechen.«

Klein-Ferdinand schnaufte und gehorchte.

»Gehen wir ins Wohnzimmer«, sagte Frau Scholl. Dort blieb sie stehen und strich mit der Hand über die geplatzte Oberfläche eines Eichentisches. »Setzen Sie sich. Bitte.«

Chili wollte sich nicht setzen. Eine Wolke der Beklemmung hatte sich ausgebreitet.

»Wir haben uns geliebt«, begann die Frau. »Heute noch spüre ich, wenn ich wach im Bett liege, seinen Atem an meinem Nacken. Ich spüre seinen Arm, den er immer um mich legte, wenn ich verzweifelt war oder wenn Ferdi verklebt und verschwitzt vom Fußballspielen heimkam.« Sie musste sich setzen. Ihre Füße gestikulierten die ganze Zeit über mit. »So war das, bis diese Frau in sein Leben getreten ist. Natürlich hab ich sehr bald gemerkt, wie er sich mit diesem Flittchen in der Pension traf. Ich hab auch mitgekriegt, wie sich seine Persönlichkeit zu spalten begann und er zu diesen Tabletten griff. Warten Sie.« Sie ging hinaus und kam mit einem Röhrchen zurück.

Chili traute ihren Augen nicht.

»Haben Sie eigentlich im Dienst nichts mitgekriegt von seinen Depressionsschüben?«, fragte Frau Scholl.

Doch Chili war in Gedanken weit weg. Sie blieb diese Antwort schuldig. Sie hatte ein solches Tablettenröhrchen schon an anderer Stelle gesehen. Gelbe Hülle mit rotem Kreis.

Wieder Fluopram. Wieder die Verbindung zu Katharina Silbernagl.

Als Chili wenige Minuten später das Haus verließ, griff sie als Erstes zum Handy.

* * *

Ottakring stellte sich vor, wie Chili ihre Mutter vor der Wohnungstür antreffen würde. Eine Szene wie aus einem Film. Tausche Baby gegen Mutter. Wenn es stimmte, käme das Chilis offenbar unstillbarem Beschützerinstinkt sicher entgegen. Oder ob es sich um einen blöden Scherz handelte? Doch rasch wanderten seine Gedanken weg von dieser Frage.

Warum hatte Paul Silbernagl einen Mord gestanden, den er nicht begangen hatte? Der Mann war absolut zurechnungsfähig. Ottakring hielt ihn sogar für smart. Der Grund konnte nur in dem Beziehungsgeflecht liegen, das zwischen ihm, seiner Tochter Katharina und dem Sohn bestand, den er mit der Kellnerin hatte: Robert Speckbacher.

Es regnete. Ottakring faltete seinen Körper mühsam zusammen, um in den Porsche zu kriechen.

* * *

Chili sprang ins Auto und raste von Frau Scholls Haus nach Hause. Es hatte wieder einmal zu regnen begonnen. Ihr antrainiertes Innenstadt-Tempo lag bei achtzig bis neunzig Stundenkilometer. Gefräßig verschlang der Wagen eine Nebenstraße nach der anderen. Während der Fahrt hatte sie gegen Berge von Befürchtungen anzukämpfen, die sich in ihr auftürmten.

Vor dem Haus mit der Wohnung, in der sie lebte, stellte Sabrina Toledo den Motor ab und blieb mindestens eine Minute lang im Wagen sitzen. Sie starrte durch den Regen auf den Hydranten vor dem Haus. Er war dick mit silberner und roter Farbe lackiert. Von seinen roten Armstümpfen tropfte dramatisch der Regen wie Blut auf den Gehsteig.

Nicht dieses Bild war es allerdings, das Chili interessierte. Sie hatte nur einen Blick für die Frau, die an dem nassen Hydranten lehnte.

Sie hatte einen farblosen Popelinemantel an, die Schultern angehoben und Trauer im Blick. Ihre Arme waren ungewöhnlich lang und hingen an den Seiten herab, als gehörten sie nicht zu ihrem Körper. Sie hatte den Mund geöffnet wie zu einer Frage, die ihr nicht ganz über die Lippen kam.

Diese verhärmte Frau sollte ihre Mutter sein?

* * *

»Hallo, Liebes, wie fühlst du dich?«, fragte Ottakring besorgt. Er presste sein Handy ans Ohr, als könne Lola den Druck spüren. »Nein, ich hab auch keine Angst. Es wird bestimmt alles gut gehen … Noch vierundzwanzig Stunden. Alles wird gut, meine Lola!«

Vierundzwanzig Stunden für Lola, Gewissheit zu haben.

Vierundzwanzig Stunden für Ottakring, den Fall Kirchbichler zu lösen. Diese Frist hatte er sich selbst gesetzt. Wenn Lola wieder gesund war, wollte er mit der Aufklärung dieses Falls nichts mehr zu tun haben. Und endlich einen Urologen aufsuchen. Oder Dr. Vach.

Sein Hund saß angegurtet neben ihm auf dem Beifahrersitz und beäugte ihn misstrauisch. Fast mit Gewalt hatte er Herrn Huber den Fängen der Huawerin entreißen müssen. Mit tränenschweren Augen hatte sie die beiden für kurze Zeit verabschiedet.

Paul Silbernagl! Ottakring war sicher, dass über ihn an den Code zu kommen war, der die Lösung versprach. Zügig und gründlich musste er nun ein Ergebnis erarbeiten und es beweisen. Auf halber Höhe zu dem Bauernhof, der auf einem Hügel lag, wehte plötzlich eine Schneewand heran, grausilbern schimmernd im Scheinwerferlicht. In Sekundenschnelle war ringsum alles weiß. Der Kies in der Auffahrt knirschte, als sich Ottakrings Handy meldete. Er blieb im Wagen sitzen. Herr Hubers Kopf schwenkte hin und her. Seine Augen folgten den schnell arbeitenden Wischern. Wind pfiff über das Fahrzeug hinweg, und gefrorene Schneekörner prasselten aufs Autodach.

»Hallo, Joe. Sitzt du?«

Als Chili ihm ihre Erkenntnisse über Scholl, seinen Vorgänger im K1 mitgeteilt hatte, verzog Ottakring den

Mund. Neben Aspirin und Hansaplast musste Fluopram zum begehrtesten aller Heilmittel gereift sein. Scholls Unfall! Er hatte doch nicht etwa auch … eine Überdosis?

»Informier Eva M. Und checkt, ob Scholl im Voglwirt bekannt war«, instruierte er Chili.

Dann stellte er Scheibenwischer und Motor ab. Herr Huber blieb im Auto. Lange würde es nicht dauern. Beim Aussteigen wäre er beinahe ausgerutscht, so eisig war der Boden geworden.

Drinnen saß Silbernagl im Rollstuhl unbeweglich und mit ausdruckslosem Gesicht am Tischende. Er machte Ottakring nervös. Er strahlte etwas Verächtliches, vielleicht Feindseliges aus.

»Natürlich war das ein Unfall gewesen damals«, antwortete er karg auf Ottakrings Frage. »Die Kupplung hat sich gelöst. Steht alles im Polizeibericht.«

»Alle Welt weiß, dass Sie und Ihre Frau total zerstritten waren«, hakte Ottakring nach. »Mit heutigen Mitteln …«

Silbernagl verzog keine Miene und blieb stumm.

Ottakring spürte, wie seine Anspannung stieg. Wie konnte er dieses Schweigen brechen? Er musste den Gegner dazu bringen, sich zu bewegen. In seinem Kopf bestand nicht der geringste Zweifel, dass ein Zusammenhang zwischen Niki Kirchbichlers Tod und dem Mann existierte, der ihm scheinbar teilnahmslos gegenübersaß.

»Woin's wieder an Speck mitnehma?« Von einem Moment zum anderen schien Silbernagl wie ausgewechselt.

Es ist die Erleichterung, die ihn so verändert, kam es Ottakring in den Sinn. Er ist befreit, weil er denkt, dass ihr Gespräch beendet sei. Weshalb aber diese Totenstarre vorhin? Weil er etwas zu verbergen hat.

Dann kam er darauf. Wie ein Blitz zuckte die Erkenntnis durch sein Gehirn. Schon beim Hereinfahren, als er durch den Schneesturm hindurch die weiten Felder ringsum und den Mischwald am Horizont wahrgenommen hatte, war diese Überlegung vage aufgetaucht. Das ausladende Gehöft, die modernen Maschinen in der Halle, das Vieh im Stall – das alles musste Millionen wert sein. Und er, Ottakring, war verzweifelt darauf aus, einen Pfad aufzuspüren, der von diesem Mann zu seiner Tochter, seinem Sohn und schließlich zu Niki Kirchbichler führte. Sollte das Vermögen Silbernagls der Schlüssel zu dieser Lösung sein?

Ottakring stand auf und trat hinter den Bauern, der sich vor ihm in seinem Rollstuhl duckte und nervös mit den Fingerkuppen die Lehnen betrommelte.

»Sie wollen ja Kirchbichler umgebracht haben«, sagte er in harmlosem Tonfall.

Der Kopf unter ihm nickte heftig.

»Dann hätten wir Sie schon längst festnehmen müssen. Dann säßen Sie jetzt eine Zelle weit von Ihrer Tochter entfernt.«

»Naa«, kam es krächzend aus Silbernagls Mund. »Naa. Des stimmt net. Die Kathi wär dann ja frei.« Die rechte Faust prügelte auf die unschuldige Lehne ein.

»Ist das der Tausch, den Sie beabsichtigt haben? Vater statt Tochter lebenslang?«

»Koa Tausch net. I hab eahm umbracht, den Sauhund, den elendigen.«

»Okay, einverstanden. Ich nehm Sie sofort mit und lass die Kathi frei, wenn Sie mir endlich meine Fragen beantworten: Wie haben Sie sich unbemerkt in Ihrem Rollstuhl beim Voglwirt bewegt? Wie sind Sie über die Stufen im Untergeschoss herumgehoppelt? Wie haben Sie den Kirchbichler eigentlich umgebracht? Haben Sie ihm vielleicht die Kehle durchgeschnitten, ohne dass der Arzt es bemerkt hat, als er den Totenschein ausgestellt hat?«

Ottakring wollte sich schon halb belustigt abwenden. Da passierte etwas Erstaunliches.

Silbernagl stützte sich mit den Vorderarmen auf den Lehnen ab und erhob sich zu voller Größe. Etwas zaghaft zwar, aber als er sich vom Rollstuhl gelöst hatte, erschien es Ottakring, als stünde ein Gigant vor ihm.

Silbernagl dehnte und reckte sich, machte ein paar zaghafte Schritte und sagte: »So. So war i unten beim Voglwirt, wo i den Kirchbichler umbracht hob. Wo der den Abgang gmacht hod.« Steif stapfte er zur Tür, wendete und kam in ebenso unbeholfenen Schritten zurück. »So war des gwen«, sagte er und legte Ottakring eine Hand auf die Schulter.

Der kam sich vor wie in einem frühen Frankensteinfilm. »Weiß das jemand außer mir, dass Sie aufrecht gehen können?«

Silbernagl schüttelte den Kopf. »Naa. Des woaß koaner. Überhaupts koaner.«

Ob mit oder ohne Rollstuhl, dieser Mensch war am fraglichen Tag auf keinen Fall im Voglwirt gewesen. Weder in der Wellness-Abteilung noch in der Küche noch auf dem Dach. Das hatten sie mit seinem Foto mehrfach überprüft, und das Ergebnis war eindeutig negativ gewesen. Außerdem hatte ihm ein Landmaschinenvertreter, der am späten Nachmittag des Todestags auf dem Hof war, einen Katalog in die Hand gedrückt. Da hatte er im Rollstuhl gesessen.

Dreißig Sekunden lang blieb Ottakring einfach stehen und starrte den anderen an. Er versuchte sich nicht anmerken zu lassen, wie verunsichert er war. Dann trat er vor Silbernagl hin und gab ihm einen kräftigen Schubs.

Der kräftige Mann kippte wie vom Hammer getroffen nach hinten weg und landete unbeschädigt in seinem Rollstuhl.

Ottakring beugte sich über ihn. »Wer erpresst Sie?«, fragte er aufs Geratewohl.

* * *

Wie identifiziert man eine Mutter?

Chili hatte ihre Mutter zuletzt gesehen, als sie selbst sechs Jahre alt gewesen war. Die Frau, die da im Regen am Hydranten gelehnt hatte und die sie wie selbstverständlich in ihre Wohnung gebeten hatte, war sicher einmal schön gewesen. Nun aber sah sie aus, als ob die Jahre sie von innen heraus zerfressen hätten. Aus blutunterlaufenen Landstreicheraugen musterte sie Chili.

»Und – wie haben Sie sich das so vorgestellt?«, fragte Chili. Sie brachte es nicht übers Herz, diese Frau, die ihr vollkommen fremd war, zu duzen.

»Sabrina«, sagte die andere, »hier ist mein Ausweis.

Prüf ihn oder lass ihn prüfen.« Dazu zerrte sie mit zittrigen Fingern einen Umschlag aus ihrer erheblich in die Jahre gekommenen Handtasche. Dem Umschlag entnahm sie ein Foto. »Hier. Ein Bild von mir und Torsten aus Flensburger Zeiten.«

Chili nahm das Foto in die Hand und betrachtete es. Vater und Mutter waren darauf zu erkennen. Aber diese Frau ihr gegenüber …? Doch war das nicht Beweis genug? Wie sollte die Frau sonst in den Besitz kommen? Am sichersten wäre natürlich ein DNA-Test. Doch ihr Gefühl sagte ihr, dass private Dinge nicht zu dienstlichen Untersuchungsmethoden passten. Am liebsten hätte sie die Frau einfach in den Arm genommen. Und sich selbst vorgegaukelt, sie sei wirklich ihre Mutter.

»Ich muss weg. Dienstlich. Sie können aber gern solange hierbleiben«, sagte sie. »Spätestens am Abend bin ich sicher wieder zurück.«

»Nein«, sagte die Frau im Popelinemantel, »ich werd draußen warten. Irgendwo. Hier drin will ich erst bleiben, wenn du von mir überzeugt bist.«

»Haben Sie Geld? Soll ich Ihnen etwas – leihen?«

Entsetztes Schweigen.

Chili schämte sich fast. »Ich weiß aber nicht, wann ich zurück bin. Das kann länger dauern. Vielleicht schauen Sie einfach nach, ob Licht brennt.« Sie unterließ es zu fragen, ob sie ein Handy habe.

Die Frau nickte. »Ich komm schon zurecht«, sagte sie bescheiden.

Chili steckte ihr Mobiltelefon in die Tasche und verließ das Haus. Vereinzelte Schneeflocken fielen auf die

Straße. Obwohl die Wolkendecke vom Vortag aufgerissen war.

»Sebastian Scholl hat den Voglwirt nie betreten«, rief Eva M. kurz darauf am Handy an. »Der ist dort völlig unbekannt. Er war nicht nur an Kirchbichlers Todestag nicht im Hotel. Er scheint das Hotel regelrecht gemieden zu haben.« Es folgte ein kurzes Rauschen. »Aber wer dort Stammgast ist, ist Kevin Specht. Er war auch am Nachmittag von Kirchbichlers Tod im Hotel.«

Chili meinte, ein albernes Kichern zu hören. Mit dem Zusatz »Na, wie bin ich?«

* * *

»Erpressung? Ich?«, sagte Paul Silbernagl mit dem Gesichtsausdruck eines Engels. Wenn Silbernagl in breiten Chiemgauer Dialekt verfiel, war er selbst für den Münchener Bayern Ottakring schwer zu verstehen. Doch jetzt setzte er zu einer Rede an, deren Hochdeutsch einen Preußen vor Neid hätte erblassen lassen. »Wer soll mich erpressen? Schauen Sie. Erpressung setzt doch voraus, dass es da was zu holen gibt. Bei mir gäbe es zwar was zu holen – ein Stück Land, einen Hektar Wald, einen neuen Futtermischwagen. Aber welcher Erpresser kann damit schon was anfangen? Die wollen doch alle nur Bargeld. Wenn das stimmt, was man so liest. Ich befind mich zugegebenermaßen nicht gerade in finanzieller Bedrängnis, verehrter Herr Ottakring. Aber Bargeld hab i halt koans. Grad für a Stückl Wurscht reichts no, mei Bares. Also?«

Der Kriminalrat Ottakring erhielt von einem Großbauern eine Lehrstunde in Hochdeutsch und Erpressung! Da schau her. Unrecht hatte Silbernagl freilich nicht. Und logisch denken konnte er auch, das stand fest. Das mit dem mangelnden Bargeld wollte Ottakring jedoch für alle Fälle prüfen. Er schob Silbernagl in seinem Rollstuhl an seinen persönlichen Platz am Tisch und bedeutete ihm zu warten. Er selbst stolperte hinaus in den breiten Flur mit den antiken, ausgetretenen Fliesen und griff zum Mobiltelefon.

Im selben Moment, als er Lolas Kurzwahlnummer drückte, erschallte der Radetzkymarsch.

»Hallo, Liebes?«, rief er.

»Nein, ich bin's nur«, kam es barsch von der anderen Seite. Etwas zu tief für Lolas Stimmlage.

»Wer ist da?«

»Schuster. Seit wann sagen Sie ›Liebes‹ zu mir?« Dann rieselten Eiskörner durch den Hörer.

»Professor Morlock war bei mir. Der Mann hat Einfluss, wissen Sie. Er hat sich über Ihre Wohnungsdurchsuchung beschwert. Nicht nur, dass Sie Unordnung gemacht hätten. Es fehlen auch persönliche Sachen. Er will diese Beschwerde bis zum Präsidenten weitertragen. Er hatte gleich einen Anwalt dabei. Und der sagt, die Anklage gegen Katharina Silbernagl steht auf tönernen Füßen. Nirgendwo sei ein Beweis. Er will sie rausholen, der Anwalt, auf jeden Fall will er sie rausholen.« Er räusperte sich lange, während Ottakring seinen Gedanken nachhing. »Was sagen Sie dazu, Herr Ottakring?«

Ich schmeiß den Laden hin und genieße wieder meine Pension. Kümmere mich endlich hauptberuflich um Lola, pflege meine Gesundheit und renne mit dem Hund auf den Berg. Doch er antwortete Schuster mit angeschlagener Stimme: »Ich werd Morlock anrufen.«

Für eine Minute kehrte er noch einmal zu Silbernagl zurück, der sich nicht von der Stelle bewegt hatte. Fast jedes Mal, wenn Ottakring den Blick auf den Mann heftete, kam ihm der Unfall in den Sinn, bei dem vor vierzehn Jahren die Frau umgekommen war. Er hatte vor, die Sache von damals der Staatsanwältin zu unterbreiten, sobald der Kirchbichler-Fall abgeschlossen war.

»Nix verraten«, sagte Silbernagl und ruckelte auf seinem Sitz herum. »Dass i aufstehn kann.«

Ottakring zuckte die Schultern. Er hatte jetzt andere Sorgen. Bevor er in sein Auto stieg, rief er in der Dienststelle an. Eva M. war gleich dran. »Stell fest, bei welchen Banken Silbernagl seine Konten führt. Und krieg raus, wie viel da drauf ist. Aber sei dezent. Frag Herrn Schuster, wie man das macht.«

Er gab Gas und flog in einer Schnee- und Kieswolke vom Hof. Es war früher Nachmittag geworden. Er hatte Hunger wie ein Wolf.

»Professor Morlock, was ist Ihr Lieblingslokal in der Gegend?«

»Ich hab zwei. Den Winkler und den Karner in Frasdorf.«

»Ich möcht Sie einladen. Ausgerechnet die zwei kann ich mir nicht leisten.«

Morlock lachte und verfiel augenblicklich in sein fränkisches Becksteinisch. »Na, dann gemmer halt auf ein

Paar Schweinswürstl an einen Stand am Max-Josefs-Platz.«

Sie vereinbarten einen Treff um halb drei im Giornale an der Bar. Ottakring parkte den Porsche zu Hause und machte den Weg zu Fuß. In dem Teil der Münchener Straße, der entlang dem kleinen Park am Kultur- und Kongresszentrum verläuft, kam er sich vor wie in der Kulisse zu einem – ey, was sagst du? – Prolofilm. Die Ausstatter der jugendlichen Menschen, die entlang dieser Halbmeile herumhingen, hatten praktischerweise genau hier ihre Läden.

Vor nicht langer Zeit war in dieser Straße ein über achtzigjähriger Mann wegen einer akuten Kreislaufschwäche auf dem Gehweg kollabiert. Statt ihm zu helfen, hatten zwei junge Burschen – Flaumbart, Kapuzenpulli, Schlabberhosen – ihn beraubt und misshandelt. Auch in diesem Augenblick hätte es Ottakring interessiert, was all die Kinder und jungen Menschen um diese Zeit auf der Straße zu suchen hatten. Mitten am Tag an einem Werktag. Während der Schul- und Arbeitszeit.

Als er nach diesem Eindruck ins Giornale trat, war es ihm, als tauche er in eine fremde, ungewohnte Landschaft ein.

Karl-Hermann Morlock trug diesmal eine Fliege. Er saß im Mantel an der Bar und hob lässig die Hand. Der angekündigte Ärger war ihm nicht anzumerken. Eine Dame mit ausladendem Hut auf honiggelbem Haar und knalligem Blazer machte Platz, damit Ottakring sich neben Morlock setzen konnte.

»Probleme?«, fragte der Professor mit gerunzelter Stirn.

»Was soll der Schmarren?«, fragte Ottakring. »Man sagt mir …«

»Jaja, schon klar. Ist natürlich ein Schmarren. Dass Sie den PC von der Kathi mitgenommen haben, war zwar nicht nett, gehörte aber zu Ihren Aufgaben, Herr Kriminalrat. Ist mir schon klar. Und dass sie meine geliebten Pornos völlig durcheinandergewirbelt haben – na ja. Hätte nicht sein müssen, oder? Oder haben Sie da Probleme?« Er sprach sehr laut, und die Dame nebenan hörte offensichtlich mit. Morlock schien es nicht zu stören.

Ottakring wollte etwas einwenden. Er überlegte es sich aber anders, schwieg und presste die Lippen aufeinander.

»Also.« Morlock zupfte die silberdurchwirkte Fliege mit beiden Händen gerade. »Ich sag's gradraus. Kathi ist wieder frei. Ich wollt's Ihnen als Erstem sagen.« Dabei machte er ein Gesicht wie ein Schulbub nach einem gelungenen Streich.

In Ottakrings Hirn tat's einen Schnackler. Gleichzeitig zog's ihm die Zehennägel hoch. Er rutschte vom Sitz und fluchte laut. Dabei rasierte er der Dame neben ihm den Hut vom Kopf. Sie schrie auf und flüchtete zur Garderobe.

Morlock verfolgte das Geschehen mit dem Charme und der Schläue eines routinierten Pokerspielers. Als er jedoch Ottakrings Totengräbermiene sah, schaute er sehr schnell weg. Friedhofsruhe herrschte im Lokal. Selbst der Nymphensittich in der Ecke hatte den Kopf unters Gefieder gesteckt.

»Was meinen Sie damit?«, fragte Ottakring. Er ahnte, was für ein Gesicht er dabei machte. »Dass Kathi frei sei?«

Morlock rieb sich die Hände. »Na ja, unschuldig ist sie halt. Unschuldig an allem, schon gleich an einem Mord. Wobei es ja bekanntermaßen sehr fraglich ist, ob Niki Kirchbichlers Tod überhaupt auf Fremdeinwirkung zurückzuführen ist.«

»Klugscheißer!«

Ottakring hatte es eigentlich nur gedacht. Aber so, wie einer ungewollt rülpst, merkte er erst hinterher, dass er laut gesprochen hatte.

»Oh nein, mein Lieber. Katharina hat ein astreines Alibi.«

Morlock schnalzte im Rhythmus der Hintergrundmusik mit den Fingern. Es war irische Volksmusik.

Wie ein Film rauschte die gesamte Ermittlungsakte Silbernagl an Ottakrings innerem Auge vorbei. Kathi hatte kein Alibi. Die Anklage war wasserdicht gewesen.

»Oh nein«, sagte er.

»Oh ja.«

Ottakring hatte keine Lust auf solche Spielchen. »Ich geh jetzt wieder«, sagte er.

»Na gut, wenn Sie wollen. Kathi ist jedenfalls frei.«

Morlock strahlte dabei eine solch unverschämte Selbstsicherheit aus, dass Ottakring letztlich doch noch in die Knie ging.

Und wieso weiß ich das nicht?, hätte er fragen wollen. Doch er sagte: »Und was wäre ihr Alibi, Professor? Wenn's stimmt?«

»Kathi hat die fragliche Zeit mit mir in der Bar vom Voglwirt verbracht. Von Anfang bis Ende. Es war sehr angenehm.«

»Und wer kann das bezeugen?«

»Gott, Herr Ottakring, das haben wir schon alles der Ermittlungsrichterin erläutert. Sie hat letztendlich die Verfügung unterschrieben.«

»Wir? Wer ist wir?«

»Na, Kevin und ich.«

»Kevin? Welcher Kevin?«

»Kevin Specht natürlich. Mein Freund. Er saß mit uns an der Bar. Er hat es bezeugen können.«

Als Morlock Ottakrings bestürztes Gesicht sah, haute er noch einmal drauf: »Den werden Sie ja wohl kennen? Den Kevin?«

* * *

Sie war frei. Ihr langes Schweigen hatte sich also doch gelohnt. Sie war auf dem Weg zum Pornostar. Charly würde ihr diesen Weg ebnen. Er hatte es versprochen.

Das Haus ihre Onkels, Urfahrn 13, war wirklich das prachtvollste an diesem Tiroler Berg. Es lag da wie ein Herrensitz inmitten der Winterlandschaft. Die Temperaturen waren milder geworden. Unten im Tal war der Schnee dahingeschmolzen. Hinter einem Wald von Kränen über dem Neubaugebiet blitzte der See. Er war immer noch zugefroren. Der Bergwind wirbelte eine Ladung Pulverschnee das gewundene Sträßchen hinunter. Der Schnee hüllte einen Mann ein, der einen Schlitten mit zwei dick vermummten Kindern drauf zog. Irgendwo krähte ein Hahn.

Sie hatten Kathi wie ein zurückgekehrtes Mitglied der Familie begrüßt, Onkel Josef, seine vertrocknete Mutter und das Hannerl. Dabei war es erst wenige Tage her, dass sie von der Polizei abgeholt worden war. Und nun hatte Charly sie hergebracht.

Sie hatte Glück gehabt. Die Ermittlungsrichterin war nicht die gewesen, die den Haftbefehl unterschrieben hatte. Eine junge, hübsche. Die Richterin hatte sich von Kevins Auftreten und seinem Titel einwickeln lassen. Und Charly hatte ein Übriges getan. Ja, es hatte auch gestimmt, dass sie mit den beiden Männern lange Zeit in der Bar verbracht hatte. Kein Schwein hatte ihr an jenem Nachmittag Rosen abkaufen wollen. Und Kevin? Der war um sie herumgewieselt wie ein brünftiger Hirsch. Sie war auch nicht abgeneigt gewesen, später mit ihm ins Bett zu gehen, doch Charly hatte eisern die Kontrolle behalten. Zwischendurch hatte sie sich einmal nach Niki erkundigt und war heimlich ins Wellness-Center geschlichen. Sie hatte durchs Guckfenster in die Sauna hineingeschaut – und da hatte sie ihn liegen sehen, den Niki. Schön und nackt. Bilder tauchten auf, wie aus dem Nichts. Sie hatte die Tür geöffnet und nach ihm gesehen. Er lag da wie ein gemalter Jüngling. Nur – der Jüngling schnaufte nicht mehr. Der Puls war Zero. Ein Schreck war ihr durch die Glieder gejagt. Wenn man sie hier entdeckte … mit dem toten Kirchbichler … Schließlich stand sie unter Bewährung. Sie rührte nichts an und schloss vorsichtig die Tür. Niemand hatte sie beobachtet. Auch der bärtige Franz war nicht da.

»Du warst aber lang auf der Toilette«, hatte Charly gesagt. Und Catrin hatte ihr rätselhaftestes Lächeln auf die Lippen gezaubert.

Immer noch war sie ein bisserl traurig über Nikis Tod. Aber Niki, das wusste sie heute, war ein Hochstapler gewesen. Viel Schein und nichts dahinter. Niki hätte sie nie zu dem machen können, was Charly mit ihr vorhatte. Na ja, und wie sie dann im Gefängnis gelandet war, hatten die beiden Männer überlegt, wie sie bald wieder rauskommen könnte. Irgendwie mochte Kevin den neuen Chef, den Ottakring, nicht und wollte ihm eins auswischen. Charly hatte ihr das so erklärt: Wenn sie als Unschuldige in U-Haft wandert und es ergeben sich hinterher neue Unschuldsbeweise, dann trifft's meistens den, der die Haft veranlasst hat. Und das war ja wohl der Ottakring gewesen. Und irgendwie, hatte der Charly gesagt, würde der Kevin davon profitieren. Okay, ihr konnt's egal sein. Sie war frei und auf dem Weg zum Star.

»Hallo, aufwachen!«, sagte Onkel Josef und rüttelte leicht an ihrer Schulter.

Sie zuckte hoch.

»Hast kchan Hunger? Willst was essen?« Josefs fürsorgliches Gesicht hing über ihr.

»Oh ja«, krächzte das Hannerl. »Und ich sitz neben dir am Tisch.«

* * *

Dieser Tag wurde für Kriminalrat Josef Ottakring ein sehr langer. Kaum hatte er sich von dem Schock über Katharina Silbernagls Freilassung erholt, rief Eva M. an.

»Silbernagl hat zwei Konten bei der VR-Bank. Ein privates und ein Quasi-Geschäftliches. Der Kontostand beim privaten ist 112,27 Euro, der beim geschäftlichen 1004,12 Euro. Ich hab's sehr vorsichtig ermittelt, so wie Sie mir geraten haben.«

Ottakring hatte keine weiteren Fragen.

Eva M. fuhr von sich aus fort: »Ach ja, und er hat ein Fondsdepot. Ein gemischtes mit Aktien- und Rentenfonds. Wert um die hundertfünfzigtausend Euro.«

Also kein Bares. Seine Erpressungstheorie geriet ins Wanken.

Als Nächstes versuchte er vom Giornale aus die Ermittlungsrichterin zu erreichen. Sie befand sich in einer Sitzung. Also unerreichbar wie auf einer Forschungsfahrt in der Antarktis. Es mussten gute Gründe sein, die für Katharina sprachen, wenn ein Haftbefehl aufgehoben wurde. Morlock hatte sich mit triumphierender Miene verabschiedet. Ohne sein Getränk zu bezahlen. Wer wollte hier wem eins auswischen? Ottakring hatte sich gerade wieder etwas beruhigt, und die letzten Spaghetti waren erkaltet, da ertönte erneut der Klingelton. Er schaute aufs Display und überlegte, ob er rangehen sollte. Der Huawa! Das konnte nur Probleme bedeuten.

»Ottakring.«

»Ja, da is de Huawerin«, kam es so lautstark aus dem Hörer, dass er das Handy vom Ohr weghielt, um nicht taub zu werden. »Eahna Hund hat vorhin mein ganzn Christbaum umgschmissn!«

Ottakring hatte Schlimmeres erwartet. »Kriangs hoit an neia vo mir«, sagte er.

»Ja, aber der Christbaum is gegen's Fenster gfallen.«

»Ja. Und?«

»Des Fenster war offen, weil i grad gelüftet hab.«

»Ja. Und?«

»Und dann hat die Christbaumspitz unten einen Hund getroffen.«

»A so?«

»Der Hund is auf die Straß grennt.«

Ottakring schwante Böses. Er warf einen Blick auf die Uhr.

»Und vor ein Auto gelaufen. Das Auto hat bremst, und der Hund ist unverletzt geblieben.«

»Ja, aber …«

»Aber dann hat's kracht. Ein anderes Auto ist dem hinten draufgefahren. Einen gscheiten Blechschaden hat's gegeben, und der Fahrer von dem Auffahrer hat geblutet.«

»Das ist ja schrecklich, Huawerin. Wann soll ich den Herrn Huber abholen? Das ist ja ein richtiger Verbrecher. Absolut.«

»Naaa. Der is goldrichtig. I habs Eahna bloß sagn wolln.«

Ottakring kniff die Augen zusammen. Sie wurden vor Müdigkeit immer kleiner. Er lag im Bett und wollte lesen, aber zu viele Gedanken schwirrten ihm durch den

Kopf. Die Richterin hatte er endlich erreicht. Mit dünnen Worten hatte sie bestätigt, was Morlock bereits angekündigt hatte. Katharina Silbernagl war frei. Für sie lag ein astreines Alibi vor. »Unmöglich«, hatte er in einem Ton erwidert, der erkennen ließ, dass er das nicht glaubte. Aber jedes Sträuben war nutzlos, wenn das Gericht gesprochen hatte.

Allein den Triumph, den Specht dadurch einfuhr, empfand er als bittere Niederlage. Und seine eklatante Intrige als Kränkung.

Die Dunkelheit, die sich über die Stadt gelegt hatte, kam ihm kalt und bösartig vor. Ihm schien, als hätte die Welt sich plötzlich gegen ihn gewendet.

Dann tat er, was oberbayrische Männer nur höchst widerwillig tun, wenn sie jemals eine Niederlage einstecken – er rief seine Frau an.

Er fragte ganz schlicht: »Wie geht's dir?«

Lola kicherte belustigt. »Du sprichst drei Worte, und ich merk schon, dass was nicht stimmt. Hey, Joe, was ist los?«

Auch jetzt kniff er. »Nix ist los. Ich wollt mich nur erkundigen, wie's dir geht am Tag vor der großen Entscheidung.«

»Ich sag's dir, Joe. Mein kaputtes Auge brennt so, dass ich's herausreißen möcht. Objektiv sollte ich sehr skeptisch sein. Aber subjektiv, da bin ich voller Zuversicht, verstehst du? Das ist etwas anderes als voller Hoffnung zu sein.« Sie schniefte laut. »Ich wünsch dir eine gute Nacht.«

Klick.

Verblüfft hielt Ottakring noch eine Weile den Hörer in der Hand. Doch dann wurde ihm endgültig klar: Wenn sie morgen nicht geheilt war, war die Katastrophe da. Kein Wunder, dass sie so kurz angebunden war. Ottakring seufzte, klappte das Buch zu und löschte das Licht.

* * *

Einen knappen Kilometer Luftlinie entfernt saß Chili Toledo in ihrer Wohnung vor einem Glas Edelvernatsch und zwei Glas Mineralwasser. Sie grübelte darüber nach, wie sie Gewissheit erhalten konnte, dass die Frau im Popelinemantel ihre Mutter war. Sie hielt es für das Beste, ein paar Details aufzuspüren, die nur ihre Mutter wissen konnte. An viele solche Dinge konnte sie sich nicht erinnern. Sie war sechs Jahre alt gewesen, als Mutter sie und Vater mit dem Sänger verlassen hatte. Den Rest des Abends verbrachte sie damit, nach solchen Fragen zu suchen. Zum Beispiel diese: »Wie hieß die Katze, die wir damals hatten?«

Dieses Fragespiel besaß zwar alte James-Bond-Romantik, war aber sicher wirksam.

Dreizehnter Tag

»Wie hieß die Katze, die wir damals hatten?«

»Katze? Welche Katze?«

Vater hatte Katzen gehasst. Chili jubilierte innerlich. Zog aber die Stirn in Falten.

»Woher kommt unser Name ›Toledo‹? Was glaubte Papa?« Die fremde Frau faltete ihre langen Arme vor der Brust. Erst jetzt bemerkte Chili den Purpurfleck an ihrem Hals. Hatte sie den damals schon gehabt?

»Dein Vater war der Ansicht, dass er von einem spanischen Seemann abstammte, der früher einmal in Flensburg hängen geblieben war.«

Richtig. Doch für eine Umarmung war es noch zu früh.

»Was tat Papa als Erstes, wenn er aufstand?«

Die Frau lachte laut. »Er rauchte eine. Bevor er dich oder mich auch nur im entferntesten bemerkt hat, ging er erst einmal auf den Balkon und rauchte eine.«

Prüfung bestanden. »Seit wann hast du diesen Fleck am Hals?«

Chilis Mutter führte die Hand zum Hals. »Der? Den hab ich mir später geholt. Wie, möchte ich dir ersparen.«

Chili legte eine wilde, unstillbare Neugier auf Mutters Vergangenheit an den Tag. Wieder und immer wieder wollte sie die entlegensten Details aus ihrer eigenen

Kindheit hören. Aus einem langarmigen, spitznasigen Landstreichergeschöpf war tatsächlich eine Mutter geworden.

Die Frage war nur: Wohin damit?

Chili richtete die Couch her und holte den Reserveschlüssel aus dem Versteck. Dann umarmte sie ihre Mutter und verließ die Wohnung, um zum Dienst zu gehen.

Sie hatten Katharinas Laptop komplett ausgewertet. Das Ergebnis lag auf ihrem Schreibtisch.

* * *

Die frühen Morgennachrichten brachten nichts Gutes, wie üblich. SPD im Umfragetief. 1. FC Nürnberg abstiegsgefährdet. In München immer mehr Clubs in Gründung, die das Rauchverbot umgehen wollten. Bahnstreik, Ärztestreik und Krankenkassenklagen.

Ottakring flüchtete unter die Dusche und ordnete seine Gedanken.

Katharina Silbernagl war frei. Doch sie stand nach wie vor unter Bewährung. In die Wohnung am Ludwigsplatz, die er überwachen ließ, war sie nicht zurückgekehrt.

Kevin Specht hatte ihn mit seinem Spezl Morlock über den Tisch gezogen. Das wollte er sich nicht bieten lassen.

Nicht nur Kirchbichler hatte unter dem Einfluss von Fluopram gestanden. Auch Speckbacher war aus diesem Grund Dauerpatient bei Dr. Vach.

Und was war mit Scholl gewesen? Er hatte ebenfalls das gleiche Mittel konsumiert. Diesmal hieß der behandelnde Arzt allerdings nicht Dr. Vach. Scholl war vom Polizeiarzt an einen Spezialisten überwiesen worden.

Ja, galt es denn heutzutage als schick, unter Depressionen zu leiden? Dass Sebastian Scholl womöglich mit Kirchbichler und Speckbacher etwas gemeinsam hatte, daran mochte Ottakring gar nicht denken.

Was Paul Silbernagl anbetraf, glaubte er fest daran, dass der Landwirt damals seine Frau absichtlich mit dem Traktor getötet hatte. Doch dafür fehlten ihm Beweise. Würde er Katharina zu einer Aussage bewegen können?

Und er war weiterhin unerschütterlich davon überzeugt, dass Silbernagl erpresst worden war. In der Folge musste das auf irgendeine Weise zu Niki Kirchbichlers Tod geführt haben. Doch bei der Ebbe auf dessen Konten fand er nicht den richtigen Ansatz.

Er musste sich ein deutlicheres Bild von Paul Silbernagls Leben machen. Viel Zeit dafür blieb ihm nicht mehr.

* * *

Chili traute ihren Augen nicht, als sie die Ergebnisse auf ihrem Schreibtisch vorfand. Es waren siebzehn Ausdrucke von Mails und Dateien aus Katharinas Laptop. In Eile überflog sie die Absender und Adressaten aus der Mailbox. Kirchbichler, Amtsgericht, ein weitergeleiteter Devisen-Newsletter, Morlock, noch mal Morlock. Bei der nächsten Nachricht läuteten alle Alarmglocken. niki@kirchbichler.com schrieb da: »Bald kann ich dir dein Alfa-Cabrio kaufen, das du dir so sehnlich wünschst. Gut, dass du mir den Brief von deiner Mutter gezeigt hast. Da kann man echt was mit anfangen.«

Sofort griff sie zum Telefon und drückte Ottakrings Kurzwahl.

* * *

»Kathi, bleibst du jetzt ganz bei uns?« Das Hannerl wandte keinen Blick von ihrer neuen Freundin, die neben ihr am Tisch saß. Sie versprach sogar, den Tisch abzuräumen.

»Nein, nein, ich muss wieder zurück.« Und zu Onkel Josef gewandt sagte sie: »Ich wollt nur mal einen Tag abschalten. Du weißt ja, warum ich nicht bei euch bleiben kann.«

Josef brachte sie zum Bahnhof.

Regionalzug Richtung Rosenheim, Abfahrt 10:54 Uhr. Am Bahnsteig war es zugig. Kathi fröstelte und zog beide Hände in die Ärmellöcher ihres Anoraks. Ein Betonmischer dröhnte zwei Gleise weiter.

Da klingelte ihr Handy.

»Hallo, Catrin? Robert hier.«

»Welcher Robert?«

»Na, wie viele kennst du? Der Robert vom Voglwirt halt.«

Der Robert? Der so sexy war wie ein Karpfen? Was wollte der von ihr? »Woher hast du meine Handynummer?«

Ein mickriges Lachen am anderen Ende. »Von deiner Einstellungsuntersuchung vielleicht. Wo bist du jetzt?«

Das würde sie ihm ganz bestimmt auf die Nase binden. »Pass auf, ich kann grad nicht …«

»Vorsicht auf dem Bahnsteig«, ertönte die Ansage, »der Zug fährt gleich ein.«

»Aha, am Bahnhof bist du. Auf welchem?«

Wortlos klickte sie das Gespräch weg und stieg ein. Ein nagendes Gefühl beschlich sie. Als ob sie Unliebsames erwarten sollte in Rosenheim.

Kathi merkte, wie sie die Luft anhielt. Sie zwang sich, ruhig auszuatmen und wieder ein. Sie warf ihren Rucksack auf einen Fensterplatz und ließ sich auf den Sitz daneben fallen.

* * *

Ottakring war keine zwei Minuten aus dem Haus, da hörte er ein leises Rattern. Dass es sein Mobiltelefon war, merkte er erst, als er versehentlich an den Gürtel griff.

»Los, sag schon!«, drängte er, als Chili sich etwas umständlich ausdrückte.

Viel Zeit, das Gehörte zu verdauen, blieb ihm nicht. »Bin schon unterwegs.« Exakt sechs Minuten später war er in der Direktion.

* * *

»Hallo, Catrin!«

Robert! Er lehnte lässig am Abgang zum Untergeschoss von Bahnsteig sieben in Rosenheim. Verdammt, wie hat er mich gefunden, durchfuhr es Kathi. Gleichzeitig meldete ihr Instinkt, dass die Erde unter ihr bald zu beben beginnen würde.

»War mir klar, das du früher oder später hier aufschlagen würdest«, sagte Robert.

Cool, der Mann. So hatte sie ihn noch nie erlebt. Im Dienst war er immer so servil gewesen. »Was willst du von mir? Vielleicht Rosen?«

»Nein. Ich will mit dir reden. Es ist wichtig.«

Er verstummte, aber Kathi wusste, dass er noch mehr auf dem Herzen hatte. Und sie spürte instinktiv, dass er nicht übertrieb. »Von mir aus«, sagte sie. »Jetzt gleich?«

Er griff nach ihrem Arm. Sie schüttelte seine Hand ab. »Du hast den Niki umgebracht, stimmt's?«, sagte sie in ruhigem Ton.

Der Dezember narrte die Forsythien. Dieser Tag war ein vorgezogener Frühlingstag. Das Café Dinzler am Inntalstern hatte den Platz entlang seiner Südwand mit Tischen und Stühlen bestückt. Ein einzelner Mann saß an einem Tisch am äußeren Rand der Terrasse vor einem Weißbier und schrieb. Ein gut erhaltener Sechziger mit schiefer Nase und vollem Haar. Wenn er seinen Stift vom Block nahm, beobachtete er seine Umgebung aufmerksam und mit zugekniffenem Mund über eine blau gesprenkelte Lesebrille.

»Wie kommst du darauf?«, fragte Robert, als er mit Kathi auf der entgegengesetzten Seite Platz genommen hatten. Er trug eine Gucci-Sonnenbrille. »Wer sagt denn, dass der Niki überhaupt umgebracht worden ist?«

Katharina Silbernagl hatte den Reißverschluss ihres schwanenweißen Anoraks heruntergezogen. Darunter trug sie einen tannengrünen Rolli.

Robert bestellte für sich ein kleines Bier und für Kathi einen Cappuccino.

»Also, Catrin«, sagte er. »Oder soll ich dich besser ›Katharina‹ nennen? Oder gefällt dir möglicherweise ›Kathi‹ besser?« Er machte eine Pause, hob sein Glas und prostete ihr zu. »Prost, kleine Schwester.«

Als er Kathis große Augen sah, legte er eine Hand auf ihre Hand und erläuterte die Zusammenhänge. Er wisse, sagte er, dass sie die Tochter von Paul Silbernagl sei. Das wisse er aber erst seit Kurzem. Was sie aber nicht wisse, sei, dass er der Sohn vom Paul Silbernagl sei. Speckbacher heiße er, weil seine Mutter so heiße, mit der Paul Silbernagl einen Sohn habe, nämlich ihn, Robert.

Kathi hielt es nicht mehr auf ihrem Stuhl. »Neiiin!«, rief sie laut. »Das glaub ich nicht!« Ihr rechter Mittelfinger schnellte heraus.

Der Schreiber in der Ecke warf einen wohlwollenden Blick in Kathis Richtung. Er erhoffte sich wohl einen Mord.

»Darfst ruhig glauben«, sagte Robert seelenruhig. »Ich kann's dir auch beweisen, dass ich dein Halbbruder bin.« Dabei lächelte er wie ein Japaner.

Ein Knoten saß in Kathis Kehle, im Hals, im Hirn, irgendetwas, das sie am kühlen Denken hinderte.

»Egal, wie. Du hast ihn umgebracht, den Niki«, kam es aus ihrem Mund. Selbst jetzt, in der Erregung, schielte sie hinüber zu dem Mann in der Ecke und dämpfte ihre Stimme.

»Japp«, sagte er ganz entspannt. »Ich kann dir auch schildern wie und warum. Wenn's dich interessiert.«

* * *

»Jetzt wissen wir's endgültig«, sagte Ottakring energisch. »Den Brief hat Magda Silbernagl vor ihrem Tod geschrieben. Bevor ihr Mann sie mit dem Traktor …«

»Genau«, warf Chili ein. »Vor vierzehn Jahren. Das stimmt auch mit der Aussage der Spurensicherung überein, dass Papier und Schrift zwischen zehn und fünfzehn Jahre alt sind. Und mit dem Brief hat Kirchbichler den Bauern erpresst«, sagte Chili aufgeregt. »Oder erpressen wollen …«

»Wollen. Denn vorher wurde er umgebracht. Absolut.«

Chili beugte sich vor. »Bloß wie ist der Brief in seine Hände gekommen? Die Katharina wird ihm den doch nicht auf dem Tablett überreicht haben.«

Ottakring nickte nachdenklich. »Dass sie in den Fall verwickelt sein muss, ahnen wir ja. Aber vielleicht auf eine Art, die wir bisher noch gar nicht im Kalkül hatten.« Er warf einen Blick auf seine Uhr. »Wir müssen sie sofort finden.«

»Wir lassen ihre Wohnung überwachen. Vergessen? Wenn sie dort angekommen wäre, wüssten wir's schon.«

Ottakring hob die Hand hoch. »Trotzdem. Und den Speckbacher sollten wir vorsichtshalber auch einbestellen. Oder noch besser: Einer von uns fährt gleich selbst hin.« Ein schräger Blick streifte Chili, die auf der anderen Seite seines Schreibtischs saß.

Sie lachte schallend. »Okay, okay. Ich bring ihn am besten gleich mit. Absolut.«

* * *

Vor dem Café Dinzler beschrieb Robert Speckbacher, wie er seit Jahr und Tag mit dem Niki an freien Abenden gesoffen und gekokst und das Fluopram mit ihm geteilt hatte. Bis der Vater zu ihm kam und sagte, dass der Niki ihn erpresst.

»Der ist hergekommen und hat mir die Kopie von einem Brief gezeigt«, hatte Paul Silbernagl angsterfüllt gesagt. »Da schau her, Robert, da isser.«

Er zeigte seinem Sohn einen Brief, in dem stand: »Meine Welt wird bald enden. Ich werde euch verlassen. Aber nicht freiwillig. Jemand anders, jemand, der uns nahesteht, wird das in die Hand nehmen.«

Silbernagl berichtete weiter. Kirchbichler drohe damit, auch die Person zu präsentieren, die im Besitz dieses Briefes sei. Es ginge um Mord, und zwar um einen Mord, den diese Person beobachtet hat. Den Mord an Magda Silbernagl, Pauls Frau, vor vierzehn Jahren. Es gäbe da die Möglichkeit, dass diese Person als Zeugin vor Gericht aussagt. Dann käme der Herr Gatte ins Gefängnis. Lebenslang hinter Gitter. Denn Mord ist unverjährbar. Das ließe sich natürlich aus der Welt schaffen. Leicht aus der Welt schaffen. Er, der reiche Bauer Silbernagl, müsse nur eine kleine Spende machen an einen unverschuldet in Not geratenen, wissenden Künstler. An ihn, Niki Kirchbichler. Allerdings ohne Spendenbescheinigung.

»Wieso unverschuldet in Not geraten?«, hatte der Vater gefragt. »Sie san doch stinkreich. Oder?«

Das »Oder« hatte der Niki dem Vater zwar nicht erklärt. Aber er hatte doch äußerst deutlich gemacht, dass die Notlage recht konkret sei. Und er Geld brauche. Viel Geld. Aber das wäre alles kein Problem, wenn der Herr Silbernagl nur mit ihm teile. Mit fünfhunderttausend Euro sei er zufrieden. Ein für alle Mal, da müsse er nichts weiter befürchten, der Herr Silbernagl.

»So oder so ähnlich ist das Gespräch zwischen unserem Vater und dem Niki verlaufen damals«, sagte Robert Kirchbichler zu Katharina Silbernagl. »Und dann ist der Vater zu mir gekommen.«

»Du musst mir helfen, Bub«, hatte Paul Silbernagl gesagt und Robert die Situation beschrieben. »Schließlich geht's auch um dein Erbe.« Dann hatte er einen Plan gemacht.

Der Plan war, den Erpresser ruhigzustellen. Und wie stellst du so einen ruhig? Na siehst du.

Robert hatte zuerst nicht mitmachen wollen. Er hatte sich geweigert. Doch dann war der Vater rabiat geworden. »Du kennst dem Kirchbichler seine Gewohnheiten«, hatte er gebrüllt. »Du weißt am besten, wie du mit ihm umgehen kannst Und« – jetzt war er drohend geworden – »dein Erbe muss dir schon was wert sein. Wenn ich mich erpressen lasse, ist es weg.«

Robert hatte gewusst, dass der Niki an dem Tag in die Sauna gehen wollte. So gegen sechs am späten Nachmittag. Um fünf heizte der Franz immer an. »Das reinigt die Gedanken und die Stimmung«, war Nikis geflügeltes Wort gewesen.

»Da, nimm«, hatte der Robert um Mittag herum gesagt. »Das ist eine neue Mischung. Besser noch als unser Fluopram. Das hilft bestimmt. Da wirst du locker.« Dass Robert in dem Becher zwölf Fluopram in Wasser aufgelöst hatte, das konnte der Niki natürlich nicht ahnen. Sie waren ja geschmacklos. Und dass Robert sich vorher im Internet gründlich schlau gemacht hatte, davon konnte er natürlich auch nicht ausgehen. Schlau gemacht war eigentlich weit untertrieben. Er hatte sich zu einem Mini-Kardiologen herangebildet. Im Detail wusste er Bescheid, wie eine Überdosis des Mittels wirkt, wenn der Körper erhitzt wird. »Torsade de pointes« hieß das. Nichts anderes als Herzkammerflimmern mit tödlichem Ausgang, hervorgerufen durch Kalium-, Magnesium- und Sauerstoffmangel durch heftiges Schwitzen in der Sauna. Die Überdosis durften sie ruhig finden, so war Roberts Überlegung, denn dass Niki das Mittel nahm, war allgemein bekannt. Falls sein Tod nicht sowieso als natürlich durchging.

»Also ein perfekter Mord«, schloss Robert Speckbacher und trank sein Bierglas leer. »Nimm dich in Acht vor mir, Schwesterherz.« Er sprach mit der Raffinesse eines routinierten Mörders.

Kathi warf einen Blick hinüber zum Tisch in der Ecke. Der Platz war leer. Dunkle Wolken hingen über der grauen Landschaft und den Gipfeln. Schroffe, gewaltige Bergrücken. Das Schwarz der Rinnen, Kare und Tannen überdeckt von der Helle des Schnees.

Sie schauderte. Nicht weil es so kalt war. Sondern weil sie noch nie einen Mord so hautnah mitbekommen hatte. Roberts Behauptung, er sei ihr Halbbruder, rückte vor der Wucht dieses Geständnisses in den Hintergrund. Das konnte warten. Sie kam sich fast hilflos vor. Robert saß da mit sicherem, fast heiterem Blick, der den ihren erwiderte, ohne auch nur einen Millimeter auszuweichen.

Und doch sah sie ihn plötzlich mit vollkommen anderen Augen. Erinnerungen stellten sich ein.

Der Champagner hatte sie leicht beschwipst gemacht.

»Hast du eigentlich keine Eltern?«, hatte Niki sie in diesem Zustand dummerweise gefragt.

Da hatte sie von ihrer Mutter erzählt. Ihre tote Mutter sei für sie nur noch eine Frau auf ein paar vergilbten Fotos, hatte sie gesagt. Von dem Unfall hatte sie erzählt, bei dem ihre Mutter ums Leben gekommen war. Von ihrem Vater. Dass sie ihn seit dem Unfall nicht mehr gesehen hatte. Weil sie mit vierzehn Jahren vor ihm geflüchtet war.

»Warum?«, hatte er gefragt.

Noch ein halbes Glas Champagner. »Weil er sie umgebracht hat.«

»Wieso?«

»Das steht in diesem Brief. Und ich hab's gesehen.«

So ein dummes Zeug, dachte sie heute. Muss ich vielleicht vernagelt gewesen sein. Da hat der Niki sich gleich seinen Reim drauf gemacht. Irgendwie musste er es geschafft haben, den Brief zu kopieren. Sie hatte natürlich keine Ahnung gehabt, in welcher bescheuerten Lage sich der Niki befunden hatte. Das war alles erst hinterher hochgekocht.

Sie schüttelte den Kopf. Die Erinnerungen überschwemmten sie. Indirekt war sie also schuld daran, dass Niki ihren Vater erpresst hatte, und auch daran, dass Niki nun tot war.

»Glaubst mir nicht, was?«, sagte Robert.

Sie fühlte sich wie ausgehöhlt. »Schad, dass ich kein Tonband dabeihab«, sagte sie.

Er lachte kurz auf und musterte sie durchdringend. »Dass du meine Schwester bist, mein ich. Äh, Halbschwester. Das nimmst mir nicht wirklich ab. Oder?«

»Woher soll ich wissen, dass das stimmt?«, sagte sie bitter. »Dann muss ich dir's halt beweisen. Komm mit.«

* * *

»Herr Ottakring, Polizeimeister Nagl hier. Ich überwach die Wohnung am Ludwigsplatz. Die Wohnung vo der … vo der … Herrgott, ums Varegga kann i ma den Nama net mirka.«

»Silbernagl?«

»Gradaus. Die Gesuchte hat vor wenigen Minuten ihren Roller abgeholt.«

Der Anruf erwischte Ottakring im K3, Spurensicherung. Ihnen machte er wegen eines exakteren Zeitpunkts bei der Briefanalyse gerade Dampf.

»Vor wie viel Minuten?«

»Na ja, zehne mengs scho gwen sei.«

Ottakring schluckte. An wen war er denn da geraten. »Ist der Roller gelb?«, fragte er vorsichtshalber.

»Ja.«

»Steht die Frau noch da mit dem Roller?«

»Nein.«

»Mann, machen's doch 's Mei auf! Sie is also weggfahrn? Ja, sakra, warum san's dann net hinterher?«

»I sollt ja bloß melden, wann's da is, die … die …«

Es war zum Verzweifeln. Wannst net ois söim machst. »War sie denn allein, die Frau?«

»Na, da war oaner dabei. So a Langweiler.«

»Gwand?«

»CSU-Tracht.«

Eindeutige Beschreibung für Speckbacher.

»Und? In welche Richtung san's gfahrn?«

»Nach Süden. Richtung Autobahn.«

Um dann nach Kohlstattberg zu fahren. Aha. Er zückte das Handy.

»Chili?« Er hörte es tuten. Besetzt. Verdammt. Heit geht's uns aber dick ei.

* * *

Sie fuhren mit Kathis gelbem Roller. Sie saß vorn, Robert hinten. Im Anhänger ein fetter Strauß rosa Rosen extra für Vater, eingewickelt in nasses Warmhaltepapier. In Waldstücken und in Kurven war es glatt. Da musste sie aufpassen beim Fahren.

Dann waren sie da. Paul Silbernagl schien sie aus irgendeinem Grund erwartet zu haben. Er stand mit dem

Rollstuhl mitten in der Einfahrt zum Hof, umringt von seinen Hühnern.

Kathi wurde unruhig, allein durch seine Nähe.

»Mir ist, als hätte ich gewusst, dass ihr kommen werdet«, sagte Silbernagl und blickte zu Robert. »Habt ihr euch gut unterhalten?«

Hätte er seine Tochter angesehen, hätte er sich die Frage sparen können. Kathi spürte instinktiv, dass eine Jagd begann. Die Zeit des Wartens war zu Ende. Sie gab den ersten Schuss ab.

»Stimmt es«, begann sie ihren Vater zu fragen und fixierte dabei Robert, der den Roller unter ein Schuppendach schob, »dass er dein Sohn ist? Dass ich also Robert Speckbachers Schwester bin?«

Ihr entging nicht, dass Vater kurz zögerte, bevor er antwortete. »Kommt mit zur Terrasse«, sagte er. »Die Sonne kommt durch. Dann reden wir.«

Es war kurz vor Mittag.

* * *

Ottakrings Handy schrie um Hilfe. Fast wäre es ihm aus der Hand gerutscht. »Ja?«

»Chili hier. Sag mal, telefonierst du dauernd? Du warst ständig belegt.«

Ja, mit dir, wollte er schon sagen. »Die Silbernagl ist mit dem Roller weggefahren. Vermutlich mit Speckbacher …«

»Deswegen wollt ich dich anrufen. Der Speckbacher ist unauffindbar. Das ganze Hotel vermisst ihn. Er ist nicht zum Dienst erschienen. Das ist noch nie vorgekommen, sagt der Schwule an der Rezeption.«

»Sauber. Da tut sich eindeutig was. Wo bist du?«

»Höhe Panoramakreuzung.«

»Okay, fahr auf den WEKO-Parkplatz. Ich hol dich ab. Wir fahren nach Kohlstattberg.«

* * *

Widerstrebend folgte Kathi den beiden Männern. Die Terrasse an der Südseite des Haupthauses entpuppte sich als einzige Baustelle. Eine Mörtelmischmaschine, Stapel ausgerissener Fliesen, ausgebreitete Granitplatten. Neben der Terrasse ein Loch, breit wie eine Scheune, tief wie zehn Gräber.

»Ich bau eine Sauna ans Haupthaus dran«, sagte Silbernagl. »Mit allen Schikanen«

Robert war ins Haus gegangen. Pieseln, wie er sagte.

Schnaubend kam er zurück und wedelte mit einem Stück Papier in der Luft herum. »Was soll das?«, brüllte er. »Du hast sie als Alleinerbin eingesetzt? Und ich krieg einen Pflichtteil? Bist du verrückt geworden?« Robert hatte Schaum vorm Mund wie ein randalierender Ochse.

»Wo hast du das her?«, fragte Silbernagl sanft und rollte seinen Rollstuhl einen Meter nach hinten. Neben einem halben Ster frisch geschnittener, duftender Fichtenbretter kam er zum Stehen.

»Vom Küchentisch«, zischte Robert. In seinen Augen triefte der Hass. Er machte einen langen Schritt auf den Rollstuhl zu.

Kathi fühlte sich in einen alten Westernfilm versetzt. Schlagabtausch, staubige Dorfstraße vor dem Saloon. »Hey«, rief sie, nur um ein Geräusch zu machen.

»Merkst du jetzt endlich, worum's geht, du blöde Kuh?«, schrie ihr Robert mit geballter Faust zu. »Glaubst vielleicht, i hab net gmerkt, wie du um den Alten rumscharwenzelst? Kaum warst du hier, schon …« Er kniff den Mund zu. Doch dann brach etwas aus ihm heraus, wie es Kathi noch vor einer halben Stunde nicht für möglich gehalten hätte.

»*Dich* hätt man umbringen sollen«, schrie er sie mit schneidender Stimme an. »Dich. Nicht den Niki!«

Kathi wich zurück. Ihr Gesicht hatte jede Farbe verloren, während Robert scharlachrot angelaufen war. Nur Paul Silbernagl beobachtete den Ausbruch seines Sohnes scheinbar unbeteiligt vom Rollstuhl aus.

Dieses Verhalten seines Vaters schien einen seltsamen Reiz auf Robert auszuüben. Er lachte wie ein Wahnsinniger und ging auf ihn los.

»Und mich hast du angestiftet. Weil du ein Krüppel bist. Sonst hättest du's selber getan, hast du gesagt. Du hast mir ein Vermögen dafür versprochen, dass ich den Kerl auf die Seite schaff. Du hast mich zum Alleinerben eingesetzt. Diese dumme Nuss hier sollte nur den Pflichtteil kriegen. Und was ist jetzt? Was ist das hier? Jetzt ist alles genau seitenverkehrt.« Schweiß stand auf seiner Stirn, als er mit dem Testament herumwedelte, als wolle er die Luft damit durchschneiden.

Plötzlich hielt er inne und wurde sehr ruhig. Ruckartig blies er Luft durch die Nase. Nur sein Schnaufen war zu hören. Gebückt und mit tastenden Schritten näherte er sich dem Vater. In den ausgestreckten Händen hielt er ihm das Papier entgegen. Er war hässlich grün im Gesicht geworden.

»Da, schau her«, zischte er in giftigem Flüsterton. »Was ich damit mach. Ich zerreiß es vor deinen Augen. Dann ist nur mehr ein einziges Testament übrig. Das in meinem Safe.«

Kathi spürte, wie nun auch in ihr der Zorn hochkochte. Wie durch einen Schleier nahm sie wahr, wie eine Bö Hunderte kleiner Schnitzel in die Baugrube wehte. Und wie Robert, immer noch gebückt und mit ausgefahrenen Krallen, langsam auf den Vater zuging. Wollte er ihm an die Gurgel gehen? Sie musste einschreiten.

Im selben Moment geschah etwas absolut Unwirkliches. Ihr Vater packte Robert an den Handgelenken und erhob sich. Ja, er stand auf! Wie Stahl schienen seine Hände Robert zu umklammern.

Der war für einen kurzen Augenblick entsetzt, fing sich aber sofort wieder. Mit dem Kopf stieß er seinen Vater vor die Brust. Silbernagl strauchelte und riss Robert mit.

Roberts Kopf rammte gegen den Rollstuhl, Silbernagls Hand löste sich, Robert glitt aus, rutschte über die Kante, wollte sich festhalten, vergeblich, kriegte nur den Rollstuhl zu fassen, und mit einem lauten Aufschrei stürzten beide, Robert und der Rollstuhl, in die Tiefe der Grube.

Paul Silbernagl machte zwei kurze Schritte zur Seite. Kathi hatte nicht den Eindruck, dass ihr Vater beabsichtigt hatte, einzugreifen. Sie selbst war zu weit weg gewesen. Ihr Vater konnte stehen! Er war nicht gelähmt?

Totenstille.

Robert lag unnatürlich verkrümmt am Boden der Grube. Der Winkel, in dem der Kopf von der Schulter abstand, betrug zirka fünfundvierzig Grad, schätzte Kathi. Offene Augen starrten ausdruckslos nach oben. Aus einem tiefen Riss über der Schläfe rann Blut übers Gesicht in den matschigen Sand.

Um ihn herum pickte die Hühnerschar. Scharrte, pickte, scharrte. Fast unmerklich bewegten sie sich auf Robert zu. Es schien, als planten sie einen Zangenangriff auf seine Leiche.

Verdammt, durchfuhr es Katharina Silbernagl. Die dritte Beerdigung innerhalb von zwei Wochen. Eigenartigerweise schaute sie dabei auf die Uhr. Es war dreizehn Uhr neun. Sie ließ ein paar Rosen aus dem Anhänger über ihren Halbbruder rieseln. Wer war er?, fragte sie sich. Mein Bruder? Sie schüttelte den Kopf und blickte ihren Vater an.

»Er war der Assistent im Voglwirt«, sagte sie.

* * *

»Ruf den Notarzt«, sagte Ottakring zu Chili. Obwohl er sehen konnte, dass da nichts mehr zu machen war.

In einer Schneeverwehung waren sie stecken geblieben. Die Schaufel im Kofferraum hatte ihren Dienst tun müssen.

Sie hatten nur mehr Speckbachers Absturz mitgekriegt.

»Der kann sich ja ohne Rollstuhl bewegen«, sagte Chili verblüfft und deutete auf Paul Silbernagl.

Katharina schilderte, was passiert war.

Ob sie diesmal glaubwürdig war? Ottakring nahm ihren Arm und führte sie zu ihrem Roller neben dem Schuppen.

»Lügen Sie mich jetzt nicht an«, sagte er. »Der Brief stammt also von Ihrer Mutter«, sagte er. »Wie kam er in Ihre Hand? Und wann?«

Katharina Silbernagl sah ihm in die Augen. »Sie hat ihn mir zugesteckt«, sagte sie. »Zwei Wochen, bevor sie damals umgekommen ist. Ich war vierzehn Jahre alt.«

Ottakring legte ihr die Hände auf die Schultern und sah sie lange an. »Und – haben Sie gesehen, wie es passiert ist? Waren Sie dabei gewesen?«

Er kannte ihre Antwort im Voraus.

Katharina wendete den Blick hin zu ihrem Vater, um den sich Chili kümmerte. Sie schaute hin zur Baugrube. Dann kam ihr Blick zurück zu Ottakring. »Nein«, sagte sie mit fester Stimme.

»Und warum sind Sie gleich darauf abgehauen?« Er nahm die Hände von ihrer Schulter.

Sie überlegte nur kurz. »Weil ich's mit ihm nicht mehr ausgehalten hab.«

Selten war Ottakrings Nervosität so ausgeprägt gewesen wie heute. Nicht weil heute der Tag war, an dem sein erster Fall als Rosenheimer Mord-Chef gelöst war und er wieder diesen stechenden Schmerz in seinem Rücken fühlte. Auch nicht, weil er einsah, dass der Mordfall vor vierzehn Jahren wohl nie mehr bewiesen werden konnte. Nein, sein Zustand rührte daher, dass heute der Tag war, an dem sich entschied, ob Lola intakt bleiben würde oder nicht. Alle paar Minuten schaute er auf die Uhr.

»Robert Speckbacher hat bei Google und Yahoo gezielt nach ›Torsade de pointes‹ gesucht«, berichtete Eva M. später nicht ohne Stolz. Sie durfte bei der Abschlussbesprechung dabei sein. »Und er hat eine eigene Datei darüber geführt. Darin hat er exakt festgehalten, wie er das, was er dort erfahren hat, bei Kirchbichler anwenden würde. So lässt sich genau rekonstruieren, wie Kirchbichler ums Leben gekommen ist.«

Ein kleiner Muskel in Eva Mathildes Mundwinkels zog sich zusammen. Das nachfolgende Grinsen wurde dadurch etwas schief. »Reihe zehn«, sagte sie. »Plätze sechzehn und siebzehn.«

Ottakring sah Chili an. Chili sah Ottakring an. »Ha?«, sprachen beide im Chor.

»Na, Ihr Weihnachtsgeschenk für Lola halt«, rief Eva M. Ottakring zu. »Die Salzburger Festspiele. Remember?«

»Übrigens«, sagte Chili, »diese Johanna von der Nachbarschaftshilfe hat angerufen. Sie hat Paula tatsächlich unterbringen können. Die ist jetzt versorgt, die arme Kleine.«

Ottakring schielte zur Seite.

Chili faltete die Hände und stotterte: »Ich – ich muss mich ja – eh jetzt um meine Mutter – Mutter kümmern.«

Doch gleich fing sie sich wieder. »Wann erfährt Lola eigentlich ihr Ergebnis?«, fragte sie Ottakring.

»Um sechzehn Uhr fünfundvierzig hat sie den Arzttermin«, sagte Ottakring.

Chili spuckte eine Schote aus. »Ich glaub übrigens, dass wir in Silbernagls Haus das Motiv für den Mord gefunden haben.«

»Erzähl«, sagte Ottakring unkonzentriert.

»Bündelweise Bargeld im Tresor. Bruni ist immer noch am Zählen. Er ist schon bei über eineinhalb Millionen Euro.«

»Sauber«, sagte Ottakring. »Ich sag's ja. Mit einem Mord wird oft ein ganzer Sack von Fakten hochgespült, die vorher als große Geheimnisse gehütet wurden. »Was ist eigentlich mit unserer lieben Kathi? Gibt's die noch?«

»Oh ja«, sagte Chili. »Ich bin mir sicher, sie ist die einzig Unschuldige in dem Kirchbichler-Spiel. Aber frei ist sie nicht. Sie lechzt förmlich nach ihrem Charly. Ich glaub, wenn Sex strafbar wäre, käme Katharina Silbernagl lebenslang in Sicherheitsverwahrung.«

Chilis Miene veränderte sich. Ottakring hatte den Eindruck, als sei in ihrem Kopf ein völlig unmotivierter Gedanke aufgeblitzt.

»Ihr Freund Kevin Specht«, sagte sie mit Schalk im Blick.

»Ja, was ist mit dem?«

»Der trägt den Arm in der Schlinge.« Sie kicherte leise. »Er hatte einen Auffahrunfall. Ein Hund ist auf die Straße gerannt, und das Auto vor Specht musste scharf bremsen.«

»War da ein Christbaum im Spiel?«, fragte Ottakring grinsend.

»Keine Ahnung«, sagte Chili.

»Ach, entschuldigen Sie.« Ein Mann in den Sechzigern stand plötzlich vor Ottakring. Er trug Jeans, hatte eine schiefe Nase und dicke Tränensäcke. »Ich bin Schriftsteller und verfolge interessiert Ihren Fall. Könnten Sie mir ein paar Details verraten? Heute ist der neunzehnte Dezember. Ich möchte vielleicht einen Roman darüber schreiben.«

»Wenden Sie sich an Kommissarin Toledo«, sagte Ottakring mürrisch. Schriftsteller mochte er nicht. Schriftsteller vor ihrem Schreibgerät waren wie Sträflinge, die einen Großteil ihres Lebens in Einzelhaft verbringen.

Das war der letzte dienstliche Satz, den Ottakring an diesem Tag sprach. Dann verkroch er sich in seine Wohnung und verdunkelte die Fenster. Herr Huber schmiegte sich an ihn und schnurrte wie eine Katze. So warteten beide, der Mann und der Hund, auf den Anruf ihrer Herrin.

Heute war der dreizehnte Tag.

Danke

PHK Dieter Bezold, Polizeidirektion Rosenheim
Prof. Dr. med. Ekkehard Fabian, Augenarzt
Prof. Dr. med. Wolfgang Krawietz, Chefarzt am Klinikum Rosenheim
Dr. med Rainer Pawelke, Herzspezialist